我是一枝粉筆

葉慶炳◎著

九歌典藏散文

編輯凡例

一、在傳播媒介多元的今日，一般人追逐聲光佚樂，疏於文字閱讀，文學書市清淡，閱讀植根普遍不深。「九歌典藏散文」針對此社會通病，印行具有價値的名家名作，提供讀者再次發現的樂趣。其目的不僅爲擴大散文典律範圍，也不僅爲提供大學、研究所現代文學教材，更重要的是培養國民閱讀品味、加強人文素養。

二、文學史證明，大轉變的時代最是散文勃興的時代。新文學運動以來，國局多變，文人興亡盛衰的感慨形諸於文，佳作甚多；二十世紀後半葉，因資訊爆炸，新事物紛至沓來，散文家的書寫體式愈益夭矯，內容不受拘限。「九歌典藏散文」爲呈現此豐碩成果，選編作家以台灣爲主，擴及海外華文世界，兼容不同情感想像、不同思想關切、不同藝術風格，以見證中文散文之發展，共構中文散文之全貌。

三、「九歌典藏散文」出版個集而非合集。在編排上，力求平易可親，除作品本身，同時收錄評論文章，詳析創作名家之藝術特質與時代精神。另附相關文獻，便利讀者查考。

目錄

輯二 長髮爲誰留

輯二 假如沒有電視

〔導讀〕

微言成趣，高談轉清

柯慶明

散文，尤其白話散文，作為一種文學體類，其實與談話的藝術，密切相關。美好的散文作品，本質上就是一場美好的談話，著重的就是作者的「面目可親，語言有味」；一方面來自其人無可躲藏的性情修養，一方面亦來自其人豐富而體察入微的閱歷見聞。說「詩品即人品」，因為詩原本即重麗藻巧喻，加上了雕章琢句，聲律典故，往往可有爭議；但就純粹的散文作品而論，則「文品即人品」或者古人所謂：「有德之人，其言藹如。」大致是不錯的。

葉慶炳先生不但自年輕的時候起，就是一位「我愛上課」的老師；而且是以善於講課著稱。陳維昭先生在擔任台大校長期間，曾經和我談起他昔日上葉先生大一國文的情景：「葉老師不但講課精彩，而且風度翩翩，有時穿了一襲長衫來上課，迷人極了……班上好多女生暗戀他。」我曾經借過葉老師的長衫，在系裡的晚會表演過相聲，因此格外能夠體會陳校長話中的情景與言下之意。

大一上葉老師國文課，聽他講《史記》，講《左傳》，一方面佩服他對於其中人物性格與內心幽微變化的洞察；一方面沉醉在他對那些故事中的戲劇情境之豐富想像與精妙再現，不但上課時興高彩烈，下課後依然念念不忘，回味不已。當時亦因同學的邀約去聽了，正在校園外風靡一時，甚受大學生與社會人士歡迎，南懷瑾居士講授的《金剛經》。聽講了一陣之後，曾經將葉老師與南居士兩人的授課加以比較，雖然感覺南居士對《金剛經》的圓通無執境界，自是深有體悟，講解亦是罕譬而喻；但終覺不如葉老師口中，充分掌握了漢世以前，多少「倜儻非常之人」的生命丰姿與交感互動，滿布聖賢、英雄的世界，要來得引人入勝，更足以提昇精神，振奮人心。

葉老師熟讀《左傳》、《史記》、《資治通鑑》等經典的史書，同時從事「中國文學史」的教學與撰述，熟悉各代名人史傳，以及各種重要的文學典籍。因而隨口而出，信手拈來皆是恰如其分的古人史例或詩人名句，不論言情說理，都讓人感到彷彿擁有整個歷史文化的傳統作為支撐，豈止源遠流長，典雅有致；兼且生動靈活，讓人在古今輝映中，不僅心生典型宿昔的振奮嚮往，更興諦觀永恆人性的感動醒悟。他年輕時教授《孟子》，於讀史之時兼讀呂祖謙的《東萊博議》，對於其中人情心性之辨析與事理曲折之陳說頗多悟入。因而行文之際往往雄辯滔滔；但是又因天性溫厚而不忍疾言厲色，不免夾以同情的幽默或自嘲、戲擬的詼諧，因之洄瀾四起而趣味盎然，讓我們看到的反而是更豐富的動心忍性與振起奮發。

葉老師雖然飽讀詩書，其實閱覽關心的範圍，絕不僅只於中國的古籍或近著而已。大一時起常在課後和他談文說藝，那時往往從托爾斯泰談到泰戈爾，由羅曼羅蘭談到羅素，甚至由小說本的《飄》（Margaret Mitchell：*Gone with the Wind*）談到電影版的《亂世佳人》。但葉老師卻謹守專業的分際，寫作時即使只是散文的作品，正如他在〈我愛放假〉中提到的，雖然曾向哲學系的朋友求助，對存在主義已經讀過了幾本書，卻總覺得自己所知道的只是「一點皮毛」，「但我絕不談它」。因而文中的引述始終都是中國文史的典籍。讓我們覺得他真是一位道地的中文系教授，而且以他的專業自豪。

葉老師的散文，一部分近於如對故人的閒話家常，以身邊的瑣事而作「頗示己志」的言談，他坦承：「我愛放假」、「我愛上課」、「我愛吃喜酒」、「我活在車聲裡」……他因害怕理髮，而作〈長髮為誰留〉，其中最驚心動魄的是：「有一次，理髮小姐正在替我修臉，而電視上正在上演《包青天》連續劇。小姐全神貫注的盯著電視機畫面，一任剃刀緩緩在我的臉上滑動。」：

突然，電視機裡傳出包青天的一聲中氣十足的沉喝：

「把他——鍘——了！」

我頓時覺得鼻梁一陣刺痛，抬頭一照鏡子，鼻梁上一道鮮血涔涔流出。理髮小姐則手執剃刀站在一旁嚇得呆住，她這時的臉部表情，正符合了舊小說裡的「花容失色」四字。

葉老師對這慘遭一刀的經歷，其實品鮿多於憤怒，他先形容：「這時她理髮的神態，真的到達了《莊子‧養生主》裡庖丁解牛的境界，所謂：『以神遇，不以目視，官知止而神欲行。』剃刀的滑動似乎完全是自然運轉。」引述的竟然是《莊子》書中象徵：「所好者道，進乎技矣。」因而令文惠君「得養生焉」的著名寓言。故事裡，庖丁解牛之餘，不免「提刀而立，為之四顧，為之躊躇滿志」；於是理髮小姐的「手執剃刀站在一旁」，則成了意外的反高潮。她的「花容失色」，葉老師亦不忘提醒我們，這「正符合舊小說裡」的用法。他還要曲為解說——她是無心的，以及傷害雖深，但終是會過去：

原來包青天一聲「把他——鍘——了」，理髮小姐的玉手不自主的一使勁，於是我的鼻梁就挨了一鍘。這道傷痕有半年多清晰可見，經過長時期的風吹日曬，才漸漸由顯而隱。

底下的話語，最能反映葉老師化凶為吉，遇傷成幸的人生智慧與幽默感了：

幸虧當時剃刀正滑行到鼻梁上，萬一正滑行到咽喉上，而包青天的「把他——鍘——

了」再吼得用力一點，恐怕到今日我的屍骨已寒，而名垂宇宙了。（你想，像這樣離開人世，還能不上國內外報紙麼？）

他連「諸葛大名垂宇宙」的名句都用出來了，調侃的卻是報紙以蒐奇志怪為尚，以及因而製造出來所謂的「知名度」了。他所要幽其一默的，就不僅是理髮小姐、電視節目……；深一層看，其中自有他對一己生命價值的，更正面積極的肯定。

在另外一部分的作品裡，他就是用這種對於生命價值的正面積極的肯定，像他平日關懷學生而更加「有教無類」的，來鼓舞各種場合遭遇到，尤其見諸報端，涉及種種社會怪現象中而迷途未遠，他認為理當正常萌發成長的青春年少。正面的他寫〈我看大學生〉、〈我看考生〉、〈誰來看我？〉，他強調：〈天生我材必有用〉、〈少年心事當拏雲〉，以至於必須負起〈三個責任〉、時時〈反聽、內視、自勝〉；負面的他寫〈你要活下去〉、〈一通電話〉、〈徵婚啓事〉，在〈卿本佳人〉一文中，葉老師硬是將師母拖下水，夫妻二人一問一答，喟然而嘆：「卿本佳人，奈何——」，奈何的對象由「作賊」而「作盜」而「服迷幻藥」而「陪酒」而「應召」而「馬殺雞」，終至語重心長的說道：

雖然絕大多數女孩仍在努力使自己成為「佳人」，為紙所醉被金所迷因而徘徊歧途的只是極少數人，但這極少數人已夠使我們看了觸目驚心，爲之擔憂，爲之惋惜。我要告訴這極少數應該成爲「佳人」的女孩——不管你們把我看成怎麼樣的老頑固，我還是要告訴你們：金錢、虛榮和片刻的陶醉，都不值得你們以放棄「佳人」的代價去換取，都不值得你們以放棄人生正途幸福的代價去換取！也許你們會把放棄做「佳人」和放棄人生正途的幸福歸咎於社會，歸咎於學校，歸咎於家庭，但是你們一定不會否認，每一個人的生命之舟，掌舵的是她自己。是不是？

對擅長於吟風弄月的寫作者或喜愛唯美神韻境界的讀者而言，可能會反用南唐中主李璟的名言：「吹皺一池春水，干卿底事？」一樣的詢問這位作者：「佳人不佳人，底事干卿？」而且還要「觸目驚心，為之擔憂，為之惋惜」，甚至不避「老頑固」之嫌，還要正言規勸不要「放棄人生正途的幸福」，終至由青少年的喜歡自作主張，而引申為生命終究是「操之在我」的事實，因而提示：掌握人生方向的「責任」終究在於自己！（是不是？）葉老師終究是太珍惜世上一切生命的美好，使他不能「無動於中」，以至忍不住夫妻感歎，甚且行之於文字，真的是：「知我者，謂我心憂！不知我者，謂我何求？」

葉老師的散文娓娓道來，像他的授課一樣，平易近人中姿態橫生；謙沖含蓄裡神彩飛揚；雖然總是出以踏實切要，力求卑之無甚高論，例如他以「我是一枝粉筆」自喻；但是他在心靈境界上的高遠，其實是隱藏不住的。葉老師在〈秋草夕陽〉一文中，由在一間西曬的大教室中上課，而想起晏幾道的名句：「年年陌上生秋草，日日樓中到夕陽。」竟然引發他「一探浩翰的時空」：

他彷彿升高到雲端，然後俯視塵寰，對整個人類的生命作一次鳥瞰。他會發現個人的生命多麼短暫和渺小。平凡的人，生滅有如秋草上的一滴露水，經不起陽光的照耀，瞬息之間就無影無蹤；卓越的人，生滅也不過像大海中的一朵浪花，一轉眼就已沉到海底……

遠在約莫兩千年前，我國的詩人早已感嘆：「浩浩陰陽移，年命如朝露。」詩人彷彿以他的心靈體察到全人類的生命洪流，而自己正是這股洪流中的一個小小泡沫。在他的前面有數不清的生命泡沫在誕生，消失，在他之後也有數不清的生命泡沫在誕生，消失；他在自己這個泡沫消失之前，匆匆地說出了他對生命的體驗。

葉老師面對「人生似幻化，終當歸空無」之生存的基本情境，充分體會到：「當然，大多數人都是朝露。露水賦形於自然之氣，晞乾後歸返自然，不曾留下一絲一毫的痕跡。」卻並不在「如夢幻泡影，如露亦如電」的體悟中否定「一切有為法」，反而更加強調秉持良知，掌握一已生命方向的重要；因為他在心中一直感受到「整個人類的生命」之存在，以及「全人類的生命洪流」，在他的生命前後，不捨晝夜，浩浩長流。因而激發的就是諄諄祈願：

但願這類詩句能把你的心靈從物欲的世界提升出來，登高望遠一番；那時你雖然仍是一個小小的泡沫，但將可減少許多和前後左右的大小泡沫之間的不必要的摩擦，以及在整個洪流中保持若干自主的航向。泡沫總歸要消失，可別讓它在盲目地奔流激盪中消失。

但願「年年陌上生秋草，日日樓中到夕陽」這兩句詞能引起你對生命作一番超然的觀照，說不定能產生吸塵器那樣的功用，吸盡封閉良知的塵土，使良知重現光芒，照明你的旅程。

雖然領會有遲速，感悟有深淺，經常在談笑風生中金針度人，或者是南針予人的葉老師，對於他的讀者，和對於他的眾多學生一樣，總是充滿了信心與希望的，所以他說：

秋草年年生，夕陽日日到，你不必愁進不了思維觀照的領域。

．本文作者柯慶明先生，筆名黑野，曾主編《現代文學》、《文學評論》，現任國立台灣大學台灣文學研究所所長，葉慶炳教授任教台大中文系所時的高足。著有學術論著《現代中國文學批評述論》、《中國文學的美感》、《台灣現代文學的視野》等及散文集《昔往的輝光》、《靜思手札》、《省思手札》等書多部。

輯一

給有緣的一群

中文系誤我？

「中文系誤我？」

我聽到這樣的話已經不止幾次。這句話如果屬實，中文系竟在誤人子弟，而我是中文系教師的一分子，誤人子弟也有我的份。我每次聽到這樣的話，始則心跳臉紅，歉疚萬分；繼則反覆思維，多方檢討。如果這句話不錯，我眞該把六年前教師節教育部頒發的「智」字績優獎狀掛號寄還給教育部，提前退休，閉門思過去。

說這話的多數是中文系畢業的男同學。中文系的同學在肄業期間，生活在充滿學術氣氛的大學校園中，面對一輩子也讀不完的經史子集，可以暫時不理會種種現實問題。一旦畢業踏入人浮於事的工商社會，發現找一份學以致用的職業是難之又難，甚至找一份學非所用的職業也並不容易，在備受挫傷之餘，不禁慨嘆：「中文系誤我！」結果改行的改行，嫁人的嫁人。女同學的情形比較好些，就業不成，大不了懷著滿腹的詩詞歌賦去搞柴米油鹽，做個家庭主婦，相夫教子，熬上二、三十年，說不定將來還當選爲模範母親，在婦女節那天風光一番。男同學就慘了，他絕不能在家做「家庭主男」，區公所的大員也絕不肯在你身分證的職業欄塡上「家務」兩個大字，男人好歹得有個職業。爲了遷就現實，即使與中文系的學問風馬牛不相及的工作也得幹，一切從頭來起。難怪他要感嘆：「中文系誤我！」

遠在一千兩百多年前，詩聖杜甫在長安窮得簡直活不下去的時候，曾經在一首〈奉贈韋左丞丈二十二韻〉的詩中感慨地說：「紈袴不餓死，儒冠多誤身！」聽這口氣，似乎老杜對自己選擇了讀聖賢書這條路，大有悔不當初之感。從「紈袴不餓死，儒冠多誤身」到「中文系誤我」，正應了金代詩人元好問的兩句詩：「朱弦一拂遺音在，卻是當年寂寞心。」

當年杜甫所學的那一套，和今日中文系學生所修的一百幾十個學分當然不可能完全一樣。譬如說，杜甫那時一定不讀「橫行」的英文；再說，杜甫在弱冠之年雖然曾經準備搭海船東渡日本，不知爲了何故沒有去成，害得他臨老還在感嘆：「至今有遺恨，不得窮扶桑！」（〈壯遊〉）但我想他多半不曾修過第二外國語——日文，否則他儘可在長安城開個「日語補習班」餬口，也比「朝扣富兒門，暮隨肥馬塵。殘杯與冷炙，到處潛悲辛」（〈奉贈韋左丞丈二十二韻〉）的叫化生活強。但是，杜甫當年所讀的也無非是經史子集，而這四部群籍正是中文系的學生天天要接觸的，它們與中文系的學生關係最爲密切，所以，當年杜甫戴過的這頂「儒冠」，事實上已像聖火一樣傳到今日中文系學生的頭上。令人感喟的是，杜甫的感慨「紈袴不餓死，儒冠多誤身」也跟著傳給了今日中文系的學生，時隔一千兩百多年而竟同聲一嘆。

杜甫說紈袴子弟不工作也不會餓死，其實豈止不會餓死，簡直吃喝得腦滿腸肥，還到處惹是生非。但那是一種被豢養的生活，相信沒有一條有志氣的漢子願意過那種生活。君不見，好多富家子弟爲了不願向董事長的爸爸和理事長的媽媽伸手要錢，看他們的施捨臉色，寧願挺著一身傲骨到社會上憑自己的本事謀生，可見紈袴子弟是不值得羨慕的。當然，杜甫說「紈袴不餓死」，既非羨慕紈袴子弟有吃有喝，恨不得自己不是出生在書香門第，而是出生在銅錢臭的家庭，也非有意咒詛紈袴子弟應該一個個餓死；就是下一句「儒冠多誤身」，杜甫也並非眞的要脫下儒冠，改行去做「重利輕別離」的商人，或是「萬里覓封侯」的軍人。杜甫說這兩句話，只是一時的感觸而已，當情緒的低潮一過，他依然讀他的聖賢書，依然寫他的「語不驚人死不休」的詩篇。如果他重返人間報考大學聯招，我相信他仍會戴上這頂儒冠，把中國文學當作第一志願。當然他是否考得上是個大大的問題，一查他當年的落第紀錄，可見他是不擅長考試或是考運不濟的人。

但在今日，那些喊「中文系誤我」的中文系畢業生，卻眞的改了行；更慘的是有人想改行都不知道改到哪一行去，竟爾待在家裡默默地體味一千六百多年前潘岳所撰的〈閒居賦〉！

「中文系誤我！」這是事實嗎？你這樣說，對中文系公平麼？

如果你當初不以中文系爲志願——不管是第幾十個志願，你絕對進不了中文系；而你居然進來了，那是願者上鈎，怨不得中文系。周初伯夷叔齊「義不食周粟」，終於餓死在首陽山。孔子稱讚伯夷叔齊說：「求仁得仁，又何怨乎！」你如今是「求中文系得中文系」，應該畢業而無怨，而竟然在畢業後埋怨起給你四年大學教育的中文系，何其不夠君子乎！你說塡上中文系的志願，是因爲你對中文系的認識不夠，這更不成理由！幾乎每個大學都有中文系，中文系一直以不變應萬變的擺在那裡，你怎能不走近一點瞧個明白，就糊里糊塗塡上了志願？你說你的志願表是依照上屆聯考乙組各系錄取分數的高低依樣畫葫蘆的，你是在幾十個志願中誤打誤撞被送入中文系的，我佩服你對現社會的適應能力，可是你的警覺性未免差了點。你忘了那年聯招放榜後你的一位鄰居和令堂的幾句談話？

「×太太，你家老大考到哪所大學？」

「×大。」

「唔，了不起，第一流的大學！恭喜恭喜！」

「僥倖，僥倖，謝謝，謝謝！」令堂臉有喜色。

「考到哪一系呀？」

「中文系———」令堂語氣未完，似乎還有什麼補充說明。你想得到她想說：「我家老大對中國文學特別有興趣。」

「中文系？」對方不等令堂補充說明，就順口溜出這麼一句。

「中文系？」這語氣怪怪的，像是失望，像是惋惜，又像是嘲諷。如果令堂告訴他你考上醫科，我保證他聽了立刻肅然起敬。因爲「醫中自有黃金屋，醫中自有顏如玉」。如果告訴他你考上了工學院或商學院，他也會覺得孺子可教。偏偏你考上了中文系，難怪他要失望、惋惜和嘲諷了。

這段談話，無異給你一個當頭棒喝。你如果警覺性高，那時就該愼重考慮：要不要讀中文系？如果不要，可以準備一年之後轉系，甚至重考。你那時還「實迷途其未遠」，來得及「覺今是而昨非」。可是你不此之圖，在中文系一待就是四年，等到畢了業就業不如意才發出怨言：「中文系誤我！」似這般只知責人不知責己，實在有欠公平。古聖先賢不是教我們這樣做人的，在中文系四年你竟不曾學到這個道理，可惜！

與其說中文系誤我，不如說是你自誤。

由目前的社會發展趨勢觀察，中文系的社會地位在可見的將來不可能有所改進。我看不出任何足以產生以進中文系爲榮的觀念的因素。所以中文系仍將吃力地肩負著傳遞並研究中國傳統文化的重擔，在社會的輕視下踽踽獨行。我說中文系肩負著傳遞並研究中國傳統文化（不僅是文學）的重擔，只是從現行的中文系課程安排得來的印象，我並無意討論這種課程安排是否合理。中文系的前途既是如此，對此後有意以中文系爲升學志願的同學，我願在此提一點忠告。你必須認眞的考慮以下兩個問題，才能避免重蹈以往中文系有些畢業生口吐「中文系誤我！」的怨言的覆轍。

第一，你有意進中文系，是爲了想要更直接的親炙中國傳統文化，使你能在中國傳統文化的傳遞與研究上做較大的奉獻；還是只爲了學習一技之長，作爲就業的準備？如果答案是前者，你不但該塡上中文系的志願，而且該把中文系列爲第一志願。如果你考上了，四年的中文系教育足夠使你認識中國傳統文化的菁華，使你有身入寶山不虛此行的滿足感。畢業後你如果能學以致用，固然値得慶幸；即使用非所學，也絲毫無損於你進中文系的目的與收穫。如果答案是後者，我勸你千萬別把中文系塡入志願表。謀生的技能多得是，專科學校學到的技能往往比在大學學到的知識更合乎實用，你何必看上中文系？也許你看上了做作家挺不錯的，以爲中文系可以給你這種訓練。告訴你，現在的一般中文系不可能給你這種訓練。就現在中文系的課程安排看，中文系的宗旨乃在培養研究中國傳統文化的學者，而不在訓練作家。如果你懷著練習寫作的熱情報考中文系，進來後一看所開的課程幾乎全與新文藝寫作無關，勢必大失所望。中文系被賦予太大的研究範圍，古典的純文學研究在這廣義的文學系中勉強還能敬陪末座，至於新文藝理論及寫作指導之類課程，那就很難占有一席之地了。縱然有一兩中文系開有這類課程，也還是點綴的意味重，很少實際的效果。所以，你千萬別把一般中文系看作「作家養成所」。當然，你可以從古典文學作品中體驗到許多寫作技巧，因爲文學儘管因表達形式及使用語言不同而有今有古，但有許多技巧卻是不受形式與語言限制而古今共通的。然而這對於目前中文系並非「作家養成所」的事實是無法改變的。所以你最好還是不要爲了練習寫作報考中文系。

第二，你有沒有堅定的屬於自己的價值觀念？在工商業發達的社會，一般人追求的是財富，因之自然而然的以一個人賺錢的多寡來評定這個人的價值。而中文系的畢業生，很難得進入高薪單位，多數在文教圈服務，其中又以擔任中學教師的占多數。就以中學教師來說吧，說清高誠然清高，說清寒也眞清寒，一個月數千元的薪水還不夠富商吃一頓花酒，而你卻要藉此來仰事俯畜。在古代，士爲四民之首，再貧窮也自有他的社會地位；至於爲人師表的，更是在「天地君親」之下占有一席。所以，老師的物質生活儘管匱乏，精神上卻是舒泰自得的。如今「天地君親師」的時代早已過去，中學教師由於待遇微薄，在拜金的社會中地位一落千丈。此時此地，如果中學教師不能自我肯定教育工作的意義，而跟著工商業社會的價值觀一面倒，那麼除了改行之外，別無他途。多數中學教師都能安貧樂道，默默地耕耘，面對燈紅酒綠的奢靡社會而絲毫不爲所誘，正因爲他們貢獻於社會者多而取之於社會者少，有著這一份自我價值的肯定。中學教師如此，服務其他文教崗位的情形也大致一樣。可以說，你以中文系爲志願，等於選擇了但求服務社會不計個人享受的生活方式，這樣，你沒有屬於自己的價值觀念行麼？說得更現實一點，就算你自己有了不受工商業社會影響的價值觀念，而你的另一半偏偏是個不能免俗的人——看看人家的衣著比自己體面，自己趕緊添置；人家有了彩色電視機，自己也趕快把黑白的換掉；人家新添了美國貨大冰箱，自己看看國產小冰箱就不順眼：這時你將何以自處？從前孔老夫子一口氣稱讚顏少夫子說：「賢哉回也！一簞食，一瓢飲，在陋巷。人不堪其憂，回也不改其樂。賢哉回也！」如果顏少夫子的夫人不能安貧樂道，我懷疑顏少夫子還能「不改其樂」否？所以你不僅要有屬於自己的價值觀念，而且這觀念必須是「堅定的」，這「堅定的」三字就是爲你和你的另一半謀求步調一致而準備的。如果你根本沒有屬於自己的價值觀念，最好別進中文系；否則，你將在拜金浪潮的衝擊下「憂思以終老」。

你懷著傳遞並研究中國傳統文化的虔誠心情進入中文系，你有著堅定的屬於自己的價值觀念，相信四年的中文系教育對你絕不是浪費，你畢業後無論就業是否稱心如意，我也相信你不會感嘆：「中文系誤我！」

——原刊六十五年九月六日「中華副刊」

我是一枝粉筆

有一部電影叫《我是一片雲》，有一首流行歌曲叫〈我是一隻畫眉鳥〉。我不是一片雲，我沒有雲那樣絢麗，也沒有雲那樣瀟灑。我也不是一隻畫眉鳥，我的聲音不及畫眉鳥那樣悅耳，我的長相也不及畫眉鳥那樣逗人喜愛。我是什麼？我是一枝粉筆。

一定有人會奇怪，怎麼我會有這種想法。是的，連我自己也感到奇怪。在從前，我每次走進教室，拿起粉筆，粉筆是粉筆，我是我。可是近來，我每次走進教室，拿起粉筆，總覺得粉筆就是我，我就是粉筆。我開始對粉筆有一種說不出的感情。我輕輕地握住，慢慢地書寫，唯恐太用力會把它折斷。折斷它，無異折斷了我自己。隨著白色的字跡一個一個在黑板上出現，粉筆灰一絲一絲地飄落，飄落在黑板的底槽，飄落在地面。這時，我彷彿覺得我的生命也在一絲一絲地飄落，飄落在黑板的底槽，飄落在地面。

我看到過好幾篇大一同學的作文，都說但願自己成爲一枝蠟燭，燃燒了自己，照亮了別人。每次我看了，總有肅然起敬之感。我從來不敢有這樣的宏願。想想燃燒了自己，照亮了別人，這是多麼悲壯美麗的人生！我只敢說，我是一枝粉筆。雖然是蒼白的生命，沒有熠熠的光亮，但也不會爲自己留下什麼。

記得當我還是小學生，就喜歡趁老師不在教室的時候，拿起粉筆在黑板上亂塗一陣。有時候爲了搶粉筆，同學們簡直如臨大敵。下課鐘一響，往往老師還沒有走出教室門，好幾位同學就已做出百米賽跑的起步姿態。眼巴巴等到老師的背影消失在教室門口，同學們立刻如脫弦之箭，撲向黑板去搶粉筆。我由於個兒較矮，經常坐在第一排，正如「近水樓台先得月」，近黑板的位置當然先得粉筆。因此，我塗黑板的機會特別多。小學五、六年級我都當級長，老師要同學們抄寫的筆記，都命我抄在黑板上。頭幾次奉命行事，我內心又緊張又興奮，不免寫錯了就擦，擦掉了再寫。幾次下來，我不再緊張，也不再興奮，只是覺得得意。我一邊用粉筆規規矩矩地寫，一邊對著黑板得意地傻笑。當然，在我背後的同學們都看不到我在傻笑。我只笑給黑板看，只讓黑板分享我的快樂。

每一個孩子都有一段日子喜歡以老師爲模倣的對象，甚至希望自己將來成爲一位老師。但是大多數孩子的這份願望不久就被別的新願望所取代。而我，成爲一位教師卻是我終身的願望，似乎從小學五、六年級替老師在黑板上抄筆記開始，我就不曾有過要「改行」的念頭。

讀中學和大學的歲月匆匆飛逝，四年助教的生活也已在記憶中褪了色，只有我第一次拿著兩枝粉筆和一冊《孟子讀本》去上一班法律系國文課的印象，雖然事隔二十三年，卻始終歷歷如在眼前。全班三十幾位同學個個閃亮著靈魂之窗注視我。大概是由於我那時年未「而立」，視未茫茫，髮未蒼蒼，齒牙未動搖，不大像教「之乎者也」的老夫子。我表面上故作鎮靜，事實上比讀小學五年級那年破題兒第一遭替老師在黑板上抄筆記時更緊張、更興奮。我先講了一段幾乎花了三天三夜準備的開場白，然後才言歸正傳，介紹起孟子來。就這樣，完成了我和我的第一屆學生相處的第一回合。從此，一個星期一個星期地過去，我和同學們的關係漸漸由生疏而熟識。由於那一年我初次教課，系裡就只給我排了這一班國文，我能以全副精神注意這一班同學。我知道了某某是個勤勉苦讀的好學生，只是天賦較差，作文成績總欠理想。某某上課時總愛在課本上畫插圖，從救苦救難觀世音菩薩到耶穌基督，從那時退休不久的邱吉爾到主演《面子問題》的影星林翠，古今中外，無所不有。我也知道某某喜歡做幾首打油詩，向同學甚至老師誇耀。某某常藉口代表校隊賽球不來上課，每次來上課也總是坐在教室末一排座位的角落，閉目養神。某某是某著名富商的千金，她有五個姊妹，卻沒有一個兄弟。……當我對每一位同學都有相當認識的時候，他們已坐在我的面前埋頭疾書，參加這門課程的結束考試。原來我和他們只有一年的緣分！我突然覺得一陣黯然，忍不住對班上幾位品學兼優的同學多看了幾眼，這樣還覺得不夠，我還依次到他們每人的座位旁站了一會兒，表面上是監考，事實上是惜別。這時，即使對補白畫家、打油詩人，甚至平時印象欠佳的那位球員，我也以另一種寬容的眼光來看他們。當他們一一繳上試卷走了，我獨自環顧了一下空寂的教室，長長地嘆了一口氣。臨走前，我用粉筆在黑板上寫了七個大字：

粉筆生涯原是夢！

這是我度過了一年粉筆生涯的感慨。我是從小就熱愛粉筆生涯的人，誰知道才教了一年書，就有了這樣的感慨。記得那天夜裡，我竟然沒有心情評閱他們的試卷，內心思潮起伏，久久不能平息。終於我寫了一篇題爲〈師生〉的短文，作爲我「失去」第一屆學生的紀念。

大學的師生關係，似乎是同學修讀你任教的課程建立起來的。如果他不曾修讀你任教的課程，就是同屬一個科系，也彷彿是路人一般。即使他修讀你教的課程，一旦課程結束，他就像遠行的旅客，行色匆匆地向前一站趕去。儘管你還在掛念某某作起文來，是否依然一下筆就愁呀苦呀，把人生看成了一枚苦果；某某是否依然濫用刪節號，卻養不成使用句號的習慣；某某是否依然終日嘻嘻哈哈，彷彿從來不用腦筋思考；某某和某某這對歡喜冤家，是否還是那般好吵吵，吵吵好好。……可是這種種關懷掛念，都追不下他們向前直奔的背影。他們的背影消失了，他們下一屆的背影也消失了，他們下一屆的下一屆的背影又消失了；而你卻仍然站在原來的崗位，默默地投出對他們的懷念和祝福。這份懷念和祝福，事實他們永遠也領略不到。你，一位教師，能不感慨「粉筆生涯原是夢」？

年復一年的重溫著「粉筆生涯原是夢」的感慨，我開始視茫茫，髮蒼蒼，而齒牙動搖。到如今，已有二十三個錦繡年華隨著粉筆灰飄走。今年六月底，我把期終考的試卷看完，這意味著我又送走了一屆學生。我又習慣地在研究室的黑板上寫下「粉筆生涯原是夢」。在我寫的時候，粉筆灰一絲一絲地飄落。我猛地驚覺，我就是一枝粉筆。在我來說，這眞是一個驚人的發現，我在小學時代和同學們搶粉筆，大學畢業後執著於粉筆生涯，如今，我竟然覺得，我就是粉筆！夜幕漸濃，研究室裡已是一片漆黑，門外走廊上的電燈已經發光。我懶得打開研究室的電燈，就坐在這一片漆黑之中冥想，越想越覺得自己就是一枝粉筆。我反覆著自語：「我是一枝粉筆，我就是一枝粉筆！」

用粉筆寫字，無論從粗的一頭寫起，或者從細的一頭寫起，開始幾筆往往不大好用，有時候會在黑板上發出怪聲。等到粉筆頭磨圓了，寫起來才漸入佳境。回顧我過去二十三年的教學情形也正是如此。第一年教書，費的力氣大，成績卻不理想。後來漸漸有了經驗，教起來才得心應手，事半功倍。二十三年來，如果我曾使上過我的課的青年朋友在求學做人上有些微的進境，雖然半截粉筆已磨成了灰飄落在黑板底槽，飄落在地面，我還是認爲非常值得。這剩下的半截粉筆，將會寫出比以前更好的字來，哪怕每一筆每一畫，會比以前飄落更多的粉筆灰！

我知道，當粉筆灰飄盡的時候，粉筆本身將是一無所有。這蒼白的生命，本來不需要爲自己保留一點粉屑。

——原刊六十六年十月二十八日「中央副刊」

給陳若曦

編按：陳若曦，本名陳秀美，當時是台大外文系學生，後和白先勇、王文興、歐陽子……等同學，創辦《現代文學》雜誌，七〇年代，陳若曦為文抒發在大陸見聞，各界矚目，本文即是當時葉慶炳教授寄給她的書信。著有散文《文革雜憶》、《慈濟人間味》等十五冊，小說《尹縣長》、《完美丈夫的祕密》等二十餘冊，以小說《尹縣長》、《慧心蓮》兩度獲中山文藝獎，現任中國婦女寫作協會理事長。

秀美學弟：

我還是習慣稱你的名字，理由並不像夏志清先生所說的「若曦」的「曦」字筆畫太多，寫起來不方便，而是因為你在本校肄業期間，我就從來沒有叫過你「陳若曦」，雖然你在那時已開始使用這個筆名。

你一定想不到我會寫這封信給你，事實上，我是在前天才決定寫這封信的。這一兩個月來，你是此地報紙副刊上的熱門人物。你的小說一篇接著一篇刊登出來，評論你的小說和介紹你的為人的文字更多，多少的同情和讚揚投向你。我以往看報，總是把副刊留到最後；但是自從副刊掀起了陳若曦的熱潮，每天拿起報紙就看副刊，並且透過老花眼鏡鳥瞰全版，看看有沒有「陳若曦」這三個字。如果有，那就在一把比較舒服的沙發上坐下來，細細的閱讀。這變成了我新的習慣。我從來沒有意思要寫一篇有關你或你的小說的文章，我只是擔心這許多從四面八方湧至的同情和熱情，是否你這瘦弱又常鬧胃病的身子所能負荷。

直到前天——四月十四日，我讀到夏志清先生所撰〈陳若曦的小說〉一文，我覺得有必要寫一封信給你，告訴你一些往事。夏文連載三天，所以我到今天才提筆。夏文說：

> 秀美在《文學雜誌》上發表的第一篇作品〈周末〉（三卷三期，一九五七，十一月號），其實是先兄濟安花兩個鐘頭澈（應作徹，疑是手民之誤）頭至尾重寫的。最近重讀，的確筆調近似濟安〈火〉這篇作品。……台大學生投稿，他覺得題材可取，毫不客氣重寫的例子，不止〈周末〉一篇。秀美在《文學雜誌》上發表的第二篇〈欽之舅舅〉（四卷一期）
>
> ……

〈周末〉和〈欽之舅舅〉的確是你最早發表的兩篇小說，而這兩篇小說的誕生都和我有關。民國四十六年秋季，你進入台大成爲外文系一年級的新生。你的國文課分在第二組。那時候台大的大一國文不是像現在這樣按系分班。以文學院來說，中文系的學生編爲第一組；再把外文、歷史、哲學、考古等系入學考試國文成績在七十分以上的學生混合編爲第二組。第二組經常有六、七十人，習慣上稱爲大班。第三組起每班四十餘人，都算小班。第二組不但人數最多，國文程度也較其他各班高。從四十五年起，我一連六、七年都擔任第二組的國文。就這樣，你成了我班上的學生。

在上課的第一個月，我不曾注意過你。一直到看了你的第二篇作文〈周末〉，我才對你刮目相看。那一年我剛過而立之年，和夏濟安兄在溫州街五十八巷十八號的單身教職員宿舍對門而居。周末，對有家累的人來說，多半是意味著洗衣服擦地板補給日用品的勞動時間，用不著操心怎麼過。對單身漢來說，那意義就不同了。每到星期六傍晚，有節目的當然興致勃勃的鎖上房門出去了，沒有節目的，也往往整裝出發，做有約會狀，其實不過搭零南公車到西門製造人潮，然後再搭零南回來而已。如果周末晚飯後你獨自待在寂寞的單身宿舍裡，不但顯得你沒辦法，那況味也的確難以忍受。那次作文我出了「周末」這個題目，大概是有感而發。我當時告訴你們，都要當短篇小說來寫，至少三千字。兩個星期之後繳稿。

十月中旬收齊這次作文，然後就埋頭苦改，十月下旬發還。就留下你的一篇沒有發。

「老師，我的作文呢？」你走到講台旁問我。

「你叫什麼名字？」我明知故問。

「陳秀美。」

「哦，可能掉在宿舍，我回去找一找，下次上課發給你。」

這是我第一次注意你。矮小，瘦弱，清秀，樣子聰明可愛。差不多在半個月前，我在此間一份報紙上看到了你一家四口的全家福照片，幾乎不敢相信相片中的那位女士就是你！一方面由於版面不夠清楚，只能看個輪廓；再方面由於你胖了。在我記憶中的你還是十多年前不過四十公斤出頭的少女，而出現在相片裡的卻是一位中年女士，媽媽型的體態。其實，我自己也一樣，我已經視茫茫，髮蒼蒼，而齒牙動搖。彼此重逢，恐怕都不相識了。

話說回頭，我那天告訴你，你的作文可能掉在宿舍裡，其實這是假話。事實上，我已把你的作文在前一天交給濟安了。前一天晚間，我總算把你們全班的「周末」改完了，一邊登記分數，一邊大聲說：

「夏某，下期的小說稿缺不缺？」你知道我和濟安的房門正相對，彼此又很少關門，所以經常人留在各自房間而彼此交談。你也知道我一直用他自稱的「夏某」來稱呼他，正同他稱我「二號」。當你們在座時也一樣不拘俗套。

「勉強夠。你有稿嗎？」夏某在那裡遙應。

「有一篇你們系一年級學生寫的小說，值得鼓勵鼓勵。」

於是我拿了你的「周末」給他，並且對他說：

「如果你不鼓勵，請儘快還給我。」

第二天，我在你們班上發作文，而夏某還不曾給我回話，於是我向你說了個謊。如果不是志清先生說你的「周末」是夏某「花兩個鐘頭澈頭至尾重寫的」，這件事我將永不再提。當時如果告訴你，「你的作文投給《文學雜誌》了」，也許你怪我事先沒有徵求你的同意，也許萬一遭到退稿你覺得沒有光彩。雖然我的謊言是出於善意，但當時我的內心仍覺歉然。

隔了三天，下午又要上你們這班的課，我不能不去催夏某做一個決定了。

「夏某，『周末』怎麼樣？」

「周末？到余老前輩家去比劃比劃好麼？」他誤會了我的意思。

「我是說那篇題目叫『周末』的小說，你究竟鼓勵不鼓勵？」

「唔，唔……」他一邊支吾，一邊在書桌上找那篇稿子。看樣子，他似乎還不曾看過。他的書桌上、椅子上，甚至牆角邊，到處都堆滿了書籍和稿件，要找東西相當困難，我常覺得他眞需要一位賢內助。還好，沒有花太多時間，他總算找到了。

「我馬上就看。」

於是他專心看你的這篇「周末」，我就從他枕邊取過《降龍十八掌》來翻閱。我那時看的武俠小說，都是他從溫州街口的一家租書店租來的。

「這孩子滿有才氣，值得鼓勵。」他一口氣看完了說。

我等的就是這句話。在下午國文課下了課，我把你叫上來說：「你的作文已找到了。你們系的夏濟安老師覺得不錯，準備在《文學雜誌》發表。」

我回到宿舍，夏某已鎖門出去，在我的門上塞著一疊文稿，打開一看，就是你的那篇「周末」。他已經修改過了，並且他在首頁上寫著：「二號：這樣改是否好些？」我仔細的就他改動之處一一看了。他的字跡很潦草，但可以看出是花了工夫改的。我現在清楚地記得，小說的一大半沒有什麼改動，只是因爲改動部分結構而牽連到文字，有兩三頁顯得相當凌亂。約莫有半頁稿紙長的一段，是夏某補充的，我認爲補充得非常好。這篇「周末」就這樣在十一月的《文學雜誌》刊了出來。

如果說，〈周末〉是夏某修改潤色過的，這是事實；如果說，是夏某「重寫」的，那絕不是眞的，除非「重寫」的意義就指修改潤色。適度的修正和指點對青年作家有鼓勵作用，一手包攬過來爲之「重寫」對青年作家的影響，恐怕是損傷的成分大，鼓勵的意味小。賢明如夏某，諒必思過半矣。

下學期一開學，我在你們班上又出了個作文題目：「一個眞實故事」。目的還是在鼓勵同學們寫小說。你的第二篇小說〈欽之舅舅〉就是這次作文的成績。這篇小說篇幅在兩萬字上下，差不多是〈周末〉的四倍，我又把稿子交給夏某，說：

「陳秀美的，繼續鼓勵。」

「哦，她寫這麼長！」他接過厚厚的一疊稿子時說。

這次我是事先告訴你的，所以不必催他快做決定。約莫過了半個月，一天晚上快午夜了，我已關上房門，躺在床上看書，準備入眠。忽聽得有人敲門，接著是夏某的聲音：

「二號，快樂的，快樂的！」

你知道，「快樂的」是我們的口頭禪。我起來開門，他手中拿著一疊厚厚的文稿，口裡咬著菸斗，笑嘻嘻的站在我的房門口。他說：

「這陳秀美眞不簡單！」

這篇〈欽之舅舅〉很快就發表了，這次夏某可以說沒有改幾個字。後來我在課堂上把一張新台幣一千兩百元面額的支票（稿費）當眾交給你，下課時，就聽到「陳秀美請客！」的一片歡呼之聲。一個大一學生已接連在當時一流的《文學雜誌》上發表小說，這不能不說是一種殊榮。

你們這一班的寫作人材有不少位（我不想提他們的姓名，因爲那樣有賣老或沾光之嫌），因此那一學年我教得很起勁。第二學年，我又面對新的一群「新鮮人」，再教不到你，你也已進入了寫作情況，力能自創前途。我們仍時常見面，關係轉進到師友之間。你在我面前不再像大一那樣拘謹，變得爽朗而活潑。一直到你出國前幾天，你到我宿舍來，大概是辭行吧。後來我用摩托車送你回家，沒想到剛出五十八巷口你就摔了下來。幸虧當時車子是慢速，你只有一點輕微碰傷。我騎車一向謹慎，竟然會使你從後座摔下來，眞連我自己也想不通，當時我眞感抱歉萬分，雖然你很快站起來又坐到後座，笑笑說：「不要緊。」但我這一份歉疚之情一直藏在心中，至今已十有五年。

以上所說的，有些你本來知道，有些是你一直不知道的。如果不是夏志清先生這篇大文，我絕不會舊事重提。也好，讓你重溫一下台大校園的那段的快樂日子，那溫暖的陽光，那輕拂的和風，那滿園的笑語。

我這封信，最主要的是要告訴你，〈周末〉，不是夏某花兩個鐘頭徹頭至尾重寫的。誰又能花兩個鐘頭徹頭至尾重寫一篇數千字的小說？其次，寄上我對你的深切關懷和期望。這份關懷和期望開始於民國四十六年的台大臨時教室。附帶的，我藉此信向其他許多我曾經特別關懷和期望過而現在不知在茫茫人海的何方的同學們寄上我不盡的憶念。

祝福你和你的家人。

葉慶炳　手啓　六十五年四月十六日

——原刊六十五年五月一日「人間副刊」

附：覆葉慶炳老師

陳若曦

葉老師：

讀了時報〈給陳若曦〉一文，欣喜之餘，懷舊之意油然而生，不能不即刻給你回信。我稱呼「你」，相信不會見怪，做你多少年的學生，不記得喊過「您」，也不曾惹你生氣過，想必知道我不是不禮貌，而是我們台灣話中沒有「您」「你」之分，比起北平話，雖尊卑不分，但眞誠坦率多了。近來回人信，有時不能免俗而非用「您」不可時，信總寫不長，而且是寫完後再一眼，臨時在「你」字下丟一顆心上去，畢竟吃力。在用字上這樣繁瑣造作，我認爲並無必要。

文章是我特地拿到辦公室裡，乘午休時刻細細拜讀的。讀著，讀著，眼前的景物便模糊了，電話、賬本逐漸淡化去，恍惚中，只見椰影搖曳，杜鵑滿園，你把我一下子帶回到台大了。台大！一提到這名字，青春的歲月和鄉土人情都浮現在眼前，只是甜美的回憶裡摻揉了濃濃的鄉愁了。然而那四年大學生活眞是我這一生最愉快的時光，儘管是天眞、無知、魯莽加衝動，卻充滿了眞摯，而凡是眞摯就是美好了。我在南京教書時，有一次政治運動裡，一位留美的教授挨轟，被貼了一牆的大字報，就因爲他對人說過他在美國做研究生的那段日子「眞是神仙般的生活」。我雖然沒有貼他大字報，也沒加入批判，不過心裡倒是可憐他，他若嘗過我們台大的校園生活，便不會羨慕美國的那段「神仙」日子了。

是的，曾幾何時，我已步入中年，成了標準媽媽型的女人；更甚的是未老先衰，早已「齒牙動搖」了。你自云「視茫茫，髮蒼蒼。」其實記憶力比我強多了。這次讀到信，才知道〈欽之舅舅〉這篇小說的稿費數目，我在《自選集》（雖叫自選集，書名倒是出版社奉送的）的〈後記〉裡竟記錯了。幾個要好的同學確是拉我請客，在台大對面的小冰店吃冰淇淋。聽說台灣的建設突飛猛進，台北的建築更是日新月異，這小冰店想早已翻成高樓大廈了吧。

想不到〈周末〉這篇文章竟能引出你這封信來，實在慚愧。說眞的，如果不是看到出版社寄來的校樣，我還記不起這麼一篇文章，也想不起在什麼情況下寫的，甚至讀到一半時，也仍記不起小說的結尾來。說也奇怪，文章的筆調是有些像「夏某」先生的，難怪夏志清先生以爲是他哥哥重寫過。只是我這次重讀，卻不喜歡它，還建議聯經出版社別收進集子裡。

想起濟安先生和你，總想起武俠小說。我從小酷愛武俠小說，但「段數」很低，行情也閉塞，進大學時還停留在還珠樓主的勢力範圍內，還是在你們兩位的談話中，才認識了黃蓉、郭靖，開了眼界。這一來，我卻讓這對神鵰俠侶給迷得神魂顚倒、茶飯不思，大考了還抱著書不放，沒有留級也眞是大幸了。

提起武俠小說，便想起日本電影。我生下來時，家鄉還是日本人占據著，所以從小恨透了日本。我們家裡人都不說日本話，不唱日本歌，連帶著，我也從來不看日本電影。又是你，大力鼓吹《宮本武藏》這部片子拍得好，說得眉飛色舞，大有失之交臂便終生遺憾的意思。我先還將信將疑，及至看了，也迷上了。這以後，不但三船敏郎的片子必看，連一些哭兮兮的日本片也掏去不少我家教賺來的錢。

我在台大那段日子裡引爲榮耀之一的便是替你整理文稿，你每月還送酬金給我。那一陣子，我日子也過得忙碌，上課、家教外，又辦《現代文學》，要審稿、校對；剛學會幾種舞步，也愛參加跳舞會；同學會的郊遊也不願錯過；又是台大橋牌社的少數女社員之一，因而責任重大，常被拉去練牌（後來也眞替橋牌社拿到一個全省女子冠軍組的銀盾）。這樣，有時到了要交差的時光，工作還沒有完成，於是《現代文學》的人便來幫忙了。

我很感謝你從來沒有擺出一副「師尊」的面孔，因此，常能談一點心事。「夏某」先生居室之雜亂，與你房間之有條不紊、纖塵不染，形成了有趣的對照。他需要個賢內助，早已家喻戶曉，不過，我第一次同白先勇去宿舍拜見他之後，倒覺得無可救藥了——別的不提，那張書桌的雜亂和堆積如山（我碰巧看到一張四年前的賀年片），怕是賢內助也無能爲力吧。我的好些女同學對你的婚姻也很關心的。還記得你曾對一位S小姐很傾心，S品貌都佳，對你也好，奈何她被她的同室女友纏住，爲此你頗爲苦惱，與我談起時，不免搖頭嘆氣。我們還一道忖測遲婚女人的心理狀態，可惜我那時閱歷不深，偶爾小說裡寫戀愛也是閉門造車，自己並無經驗——可笑我進台大頭幾年猶抱著獨身主義，拒絕談戀愛——所以絲毫幫不上忙。不過，我一向愛給人作媒的，有一次替你打聽到一位小姐，是某同學的遠房親戚，好不容易把你說動，訂了一次約會。那時我出謀劃策，那同學則勤於通風報訊，原指望有成功的一日，誰知約會了一次，你先打了退堂鼓。什麼原因我現在是記不得了。

我雖然好作媒，究竟沒經過媒婆授業，也不走運，十幾年來，由台灣而美國而大陸，從未撮合成一對佳偶。在香港時，有一次要給戴成義介紹小姐，弄得他一時不敢上我家來。但幾年來怨偶看多了，我逐漸心灰意涼，如今也收起這行副業了。

眞難得你還記得我有腸胃病，這毛病自小就有，只是在台灣時難得發作，知道的人眞是少而又少。今天能給你寫信，還虧得有這個毛病。否則，我恐怕難以離開大陸。

一九七二年春天，我終於下了決心要離開大陸，戰戰兢兢地遞上了「出國」申請，申請書上自然不能直說我痛恨那專制獨裁的政權，鄙視那莫須有的階級鬥爭，只能說是「健康日衰，不能適應國內的生活」。學校「黨委」一看，怒不可遏，認爲我是裝病，想要「出國」，便是要「叛國」，「叛國」了當然是要「投敵」去，而這一切的根源自然是思想改造不夠，於是通知我立刻去蘇北走「五七道路」三個月。大陸上的知識分子別的念頭如果沒有，隨時準備去勞改的思想是早成爲日常生活的一部分了。當然，我不吭一聲，收拾了鋪蓋捲，丟下兩個孩子在家，也就下鄉去了。

那農場裡供應的早飯，其中佐稀飯的小菜千篇一律是醃青菜，我牙齒不好，嚼不爛那鹹菜梆子，所以自己帶了一瓶豆腐乳下去，誰知才吃了一次，晚上就胃痛腹瀉，折騰了一夜。這還不說，有一天搞大田積肥，我和幾個教員在牛棚和豬棚附近耙稻草。想是午飯吃得太急，又經太陽一曬，不受用了，我肚子突然絞痛起來，整個人站不住，慢慢向地上縮下去。同事看我臉灰了下來，都慌了，丟了耙向我奔過來；我卻痛得太猛，竟昏了過去。等我有知覺時，發現自己身子在空中搖晃，定睛一看，原來是人蜷縮著躺在一個大籮筐裡，正由兩個男教師用一根扁擔扛著跑，一個女教師氣喘吁吁地扶筐跟隨，直奔去看醫生。小時候看新嫁娘坐四人抬的大轎，很是羨慕，想她們威風得很，怎麼還啼哭呢？哪曾料到自己也有一天被人抬著走，果然有些「心酸酸」的滋味。這次病的發作，自然彙報上去了，學校又因爲我們要出走而受到省裡責備，立刻來個一百八十度轉變，笑臉相迎，連哄帶逼地把我拉回南京，送到一個高幹療養單位檢查身體。果然，X光照出了潰瘍痕跡，總算證明了我不是純粹裝病。當然，他們還是軟硬兼施，旁敲側擊，總想從我口裡套出眞話，不過我自始至終咬定是健康不佳。

說健康不佳，也非假話。記得吧，你曾說過因用腦過多，患了神經衰弱症，有健忘現象，像出門上台大，路上會想起忘了鎖門，回去察看，門又鎖得好好的。我那時少年不更事，不知神經衰弱爲何物，不免竊笑你多疑，直到我在「北京」住了兩年，才充分體會你那時的情形。然而，我這神經衰弱症與你的稍有不同，倒像是用眼過多引起的。

文化革命到一九六七年，破壞達到最高峰了，除了打砸搶，又是凶殺武鬥，死傷累累。那時我常在外面看大字報，遍地是告急聲：「瀋陽告急！」說裝甲車衝進了百貨商店，「蘭州緊急！」原來是工人用機關槍掃射學生……我總是一邊看，一邊喘氣，渾身毛骨悚然。自認爲「比秦始皇還秦始皇」的毛澤東，更加把自己神化，煽動起人民原始的宗教狂，全國塑像林立不說，有個時期把「北京」搞成「紅海洋」，處處是紅，好好的牆壁也刷成一片血紅，看得我心驚肉跳，眼皮都顫抖不已。（可笑我以前寫〈欽之舅舅〉，那主角眼皮跳動還有賴神祕與幻想，哪知現實生活便能造成這種效果。）我開始失眠、頭痛，像你說的遺忘現象更是稀鬆平常。最惱人的是，我常以爲聽到孩子的哭聲。自己房間裡的自來水在流，或隔壁的水喉擰開了，那嗚嗚聲響，我乍聽都疑爲嬰兒啼叫，整個人會嚇得跳起來。後來買了「赤腳醫生」的書來看，知道這就是典型的神經衰弱症，自然也就想起你來。十幾年不見，希望你已經治好這個毛病了。

我怕這封信已經扯得太長，再不打住，你要笑我作文退步了。寫了幾十行，專爲的感謝你對我一家的關懷，並表達我的敬意和問候。

秀美　五月十七日於溫哥華

——原刊六十五年七月七日「聯合副刊」

再給陳若曦

秀美學弟：

我上一封信是透過人間副刊給你的，一客不煩二主，這封信自然也得叨擾人間的寶貴篇幅了。

我很高興比一般讀者早幾天讀到你的覆信，因爲你請副刊主編先把稿子寄給我過目，同時你還在稿末寫著得我同意才發表。你這般體貼的安排，使我既感謝，又感動。我明白你所以如此做，無非因爲在信中提到一些我的私事，特別是我交女友的經歷。你不忍心讓我臉紅受窘，怕我會羞愧得恨不得有個地洞鑽下去（我現在住四樓，眞的鑽下去也只能鑽到三樓李教授家，於事無補），所以才這般授權給我。

當我捧讀信稿，開始是欣喜，因爲你把有關我的往事絮絮道來，又恢復了我耳熟能詳的活潑俏皮語調，我可以從字裡行間感覺到你的內心在微笑。能使你歷盡劫難的心靈重新綻開笑容，縱然透露一些我雅不欲人知的私事，又有何妨？接著你告訴我你離開大陸的一段艱難歷程，我的心又往下沉，彷彿從前讀了你的〈晶晶的生日〉等小說時的感覺一樣。你這段歷程，是所有關懷你讚揚你的人們所希望知道的。他們也有權利知道，怎能不公之於世，縱然透露了一些我雅不欲人知的私事，又有何妨？我就是拚著幾天老臉羞紅，也得同意發表這封覆信。我準備聽一些閒言閒語，諸如：「原來此公當年也有這套！」或者，「想他那時追不上S小姐，必然愁白了少年頭！」

出於我意料之外的，七月七日那天你的覆信見報，我竟然臉不改色。是由於「窈窕淑女，君子好逑」是古代聖人也允許的，本來就不必臉紅？還是五十多年的風霜歲月已使我這老臉皮產生了防紅功能？暫且不去研究。至於那位S小姐，眞的我已有很久很久不曾想起。你這一提，我又想起了那座狹窄的樓梯，那冬天身穿毛線背心的白狐狸狗，以及那位和她同樓而居的老小姐。但在感覺上，這一切距我是多麼遙遠，遙遠得如果我要寫這段往事，簡直可以用「曰若稽古小姐S」那種書經筆法了。

至於你替我介紹的那位小姐，我只曾見過一面就打了退堂鼓，個中原因我從未對你說過，你當然不得而知。這原因永遠埋在我心中算了，因爲這也是「上古史」，不必再「曰若稽古小姐某某」了。

你在覆信中慨嘆：「十幾年來，由台灣而美國而大陸，從未撮合成一對佳偶。」又說：「幾年來怨偶看多了，我逐漸心灰意涼，如今也收起這行副業了。」使我覺得十分抱歉，可能就因我和那位小姐才見一面就悄然撤退，使你第一次作媒就出師不利，終至以後一事無成，關門大吉。而我這十幾年來，也時時兼任月下老人，成績可比你強多了。經我撮合成的青年男女，如果連他們的下一代合併計算，大概夠坐滿一輛台北市新行駛的中型巴士。而且我看到的佳偶多，怨偶極少，原因很簡單，因爲我一向蟄居在受優良傳統文化薰染的寶島，從不曾出國門一步。所以我目前對月下老人這份兼差，仍然樂而不疲。我想，至少要等到經我撮合成的夫婦和他們的下一代夠坐滿一輛大型公車，我才考慮辭去兼差。

我一向不贊成獨身主義，我認爲「願得兩個成翁媪」是人生的正途，除非實在沒有適合的對象，只得獨身而終，但那也談不上什麼主義。當你在大二上的時候告訴我你要抱獨身主義，我簡直心裡覺得好笑。少不更事的黃毛丫頭，竟然要抱獨身主義！你活潑、開朗、又漂亮，在我的感覺上你絕不是抱獨身主義的那型女性。你看，你現在不是兩個孩子的媽媽了麼？府上的人口正和舍下相等哩！告訴你，我眞的爲幾位要抱獨身主義的女孩難過過。在你畢業後，我擔任了幾年中文系大一國文。曾有一位女同學向我表示，等畢業後希望到窮鄉僻壤的國中或國校去教書，在那裡獨身而終。她的樣子瘦瘦的，清秀得近乎蒼白。她的國文程度很好，只是作起文來筆端時帶憂鬱。她說這話時神色很落寞，不像你當年口裡說此生不要結婚，臉上卻掛著爽朗的笑容。我當時眞的爲她感到震驚。後來我總是找機會和她多聊聊，一直到她畢業，我發覺她始終獨來獨往，休說男伴，連個女伴也不曾有過。杜鵑花城的四年溫馨，竟不能使她似乎冰凍的心靈融化。現在她早已畢業，我不知道她的近況如何。像這樣的女同學，我後來又遇到過兩位，每次都讓我難過許久。後來我不教大一國文了，不再經由批改作文和同學交換意見，才沒有再遇到這類女同學。

最使我感到震撼的一次，是F大一位跟我作碩士論文的同學於獲得碩士學位之後到台南去學習做修女。對這位又聰明又秀麗的高足遁入空門，我這個全身沒有一個宗教細胞的老師眞是百思不得其解，爲之失眠數夕。這兩年中，我每到台南，總和她聯絡，約她談談，有時在鐵路餐廳吃碗麵。我察覺她是平靜的、快樂的，當時心中也感到一絲慰藉。但一坐上北返的火車，她的影子隨著隆隆車聲在我心中重疊浮現，我突然想吶喊：「不能這樣！這是不對的！柴米油鹽和奶瓶尿布都是眞實的，天國？天國在哪裡？」

我在民國五十二年四月四日星期四告別單身宿舍，踏入結婚禮堂。當我面對著白紗覆頭的新娘，忽然心頭靈光一閃，想通了一個道理：我先前幾次交女朋友之所以沒有結果（包括你瞎熱心替我介紹的一次在內），原來就因爲眼前這位新娘早已在世界的一角等我。前幾次我都找錯了對象，自然是徒勞無功了。婚後一女一子先後誕生，這個四口之家也忙得我團團轉。我當初選了「兒童節」在「婦女之家」的禮堂結婚，如今爲兩位兒童和一位婦女多效一點犬馬之勞，這也是義不容辭的事。本月十二日「華副」有我的一篇〈吾家有女初畢業〉，這無異是我這四口之家的剪影，我已剪下一份寄給你，相信你有興趣一讀的。

你說你小時候看新嫁娘坐四人抬的大轎，很是羨慕，想她們威風得很，怎麼還會啼哭。這究竟是女孩子的想法，我小時候就不然。放學時遇到花轎，我和同學們一定跑過去緊貼著花轎走，聽聽轎中的新嫁娘有沒有嚶嚶哭泣。如果聽到哭聲，我們就說：「不要哭啦，新郎倌在等你。」如果聽不到哭聲，我們就說：「新娘子怎麼不哭？羞羞羞！」就這樣，我們把新娘子弄得哭一陣、停一陣，哭也不好，不哭也不好。從來沒有一個新娘子敢在此時掀開轎簾把我們罵一頓。想想自己小時，實在是個頑童。「高堂明鏡悲白髮，朝如青絲暮成雪。」如今追懷，恍如隔世。

武俠小說是我單身宿舍時期的消遣品，那時都由夏某從租書店租來，免費供應。他赴美後，我就少看了。爲了答謝他的厚意，我曾買了整套《鶴驚崑崙》、《寶劍金釵》、《劍氣珠光》、《臥虎藏龍》寄給他，以慰他客地寂寞。這套書我屢看不厭，夏某也有同感。這套書到了他的手中，聽說在他的交遊圈中很走紅一陣。我結婚之後，生活日漸繁忙，就只能看看報紙副刊上的武俠小說了。順便告訴你一件趣事，在我單身宿舍生活的最後一年，我租來了一部武俠小說，書名不記得了，反正那些書名都差不多的。那部書的文筆平平，吸引我的是書中的人名，很多名字都似曾相識。我思索了數天，拿出數年前在某校兼課時的計分簿仔細審閱，發現了小說中的姓名，很多是某班同學姓名的諧音。我再進一步比勘研究，終於恍然大悟。原來小說作者是該班的一位同學，凡是他喜歡的同學都成了小說中的正派人物，不喜歡的當然是邪派人物。他追一位美麗的女同學追不上，就把她寫成隱居苗疆的九子魔嫗；他修我的中國文學史課程重修（事實上他並未重修，而是輟學去寫武俠小說了），把我寫成武當派的掌門道長，在一次正邪兩派決戰中被邪派高手斫斷一隻右臂——我那條曾經用紅筆一揮給他四十分的右臂。如果武俠小說已躋身學術之林，我以上的考證足足可以寫成一篇「索隱」、「探微」之類的論文，可惜這時機尚未到來。

先不談日本人可恨不可恨，《宮本武藏》是部好電影，我的觀念至今不變。你還記得當年台北戲院演出時的盛況？尤演到第三集《岩流島決戰》，簡直是盛況空前。那次是夏某和我一同去看的（夏某先後看了三次），當看到遠山隱隱，碧水浩浩，一葉扁舟在霞光閃爍的水面上緩緩駛向目的地，船上的武藏神氣內斂，臉色凝重，兩眼看著前方，若有所思。這是武藏赴生死之會的一幕畫面。夏某先是猛抽早已熄火的菸斗，終於嘆了一聲：「風蕭蕭兮易水寒！」電影散場，兩人坐三輪車回單身宿舍。一路上直感嘆，嘆我國的電影技不如人，嘆我國電影辜負了歷史上多少英雄烈士的悲壯事蹟，嘆我國的電影不能肩負起提升民族靈魂與國民情操的天職。夏某如果現在還活著，看了這幾年的電影或電視，不是滴滴滴，就是殺殺殺，眼淚固然不值錢，鮮血也同紅墨水一般廉價，不知有何感慨？我看了都不禁作三日嘔，何況是他！我想他一定會拉我到余老前輩府上去作半日遊，聊以忘憂，可是余老前輩也已作古多年。

你說你生下來時，家鄉還是日本人占據著，所以從小恨透了日本。你們家裡都不說日本話，不唱日本歌，連帶著也不看日本電影。這是種民族情感。我也曾在抗戰時期日機濫炸下受盡驚嚇，在淪陷區吃足苦頭，我有足夠的理由來恨日本人。但我一向很理智，日本投降後，我把恨的範圍縮小到日本的軍閥、政客和一些瘋狂的劊子手；對多數善良的日本人——像你我以及我們的親戚朋友一樣善良的日本人，我並不懷恨。所以遇到日本學者或觀光客，我的眼光總是友善的；班上有日本留學生，我也把他們和本地學生一視同仁；過舊曆年，我也曾邀日本學生到家裡吃年夜飯。但是我卻曾經被一名日本同學莫須有的侮辱過。那時中日還未斷交，他重修兩次中國文學史不及格，結果就來了一封信，大致說我這樣年紀的中國人，很難忘記「南京事件」。言下之意，他兩次重修不及格，是由於我的報復心理作祟。這簡直否定了我做教師的基本人格，豈非莫大的侮辱？「南京事件」是舉世共知的日本軍閥欠我們的血債，但是說實話，我這個中國人並沒有時時刻刻（包括在閱卷評分時）記在心頭，倒是他老兄提醒了我！一個做學生的考壞了不自我檢討，反而疑神疑鬼的誣衊教師，這是怎麼樣的學生？對外籍學生，我和我的同事一向評分從寬，但是寬也得有個譜，離了譜，我如何能送他及格？我有幾句成語可以用來批評這位同學的行徑，有一句四字的，兩句五字的，但我始終沒有說出口。他這封信使我難過了好幾天，好幾番夜闌人靜，妻子和兒女都已進入夢鄉，我獨自面對案頭這封信，爲國家的多災多難垂淚。但是，我仍然很理智，我對日本學生的成績仍然是秉公酌情處理，一如往昔。中日斷交之前如此，斷交之後亦然。

你覆信所引起的我的感想大致已寫上了，最後我還是要謝謝你這封覆信所帶給我的慰藉和鼓勵。在大學校園中普遍充滿著疏離感的今天，你這封信所含蘊的力量足夠支持我再在我的崗位上苦撐幾年。我最近在整理舊作，想出一部「晚鳴軒文學論文集」；又在抽時間寫散文，準備將來出一部「晚鳴軒散文集」。請允許我把你這封覆信將來收入我的散文集，作爲我給你的兩封信的附錄。就這麼一點雪泥鴻爪，你知道我將如何的以有生之年來珍惜它。

祝你家庭幸福，同時在創作上更上一層樓！

慶炳　手啓　民國六十五年七月十六日東方既白

——原刊六十五年八月七日「人間副刊」

我愛放假

我愛放假，我更愛上課。我如果沒有假期，我的生活將缺乏樂趣；我如果不上課，我的生命將失去意義。今天是六十五年國慶的次日，補假一天，在家運筆，先談「我愛放假」。

我愛放假，從短短一天的星期日或國定紀念日，到一連四天或五天的年假、春節假、春假，以至長達一個月左右的寒假和長達兩個月左右的暑假，我一概喜歡。年假照列兩天，但加上開國紀念日一天，再連上一個星期日，就有四天假期。春節假大學照例五天，從農曆除夕放到正月初四。春假本來三天，但學校當局在編訂校曆時總是善體人意的使它和青年節或民族掃墓節連在一起，再加上一個星期日，也就十足五天。一兩天的假期屬小型，四、五天的假期屬中型，一兩個月的假期當然屬巨型啦。但無論小型、中型、巨型，我一概喜愛，來者不拒。

每學期開學前接到課程表和校曆，第一件事就是看看我有課的日子有否放到假。如果有課的日子正逢放假，尤其是課多的日子正逢放假，那份喜悅，正如有一次我買的愛國獎券中了一百元的獎金一般。買獎券愛國，我行之多年，但中獎卻只有那麼一次。獎金雖少，但心中那份喜悅，竟也持續了幾天。後來把獎金全數購了獎券，結果全數愛了國。

每學期期中考一過，我就看著月曆在計算了，口中念念有詞：「再有×個星期就放寒（暑）假了。」在學校的教師休息室遇到同事們，經常聽到同事們是這樣子打開話匣子的：

「再有×個星期就放寒（暑）假了，眞快！」

「眞快！」

可見「師」同此心，心同此理，盼望放假（特別是巨型的假期）是「有志一同」的，並非我獨個兒如此。這一聲「眞快！」出諸年長教師之口，也許含有一絲「時乎時不再來」的感喟，但是假期在望，究竟還是令人欣喜的。

放假人人喜歡，如果有人說他不喜歡放假，我看需要借一具測謊器來測一下子。對教書的人來說，放假更是休戚相關，因爲學校放假特別多。休說寒假暑假春假是各行各業所沒有的，就是大家共有的開國紀念和春節，一般機關各只兩天假期，而學校則一放就是四、五天。如果按照物以稀爲貴的道理來說，教書的既然放假放得多，應該不會像其他行業從業人員那樣期盼假期才是；但是事實上不然，至少在我是不然。因爲我盼望放假的心情絕不低於其他行業的從業人員。在我看來，正因爲我是教書的，所以我更期盼更需要放假。

依聘約規定，大學教授每周授課八小時。看起來似是很輕鬆，事實上，從課前準備、課後作業、課外指導，再加上平時進修，幾乎除了睡覺之外，時時都處在與教學工作有關的狀況之下。大學教授雖沒有上班下班，也沒有規定要「留校」幾小時，可是我人在家中坐，說不定就有同學上門來討教一番。每逢有課的早晨，我用早餐往往是食而不知其味。我心裡一直在盤算到了講堂上什麼該講，什麼不必講。遇到見仁見智的問題，我如果把各家說法巨細靡遺地都講給同學聽，休說時間不夠，就是時間夠，這樣做也許會使部分同學莫知所從。但如果我有選擇地講授，說不定我沒有講到的偏偏有同學在課外讀到過，他或許因此以爲教授孤陋寡聞而感到失望。就這樣，身在家庭，心懷講堂，休說食而不知其味，就是消化不良，也是意料中事。至於整天在家伏案批改同學的習作或報告之類，那更不在話下。有時我簡直羨慕上下班的從業人員，無論辦公室裡有多忙，一下班便什麼都擱下，有事等明天上班再說。他們回到家裡，過的是百分之百的家庭生活。至於那些連在辦公室也不過看報喝茶而沒有一兩件公事辦的職位，我眞連羨慕的勇氣也沒有了。

尤其生活在知識爆發的今天，國際文化交流又來得快，國外時興什麼主義，或者什麼方法，不消多久就會像太平洋上的颱風一樣吹到台灣。十幾年前新批評傳到國內學術界，我這個肚子裡沒有一滴洋墨水、一向只知道以土法研究文學的下里巴人未免起了恐慌，少不得要向外文系的朋友請教幾番。當存在主義傳入大學校園，我經常看到三五成群的同學在教室裡、走廊上、活動中心，甚至校門口的公車站大談存在主義。你存在，我也存在，似乎誰不談存在主義誰就不存在似的！我當時面對這類年紀輕輕的「談士」（借用魏晉時代清談人物的自稱），表面上佯作鎮靜，內心實在慌得緊。說實話，那時我眞不懂何謂存在主義；我甚至暗自奇怪，怎麼連「存在」也要有「主義」的？不過，在學生圈裡已是這般熱門的話題，我這身爲人師的竟然不懂，那還像話？而且我三更燈火五更雞，好不容易熬到這份自以爲很神聖的教職，豈能甘心讓一陣風就吹得不存在？於是趕緊向哲學系的朋友求救，借回幾本書來惡補一番。雖然對存在主義也知道了點皮毛，但我絕不談它。我國南齊時代的一位大人物王僧虔，曾經寫信告誡過他那學時髦從事清談的兒子。信的大意是這樣的：「清談哪裡是容易的事！就是具備了下面三個條件，也還不敢隨便清談哩！第一，對老莊之類的書完全著迷。第二，喜歡《老子》就專讀《老子》，喜歡《莊子》就專讀《莊子》，不但要專攻一書，還要讀通幾十家注。第三，從小到老，手不釋卷的努力研習。你看你呢？打開《老子》的書還沒有幾頁，後面的都還沒有讀到。以前研究《老子》的專家的重要著作，你統統沒有看過。就這般竟然也手拿麈尾一揮一揮地清談起來，還自稱爲『談士』，這眞是太危險太危險了！」如果我才懂得存在主義的一點皮毛，竟然也談起存在主義來，豈不也被王僧虔這封〈誡子書〉罵在裡面了？

我舉上述數事，目的無非說明我這一行看似輕鬆其實並非如此。因此我愛放假，從短短的一兩天假期到漫長的寒暑假我一概喜愛。雖然放假並不意味把教學工作暫時整個地擱置，事實上往往是利用假期處理學生的作業或自我進修，但心情究竟輕鬆多了。如果把教學工作當作長途跋涉，那麼小型中型的假期可供我打尖歇腳，調氣養息；巨型的假期除使我充分放鬆身心之外，還可供我檢討並設計整個的行程，庶不至於盲目的奔波一輩子。

我有一位同事對放假的胃口奇大，他對一天兩天的假期不感興趣，他每星期有整整兩天沒有排課，等於每星期有三個星期天，因之區區一兩天的小型假期，他毫不感興趣。我曾經套用元稹的著名詩句說他：「曾經滄海難爲水，除卻寒暑不是假。」不過我的放假胃口不像他那樣大，幾年前當局宣布端午節中秋節下午放假，雖只區區半天，我也「實感德便」。想想過去適逢中秋節下午三點至五點有課，照上不誤，眞煞風景。自己職責所在，不講到下課鐘響不便下課，同學們可沉不住氣，一雙烏溜溜的靈魂之窗都開向教室窗外的天空，其實那時距一輪明月升起的時刻還早得很。好不容易挨到下課，我急急忙忙趕到「王大吉」或「大吉祥」之類的店鋪買香燭祭品，準備回家祭祖。一路上看到家家店鋪都已香煙繚繞，有的已在焚燒紙錢，心裡感到無限愧疚。我身爲人子，不但未能養生送死，連「做拜拜」都落後一步！好不容易萬事俱備，點上香燭，然後在拼花地板上磕上三個響頭，這時才發覺胸頭血氣浮湧，心跳加劇，完全不能保持祭祖時應有的敬愼肅穆的心情。像這種經驗我有過不止一次，所以一旦聽到中秋節下半天放假，怎能不感「德便」？端午節我習慣在中午「做拜拜」。好像是從去年開始，當局宣布這兩個節日都全日放假。當初放半天時我已大感「德便」，舉手贊成；一旦進一步全日放假，我毫無疑問的是舉雙手贊成了。

雖然我對大小假期一律喜愛，但期盼之情最殷的當然還是寒暑假，特別是暑假。因爲寒假假期不及暑假一半長，中間又夾了個春節，難免俗務纏身，度假的心情和眞正屬於自己的時間因而大打折扣，不像暑假有如大塊文章，使我覺得特別過癮。每年距離暑假還有一個月光景，我就開始草擬暑假計畫了。計畫通常是分三個階段，暑假的首末各一個星期分別爲第一、第三階段，中間的漫長時間則爲第二階段。第一階段的要點是度假。我要把一切有關教學的念頭丟開，盡情的去吃喝玩樂。第二階段的要點是讀書與撰作。因爲授課給我的感覺是「支出」，平時零星的閱讀等於小額的「收入」，對因長期授課而造成的「赤字」不足彌補，我必須利用暑假多讀多寫，努力充實自己，才能有綽有餘裕，至少是收支「平衡」之感。第三階段的要點是準備下學期的教材，因爲開學已近在眉睫了。我擬訂暑假計畫的心情之虔誠，絕對可以和在學的學生相比；而計畫之未必能實現，也與在學學生的情形相去不遠。

第一階段吃喝玩樂是容易做到的。當我把閱畢的學期考試試卷和成績單往教務處一送，無「卷」一身輕，暑假的序幕於是揭開，可以吃喝玩樂，逍遙一陣了。我所謂吃喝，無非是帶妻兒上幾次小館子。偶爾去享受一次兩三百元一客的腓力牛排，對我來說，那簡直是稱得上「豪舉」。吃罷歸來，一家子還得討論上半天，從服務小姐替你繫上胸前圍巾時的感覺談到牛排中的絲絲鮮血，越談越起勁。而最後老妻的結論一定是：這價錢要是由她在家裡自己做，一定比出去吃划得來。第一次聽到這話，心裡頗爲掃興。我打腫了臉充胖子，胖在臉上，痛在心裡，而你竟然不領情，還說這種風涼話！後來聽慣了也就不以爲意。再後來我看她快要下結論，就搶先對孩子們說：「這價錢要是請你們的媽媽在家裡自己做，一定比出去吃划得來。」這樣她就免開金口了。我所謂玩樂，也不過看場電影、逛逛百貨公司，或者到風景區作一日遊而已，沒有什麼新奇的。聽說台北市有許多吃喝玩樂的新名堂，而我的吃喝玩樂仍然停留在幾十年前的老方式，未免落伍多多。但我常這樣自慰：我不曾爲台北的社會風氣製造一分汙染，我可以問心而無愧。回顧自己年輕時，對社會上新興的吃喝玩樂名堂雖然一直缺乏一探虎穴的勇氣，至少還有一分好奇的心理，如今「心情不似少年時」，台北市上吃喝玩樂的新名堂再多，我已連好奇的心理都沒有了。

第二階段讀書和寫作較難完全實現。倒並非由於「夏天不是讀書天，赤日炎炎正好眠」。夏天雖熱，冷氣一開，涼爽宜人，很適合讀書寫作。問題是出在那時正逢考試旺季，有各種各樣的卷要閱。其中規模較大而又義不容辭的，至少有日間夜間兩次大學聯招。兩次大學聯招閱卷加起來總得花半個月多，而每次閱畢要休息兩三天，身心才能消除疲勞。所以這兩次卷一閱，用於第二階段計畫的日子就被截成幾段，精神也不能一貫集中，效果自然難免大打折扣了。我很久就想不閱這兩次卷，可是一來參加閱卷是職責所在，義不容辭；二來這兩次閱卷的報酬加起來數目不小，對家庭生計不無小補。因此年復一年，照閱不誤。直到民國六十三年暑假，我才斷然把兩次閱卷聘書退回。固然閱卷是我的職責，但我從有大學聯招開始就參加閱卷，從不間斷的已一連閱了二十年，沒有功勞也有苦勞，及時身退，想必能得聯招會諒解。暑假不參加這兩次閱卷，固然少了一厚疊花花綠綠的新台幣收入，但能夠專心做迫切要做的進修和寫作的工作，那份充實感足以填補感覺上少賺了一厚疊新台幣所留下的缺口而有餘。自從那年證實了不參加那兩次閱卷，我的暑假過得更充實更有意義，我就年年婉謝閱卷工作。雖然暑假中總還有些外務不好推辭，但第二階段的計畫達成的比例顯著的增加，暑假對我的重要性也隨著增加，我也就更愛放暑假了。

第三階段準備教材，較不費力。如果新學期擔任的課程照舊，那更是駕輕就熟，至多把舊教材酌加調整而已；如果是開了新課，必然的，準備的工作已列入暑假第二階段的讀書計畫，到第三階段，只是做個結束而已。所以，準備教材本身不太費時，但藉此完成上課前的心理準備，卻是有其必要。

暑假快結束時，如果遇到同事們，免不了有這樣的話語：

「再過×天就要上課了，眞快！」

「眞快！」

如果這個暑假我的計畫實現得多，我會很高興，有不虛此「假」之感。否則，就只有寄望來年再大展鴻圖了。

所有放假的節日我都喜歡，但也有一個例外，那就是令人困擾的婦女節。婦女節的意義，自有婦女界領袖或名人去談，我在這裡要談的，是逢此「佳節」該不該放假的問題令人困擾。

這幾年來每逢婦女節的前一天，讀小學的女兒一放學就向我報告：

「明天放假一天。」

「爲什麼？」很抱歉，我總是忘了這個佳節。

「三八婦女節呀！」她的口氣好得意。

「那麼男老師和男生呢？」

「統統放假。」

在我的記憶中，大學從未爲婦女節全校放假一天，所以第二天照常到校上課。但踏進教室，往往發現同學稀稀落落，有異平日。文學院是以女生多著名的，但那天不願放棄自己節日的女生者度假去了，只有極少數怕男老師會照常上課的女生才到教室來一探虛實。男生本來就少，欣逢婦女節，他們之中有的難免要爲女同學多多提供服務，因之也未必都來上課。整個教室裡彷彿小貓三隻五隻，潰不成軍。這時我上課也不是，不上課也不是。上課，出席學生人數不過十之一二，下次少不得還要爲那十之八九重授一遍；不上課，校方並沒有停課或放假通知。再看看左右女老師教課的教室，裡面空無人影。女老師歡度佳節去了，她班上的男生也沾了婦女節光。可以說，每年婦女節我都會重溫一遍這種困擾。再看看一般的機關團體，這一天多半是婦女休她的假，男士上他的班。我很懷疑當全部由女職員經管的業務停頓時，其他人的業務還能照常處理而不受影響。我也有一點懷疑，沒有男士的配合和服務，各種年齡的婦女未必都能「歡度」她們的節日。當然，有些工商單位根本連婦女節的觀念都沒有，更遑論放假了。我們想想，青年節是不論老少，一律放假的，而婦女節的放假情形卻是如此分歧：有的單位連男士一同放，有的單位連婦女也不放，有的單位言放而實不放，有的單位不言放而實放。我們對這兩個節日，似不無厚此薄彼之嫌。我雖愛放假，並無意要沾婦女之光，建議婦女節全國放假一天，只是看了當局近年來規定端午節中秋節放假由半天而一天，國定紀念日如逢星期日則一律於星期一補假一天，這都是順應人心的明快措施，因此寫下個人的感想，供當局參考而已。

——原刊六十五年十一月十二日「人間副刊」

我愛上課

上課，細說起來，實在有教師上課與學生上課之別。教師和學生雖然同在一個教室裡上課，事實上有許多不同：學生都篤定的坐在教室椅子裡，而教師多半站在講台上，這還只是表面上的不同。教師是按月領一份薪俸，然後克盡上課的職責；學生則繳納了一大筆學費之後完成註冊手續，然後取得上課的權利。這才是實質上的不同。說得更確切一點，教師上課應該稱爲教課或授課。我是教師，本文所謂上課，正是指教課或授課。所以，萬一有不愛上課的學生讀者看了「我愛上課」這個題目，請千萬別多心才好。

當年我選擇中文系爲志願，同時也已選定教書工作爲未來的志願。那時候考大學考生只能塡一個科系；考上就是這個科系，考不上明年捲土重來。機會是少，卻是貨眞價實的志願。像如今大學聯招科系多得可以一口氣塡上百十來個志願，這還成什麼志願？套兩句〈陋室銘〉的話，恐怕是「『志』不在『願』，有『取』則『行』」了。其實有「取」也未必「行」，君不聞，年年有部分考生雖經錄取，但因科系不合志願而自願放棄，準備來年重考乎？我當年所以選擇中文系，可以說是由於自小在私塾多讀了些古文詩詞，養成了對文學的濃厚興趣。我在投考大學時就已選定了教書這條路，則是因爲我把教書看成一種事業，不僅僅是一種職業而已。職業只是一種謀生的方式。人如果沒有職業，就成了無業游民，連一天三餐都會成問題，因之人不能沒有職業。但如果你以有職業爲滿足，那眞不配做一個「不可以不弘毅」的「士」。有了職業，不過表示，你能生活下去，並不表示你找到了生活的意義，發現了生命的價值。所以我有幾位朋友，以待遇相當優厚的職業作爲生活的依憑，而以公餘時間全心全意的致力於和他們的職業風馬牛不相及的研究和撰作。顯然的，後者才是他們的生命意義所在。當時我覺得教書工作同時具有職業與事業的雙重意義。它不但具有解決生活問題的職業功能，而且具有作育人才的積極意義。我知道教師的待遇有限，可是，「鷦鷯巢於深林，不過一枝；偃鼠飲河，不過滿腹」；人的基本生活需求也是有限的。於是我決定將來從事教書工作，而且終身由之。

大學畢業後，我如願以償地留校任教。教書的日子似乎過得特別快，每年送走一群舊人，又迎來一群新人，二十六年如電抹。二十六年來，有些「舊巢共是銜泥燕」的老同學，已一一「飛上枝頭變鳳凰」，可是我一直沒有選錯行的感覺。俗語說：「男怕選錯行，女怕選錯郎。」我選對了行，豈不可喜？女士們選對郎的滋味如何，我此生已無由親身體驗。我自己選對了行，則一直覺得生活得很起勁。讀不完的書，作不完的文，上不完的課，夠我忙一輩子。我平時不照鏡子，只有在理髮時，我不照鏡鏡自照我。對著鏡中兩鬢白髮滿額皺紋的我，竟然對陸放翁的感慨「華鬢星星，驚壯志成虛，此身如寄。」完全沒有同感。以我的個性和資質，充其量只能對社會做小小的奉獻，所以一向就胸無大志。考大學時就立志教書，如今眞的已教了半輩子的書，可謂「求仁得仁，又何怨乎？」我不覺得失落，我不覺得虛度。我願下次來理髮時，看到我的鬢髮更白，皺紋更深，我對自己將更滿意。

如果把上課比作演劇——上演一幕嚴肅的戲劇，那麼，讀書寫作等都不過是策畫排練的過程，而主要的時刻是在走進教室、踏上講台的時刻。正如戲劇要搬上舞台才算眞正演出。你總可以約略地估計一下一幕戲劇從編寫劇本到排練成熟所需的時日，而眞正在舞台上演出只不過短短的兩三個小時。但是如果沒有這短短的兩三小時演出，以前從編劇到排演的心血和時光又有什麼意義？因此我覺得對一位教師來說，他生命中的重要時刻，不是在領什麼獎狀、獎金的時候，更不是在領什麼經「申請」而得的「補助費」的時候，而是在當他莊嚴的或是和藹的站在教室講台上面對青年學子上課的時候！

上課，被蘇東坡推尊爲「文起八代之衰，道濟天下之溺」的韓文公認爲是「傳道、授業、解惑」的神聖事業；現在是工商業社會，有人稱這一行爲「販賣知識」。當年韓文公就已慨嘆「師道之不傳也久矣」，因之撰寫了〈師說〉，強調師道的重要。如果他死而有靈，聽到時下有些人把「傳道、授業、解惑」的神聖使命竟然叫做「販賣知識」，能不氣憤塡膺，而傷心淚落？我是個相當能適應環境的人。在我看來，教師的地位誠然今不如昔，但身爲教師的我們也大可不必爲此感慨甚或喪失自信。在韓文公的時代，身爲人師者必須有可「傳」之「道」，可「授」之「業」，以及「解」弟子之「惑」的本領；而今日，身爲教師者也必須有可以「販賣」的貨眞價實的「知識」。這貨眞價實的知識豈是人人所能具有的？所以，工商業社會儘管一切都談買賣，我們賣「知識」的，比起賣「茶葉蛋」賣「衛生紙」的來，究竟還有不同。你也許覺得我這幾句話有點自我解嘲的意味，其實不然。我此生對教書工作已執著到「衣帶『放』盡終不悔，爲伊消得『臉』憔悴」的地步（因爲整日伏案勞心，以致腰圍日粗，而頭臉老態畢露），而這種想法，竟也是使我一直感覺到自己沒有選錯行的原因之一哩！

我愛上課，只有在上課的時刻，我覺得生命在昇華，我體會到我活著的眞正意義。這時我彷彿換了一個人，我的心裡不再有得失榮辱，不再有柴米油鹽，甚至不再有妻子兒女。我只是專心一致地講授我這門課程的知識，附帶的穿插一點做人處世的道理。我自信是個盡職的家長，不過一個男人克盡爲夫爲父的職責，只是做到了養活自己稍進一步的基本責任，並不表示他已發現了他活著的眞正意義。而我活著的眞正意義，我發現是在講台上，在上課的時刻。

走上講台，幾句寒暄或開場白過後，就言歸正傳。這時最忙碌的是腦和嘴，較輕鬆的是耳和目。各種與課程有關的知識在腦海中紛紛浮現，由大腦加以選擇和整理——哪些該講，哪些可省；哪些先說，哪些後說。然後輸送到嘴裡，循序講出。我眞不明白爲何腦部的機能如此神奇，能在刹那之間把千頭萬緒的意念整理得如此有條有理？有時講的話題較艱深枯燥，發現同學們有煩躁不安的表情，少不得要插入一兩則與課程有關的輕鬆插曲，提提同學們的精神。有時自己也放鬆臉部的肌肉，陪同學們哈哈一笑，未嘗不是樂事。初爲人師時，事先的準備儘管充分，但由於欠缺上台的經驗，上課時即使不至於掛一漏萬，但至少也打了個七折八扣。我想這是初爲人師時的一般現象。稍微經驗漸豐，偶然發現自己在上課時竟進入了渾然忘我的境界。再後來經驗老到，進入渾然忘我的境界成了常事，因此我更愛上課了。上課不但賦予我生命提升的價值感，又使我領略到渾然忘我的快感。

我所謂上課上到渾然忘我的境界，並非腦子裡空空洞洞，嘴巴胡說一通。相反的，此時大腦比任何時間更清靈，口吻比任何時間更調利，內容比任何時間更吸引同學。這是可遇而不可求的境界，在不知不覺中進入，然後在不知不覺中脫出。時間自五、六分鐘至三、四十分鐘不等。脫出之後自己才意識到剛才渾然忘我過。相信有很多同行對此種經驗比我有更深切的體會，我只是說說我個人的經驗而已。

我曾反省自己上課的情形，普通的情形是一邊講授，一邊能感覺到腦的活動。口裡在講這幾句話，腦中卻在想接下去該講哪幾句話。雖然話說出來依然連貫，但事實上我能清晰地意識到由腦部意念轉化爲口中語言的分解動作。假使有一刻，我忽然不再感覺到這種內部作業的活動，只有一串串的語言從口中自然而然的潺潺流出，這就是我所謂的渾然忘我的境界了。在普通的上課情況下，我爲了強調某些話語的重要性，往往下意識地加重語氣，或者一再重複；但一旦進入渾然忘我的境界，似乎已按下了「全自動操作」的按鈕，講授內容和語言聲調密切配合無間，完全不必自己操心。我很想知道自己上課上到渾然忘我之境時是怎麼一副尊容：講到喜悅處會不會眉飛色舞？講到哀傷處會不會老淚盈眶？我也想知道那時我的語調是否顯得異常。可是當我身在此境中時，分不出身來自我觀察；等我下意識要自我省察一番時，我已身出此境，一切已成過去，留給我品嘗的是一絲曾經進入這番境界的喜悅與滿足感。也許只有細心聽課的同學，才能替我解答這個問題。

我前面說過，這種境界是在不知不覺中進入，而不能強求的，其實也還有一些蛛絲馬跡可尋。例如遇到講授的內容正巧是自己特別有心得或者有感觸的時候；例如在發現濟濟多士都在聚精會神地聽講而沒有同學竊竊私語的時候；甚至在我才說了一句意味深長的話，就一眼瞥見幾位同學的臉上乍現一絲領會的笑意的時候；……這些都在在能激發我上課的興趣和靈機，很可能就由此進入渾然忘我的境界。如果事實正和上述種種情形相反，我將不得其門而入這種境界。但這也不致改變我愛上課的初衷，因爲不能進入這種境界只是使我不能領略生命昇華後的快感，並不能使我失去生命昇華時的價值感。我依然盡其在我的上課。反正一句話，這輩子愛上課是愛定了。

按照教師服務滿二十五年可以自請退休的規定，我已有了自請退休的資格。可是像我這般把生命的意義寄託在上課上的人，豈能輕易言退？當年杜工部是「爲人性僻耽佳句，語不驚人死不休。」我則是「爲人性僻愛上課，課不上夠死不休。」平仄雖有未諧，至少我愛上課的一番赤誠已表露無遺。

說到「課不上夠死不休」，不由得想起數年前的一個故事。那天上午，我到輔大去上課，在下課時，一位女同學走上來告訴我：

「老師，我昨夜夢到你。」

「唔？」我好奇地應了一聲。

「我彷彿在上文學史課程。你說：『李易安不但詞好，她的詩也值得一讀。』接著你念了一首李易安的詩。當你念到『欲將血淚寄山河，去灑東山一抔土』，忽然你的頭垂了下來，擱在講台桌上……」說到此處，她欲言又止。

「我睡著了？」我感覺有點好笑，多荒唐的夢！

「我們等了一會兒，發現你仍然沒有動靜。我坐在前排，走上去一看，只見你兩眼發直。我推你叫你都沒有反應，原來你已經……」她再度欲言又止。

「怎麼樣了？」我覺得大事不妙。

「請老師別生氣，這只是一個夢，一個奇怪的夢。」

「究竟怎麼樣了？快說！」

「我們發現你已經……死……了。」她終於吞吞吐吐說出了我的死亡信息。

我聽了，始而震驚，繼而思維，終於大悅。人生自古誰無死，重要的要死得其所。一個終身以教書爲職責的人，竟在上課的時候猝然病發，死在神聖的講台上，這正如戰士馬革裹屍一般悲壯。尤其難得的是我臨終還念了首易安居士的詩，借她的沉痛詩句表達我對故園先人不盡的憶念。這個夢如果是眞的，上天於我何其厚也！但我知道這不可能是眞的。我一向考試嚴格，年年有被我忍痛「當掉」的同學。積德不夠，原因一也。我的心臟血壓一向正常，不可能這般猝然倒在講台上，原因二也。雖然明知是夢不是眞，但這個夢也夠我時時回味，刻刻自慰。我最後對那位女同學說：

「星期天請約你的男友到我家吃午飯。——我很感謝你告訴我這麼美好的一個夢。」

結果她一再婉謝了我的邀請，似乎很後悔告訴我這個夢。她哪裡想得到這個夢對愛上課的我來說簡直是天大的福音，因之她也無從領略我的邀請是出於一片至誠。

我已經寫過一篇〈我愛放假〉，刊登在本月十二日的人間副刊；現在，又寫了這篇〈我愛上課〉。其實，豈止我一人愛放假，滔滔者天下皆是也。又何止我一人愛上課，你且試想，在這個師道式微欲振乏力的時代，在這個教師生活一般說來相當清苦的日子，依然有那麼多的各級教師終身堅守著教育下一代的崗位（改行做「歌手」的究竟爲數微不足道，不值掛懷），這都是爲了什麼？我知道，絕大多數是爲了愛上課。一位教師一旦體驗到上課所賦予他生命的意義和價值，他便有決心和信心終身由之了。

走筆至此，本文已到結束階段。讓我學一段大學聯招作文試卷中的八股章法，作爲〈我愛放假〉〈我愛上課〉兩篇文字的結束：

「放假可以調劑身心，增加生活的情趣；上課可以提升生命，肯定生存的價值。所以，『我愛放假』與『我愛上課』，實是一物的兩面，相反而相成。」

——原刊六十五年十二月二日「人間副刊」

我看大學生

從自己滿懷興奮地榮膺「大學生」頭銜，然後犯了孟老夫子所謂的「人之患」，戰戰兢兢地忝爲大學生之師，直到如今，已經三十有餘年。這期間，除去在家相妻教子、吃飯睡覺，幾幾乎所有的時間都與大學生爲伍。就憑這份實際生活經驗，說一句：「閱大學生多矣！」絕對是仰不愧於天，俯不怍於地。

與大學生相處既久，相知遂深。我發現從大學生的實際表現，可以粗分爲四等：既會讀書又會玩的，列爲第一流；光會讀書不會玩的，列爲第二流；不會讀書光會玩的，列爲第三流；不會讀書不會玩的，列爲第四流。流別既分，下文依次略作詮釋。

既會讀書又會玩的一流大學生，是理想的大學生。我稱之爲「理想」的大學生，似乎就意味著這種大學生並不存在，至少是稀有的。每年在教到的芸芸眾「生」中，能發現一位兩位，就有如獲至寶的驚喜。

理想的大學生所以難得，主要由於讀書和玩頗難兩全，讀書和玩都需要時間，而時間對人類最公平，不分貧富貴賤，一律每天二十四小時。也許富人坐自備轎車比窮人擠公共汽車節省了一刻鐘或半小時，但富人會在計算他的財產時多花掉半小時或一點鐘。一個大學生，如果他對讀書興趣極濃，對每一門功課不但要知其然，而且還要知其所以然，那麼，教科書加上參考書，再加上與同學切磋，向老師請益，勢必花掉你所有的課餘時間，連吃頓飯都手不釋卷，哪還有暇參加社團活動，或是到女生宿舍拜會「千呼萬喚始出來」的女同學！反過來說，如果你是大學校園的活躍人物，你主持這個社團，又參加那個社團，訓導處找你開會，系主任找你傳話，你一早要去釣魚，中午要賽橋牌，晚上還要陪那個他（或她）到處壓馬路，你一樣忙得吃頓飯都分秒必爭，哪有時間去鑽研書本？

除非有人，記性奇好，悟性奇高，人家苦讀十遍才記得，他瞄過一眼就不忘；人家苦思終日也想不通，他一坐馬桶的工夫就想通。連交異性朋友都比別人速成，一次生，兩次熟，三次雙雙去「剃頭」（台語）。像這樣，才能一方面保持優異的學業成績，在教室裡領袖群倫，另一方面總是那麼輕輕鬆鬆、瀟瀟灑灑，有足夠的時間參加甚至領導社團活動。像這樣的大學生，既會讀書又會玩，才是一流的大學生。可是這種人才，談何容易，除非生有異稟，平常人休想到達此種境地。

理想的一流大學生既是鳳毛麟角般稀少，那麼光會讀書不會玩的二流大學生，也就被一般人稱爲「好學生」了。我說他們光會讀書不會玩，如果讓他們自己來說，可能寧願說成光會讀書不屑玩。他們一個勁兒的猛啃書，心無旁騖，準備由學士而碩士而出國弄個洋博士，至不濟也在國內弄個土博士，還怕沒有黃金屋、顏如玉？至於學生活動中心的橋牌撞球，那是玩物喪志；社團活動，更屬浪費時間。要玩，將來功成名就時再大玩特玩，目前，萬事莫如啃書急。他們認為他們之所以不玩，是不為也，非不能也。不過，據我看來，玩也並不容易，並不是每位大學生都會臉不改色的對初次相逢的異性同學說：「蜜司×，我好像在哪裡見過你。」或者：「嗨！某同學，你的樣子好帥！」就算是被二流大學生認為玩物喪志的橋牌撞球等等玩意，這裡面也大有學問。一個生手砌起牌來，笨拙得像在砌磚頭，拿起撞球桿，像是捧衝鋒鎗。洗牌洗得刷刷有聲，片片飛舞，而又不離手邊方寸之地，或是打撞球一桿在手，揮動自如，記記中的，這都非幾年道行莫辦。所以我還是說二流大學生「不會玩」，至於他們自己說「不屑玩」，終究是處士之大言。

二流大學生，他們三更燈火五更雞，孜孜埋頭於書本，不為燈紅酒綠的台北繁華所誘，不為鉅額獎金的愛國獎券所誘。這份安貧好學的精神，頗有當年「一簞食，一瓢飲，在陋巷」，被孔老夫子許為「好學」的顏少夫子的典型。不過古之顏少夫子是終身安貧好學，今之顏少夫子則以今日的苦讀來換取來日的顯達，後者比前者「有後望焉」而已。

仔細觀察二流的大學生，也還有高下之別。高焉者除了熟讀課內讀物，同時涉獵其他書刊；他雖然沉酣於學問，但並未與現實世界隔絕。次焉者則一味猛啃課本及筆記，休說與課程無關的書不啃，甚至與課程有關的書本而老師宣布不在考試範圍之內的也不啃，就連一般知識分子視爲精神食糧的報紙也絕少瀏覽。他簡直就不管今世何世。太空人一再登陸月球，把詩人想像中的廣寒宮已砸得稀爛，而他仍在苦吟：「月桂飄香霜露重，此身宛在廣寒宮。」國內經濟復甦，對外貿易總額可望到達百五十億大關，他也可毫不知情，他只要把孟老夫子名言「王何必曰利？亦有仁義而已矣！」下面密密麻麻的注疏猛啃幾下，考他個高分，於願已足。但不論高焉者或次焉者，他們十九不關心全校運動會或園遊會，就連班上的郊遊活動都與他們無關。那麼他們關心什麼？關心考試分數。能獲得高分，再怎麼夙興夜寐的苦讀也是值得；而他們也的確經常獲得高分。

日子一久，他們和班上同學之間自然而然的有了一道鴻溝。在其他同學眼中，他們都是書獃子，整天讀死書，死讀書，說不定有朝一日會落得個讀書死。青春年華是無價的，大學生活更是用無數彩筆渲染成的，而他們這些書蟲竟然等閒虛度，眞傻！但在他們的眼裡，班上的活躍分子都是不務正業，千辛萬苦考上大學是爲了讀書，哪裡是爲了玩？人家越玩得熱鬧，自己越感到孤獨，於是他們有了「高處不勝寒」的感覺。但當他們讀到杜甫〈壯遊〉詩中的句子：「脫略小時輩，結交皆老蒼。飲酣視八極，俗物都茫茫。」即使他們不知道「飲酣」是怎麼一個滋味，他們也會感到一絲孤芳自賞的滿足感。

在大學聯合招生制度影響下的高級中學教育，無疑是把高中生訓練成光會讀書不會玩一型的。他們一旦考上大學，就呈現了兩種不同的傾向：比較乖的同學證明了「習慣成自然」這句話，在大學也依然捧著書本猛啃；而反叛性強的同學卻證明了「物極必反」這句話，他們開始丟下書本，大玩特玩，似乎要把從前該玩未玩的歲月連本帶利一古腦兒撈回來。前者成了我所說的二流大學生，後者則是三流大學生。

二流大學生替大學校園製造寧靜、肅穆、學術氣息，三流大學生則為大學校園散播歡笑、喧鬧。二流大學生沒有什麼好讓訓導人員操心的，充其量也不過在晚間宿舍熄燈之後他還偷偷地點燃蠟燭在啃書，遭到宿舍教官的取締而已。三流大學生則不然，訓導處的業務往往為他們而驟形忙碌。二流大學生喜歡跑圖書館，三流大學生則喜歡逗留在校園、體育場、學生活動中心。大學之成為大學，似乎這兩類學生一類也少不得。少了二流大學生，圖書館小貓三隻五隻，這還像個什麼大學？少了三流大學生，每逢一年一度的校慶，學校到哪裡去找那麼多熱心的年輕人義務的演出各種節目？這只是隨便舉個例子說明而已。

三流大學生在校園，在體育場，在學生活動中心，個個顯得精力充沛，有如生龍活虎。可是進了教室，面對著在講台上傳道授業解惑的教授，不是像洩了氣的皮球，癱在椅上沒精打采，就像坐在針氈上似的不得安穩，把椅子移得格吱格吱響。有的乾脆坐到末排角落裡去夢周公了。至於溜課，更是家常便飯。萬一教授點名，他馬上就從訓導處取來一張請假證明單，有時候上面竟赫然寫著「公假」哩！到了考試，三流大學生最會同教授討價還價，諸如：「老師，最近功課太重，壓得我們大家擔負不了，能不能少考一點？」「老師，從第×章考起好麼？這樣已經是分量最重的一門考試了。」這類不會讀書光會玩的同學，往往口齒伶俐，腦筋靈活，遇到教授心腸稍軟，其計往往得售。萬一遇到像我這樣「不二價」的教授，他們也還有別的辦法。例如蒐集一些這門課程以往的試題（現在同學稱之爲「考古題」），大夥兒一起研究；或者再找一位對這門課程內行的同學，爲大夥兒臨時惡補一番。憑他們考高中考大學的多次惡補經驗，這樣抱佛腳也往往能抓住一點要領，在考試時拿個及格分數。萬一不行，有些同學就不免鋌而走險——作弊。我不必諱言，在神聖的高等學府裡，考試作弊的事件絕不止經校方公告記過處分的那些件，正如首善之區的台北市的竊案絕不止警察機關宣布偵破的那些件一樣。

三流大學生玩得痛快，但功課則總在及格邊緣。雖然他們不至於因功課不及格而拿不到方帽子，但這種應付考試的方式究竟不能算是「會讀書」。

談到四流大學生，既不會讀書也不會玩的一類，是最令我感到困惑和憂慮的。他們的學業成績通常和三流大學生一樣在及格邊緣。但三流大學生成績在及格邊緣是由於他們讀書未盡全力，甚至未盡半力，套兩句韓文公的詩，是所謂：「多情懷社團，餘事進教室。」他們把時間和精力都花在活動方面，成績雖差，終究「失之東隅，收之桑榆。」而四流大學生的成績在及格邊緣，則似乎已力盡於此，或者根本無力可盡。他們不參加社團，不參加班上的活動。他們對一切人和事都似乎漠不關心，我甚至感到他們對自身也一樣冷漠。上課了，他們隨著人群默默默踏進教室；下課了，他們隨著人群默默步出教室。就這樣四年過去，他們不曾在大學校園留下什麼——一聲歡笑，一聲尖叫，或是一聲咒詛。

當我第一次遇到這類同學，心想他們一定有困難，家庭的、經濟的，或是感情方面的，我曾試圖接近他們、了解他們，也許能幫助他們。但幾度接觸，發現他們的心靈門扉緊閉，他們不願談自身的事。「我對一切覺得厭煩，我自己也不知道爲什麼。」這是我經常聽到的答覆。近年來，在我的感覺上，這類同學的數字有增無減，似乎也成了一所大學不可或缺的一類學生。但是我困惑，這四年大學教育對他們有什麼意義？我憂慮，當他們踏出校門，如何去面對複雜的社會？

既會讀書又會玩的一流大學生，在學校時人見人愛，將來踏入社會會有良好的發展，這是意料中事。光會讀書不會玩的二流學生，雖然不曾在他們的大學生活畫頁上塗上絢麗的色彩，但卻養成了勤苦自持的立身之道，加上他們學有專長（當然因方法的不同，專長也有差等），將來至少可以自立。至於不會讀書光會玩的三流大學生，我把他們置於光會讀書不會玩的二流大學生之下，用意無非表示究竟是讀書重要，讀書有餘力則玩之。但三流大學生踏入社會之後的發展，就不見得比二流大學生差。他們雖然在學業方面平平，但卻在大學四年中學到了許多活的學問，這種活的學問是二流大學生所欠缺的。憑這種活的學問，也可在社會上好好發展一番。君不見，社會上有許多工作是不需要什麼專門知識的，只要你腦筋靈活、四肢勤快，臉上常帶笑容，照樣可以飛黃騰達。

我只有一個願望：以後不再有不會讀書不會玩的四流大學生！

——原刊六十五年八月一日「聯合副刊」

我看考生

七月一日、二日是大學聯合招生舉行考試的日子，我又擔任了監試。去年此日監試完畢，我就寫了一篇〈重作馮婦去監考〉。我原想透過此文向編排監試的人員暗示：我已經替大學聯招監了二十一年的試，沒有功勞，也有苦勞，以後就放我一馬，別再排我監試了。再監試下去，我豈不成了監試戰場不死的老兵？沒想到今年六月中旬，一份監試聘函又赫然出現在我的眼前！不知道是編排監試的人員沒有看到我那篇文字，還是看過哈哈一笑，沒有體察到我的寓意所在，反正聘函既到，我就只有應聘如儀一途了。不過今年我被派在從我的住所步行五分鐘可達的和平國中，比起去年把我派在坐計程車得花費三十來元的仁愛國中，編排監試的人員多少已用了一點腦筋。

我和陳竺筠女士共同負責一個有五十位考生的試場。試場的秩序很好，除了每節考試開始時核對相片、結束時收試卷需要留神一點，其餘時間考生個個專心選答案卡上的格子塗塗抹抹，目不斜視，簡直沒有我這監試的事。而監試人員手冊規定：「監視人員監試時，請勿在試場內吸菸或閱讀書報、試題，或處理與監試無關之事務」；「每節考試開始前二十分鐘內到達試場。……一經入場至考試終了，務請勿離試場」。意思是說，不論考生多麼守規矩，做監試的也得時時「監」他們的「試」。既然如此，我就睜大眼睛看看他們吧！場中五十位考生，夠我看的。如果在平時，像這個樣子盯著人看，實在不像讀聖賢書的君子作風；但今日卻不同，聯招會授我以權力，凡我考生，我皆得盯之。

我監試的試場號稱五十位考生，事實上第一節考試就只到了四十七位，另外三位大概志在奉送報名費，不在考試。據報紙報導，第一天缺考的共有兩千零三十七人之多；有十一人分別在兩個考區報名，只選擇一個考區應考。有志奉送報名費的青年這麼多，對聯招會如此厚愛，眞是善哉！善哉！

我看考生，首先發現四十七位考生中，只有一位是女性。這原因很簡單，我那考區全是甲組考生。甲組是學工的，工科的學問，究竟比較適合男性，因此女生報考者寥寥無幾。當然，每年還是有少數巾幗不讓鬚眉的女同學考入工學院各系就讀，不過能堅持到畢業需要相當毅力，有的讀了一年不習慣陽盛陰衰的環境轉系而去。我有一位朋友的女兒X考上電機系，全班女生連她一共只有兩位，勉勉強強組成聯合陣線。一年之後，另一位女生Y決定要轉系，X怎麼勸她也不能使她回心轉意，終於Y轉系了，X孤掌難鳴，也只得轉系了事。放眼工學院各系，所謂「和尚班」也者，可眞不少。但是你別以為「和尚班」的大學生活多單調，才不哩！一逢星期假日，「和尚班」就邀約文學院陰盛陽衰的外文、中文各系級口同學聯合郊遊，玩得個不亦樂乎，把外文、中文各系級占絕對少數的男同學氣得乾瞪眼。中文系的男同學還有「書中自有黃金屋，書中自有顏如玉」的古人名言可以自慰，外交系的男同學我就不知道他要怎麼想啦！

我再看考生，絕大多數個子都很高大。當考試開始考生進場，一個個從我身前魚貫走過，我就感到他們之中比我矮的人很少。這一代青年的營養，比起我們在對日抗戰中考大學的一代來，眞是好得太多了。有幾位考生因忍不住考場裡的酷熱，乾脆脫掉襯衫，上身就只穿一件背心。看看這幾位考生的肩膀胳臂，黑黝的皮膚，結實的肌肉，身體「棒」極了。我自己在他們這年齡時，雖然還不至於到「人比黃花瘦」的地步，至少是「排骨」得很，哪有他們這般健壯。就因爲他們長得高大結實，擠在國中生用的座位上，就顯得侷促不堪。他們稍一挪動身軀，矮小的課桌椅就「格支」「格支」叫。我在去年那篇〈重作馮婦去監考〉裡就已替考生同學發出呼籲，讓考生同學在考試時坐得舒服一點，以後別再借國中教室做大學聯招的試場。但今年還是有許多國中教室用作大學聯招試場，可見我人微言輕，呼籲無效。看樣子到明年大學聯招，個子高大的考生還有罪受。

穿著背心參加大學聯考，可以嗎？如果是那位拒絕女同學穿著牛仔褲走進教室的洋教授在監試，他一定會氣得吹鬍子瞪眼，喝令這幾位上身只穿背心的考生退出神聖的試場。甚至可能他見狀連吹鬍瞪眼的勇氣都喪失了，只能兩手一攤，抬頭叫聲：「啊，我的天！這是什麼世界？」然後就昏倒在試場裡。但我可不像那位洋教授那樣頑固，我只是以同情的眼光看看他們，絲毫不加干涉。在悶熱無比的試場，考生個個汗流浹背，有幾位考生實在忍受不了，才脫掉襯衫應試，此事實在情有可原。我把監試手冊中的試場規則從頭到尾逐條細看一遍，裡面並沒有考生必須儀容端正衣著整齊的規定。我再看看陳竺筠女士，她對這種現象也彷彿視若無睹。就這樣，那幾位考生穿著背心考了兩天。因此我想到，台灣的天氣，夏天特別炎熱，冬天不甚寒冷，教育當局爲何不考慮把秋季始業改爲春季始業，使各種幾乎決定一個人一生命運的考試在寒假舉行？制度是人定出來的，不是不能改變的。

我再看考生，四十七人中有二十五人戴眼鏡。這不能不說是一個驚人的比例。這一代的青年，四眼田雞竟然這麼多！眼睛患近視，原因當然不止一端；但是那麼多考生患近視，惡補實在難辭其咎。在我的求學時代，同學中十個也難得有一兩個戴近視眼鏡，因爲那時候根本沒有惡補，無論是在校內補、到補習班補，或者到老師家裡補，我一概不曾補過。功課都在課內循序教了，沒有老師會想到留一手另外賺錢。自從二十多年前升學主義興起，惡補遂應運而生，星星之火，終至燎原。任憑教育當局冷一陣熱一陣地取締，取締了二十幾年，你看有什麼成效？正是：「天長地久有時盡，惡補綿綿無絕期！」多少人直接間接發了惡補財，卻爲我們社會製造了許多年輕的四眼田雞！你只要看看台北街頭眼鏡商店之多，就可想知國民對眼鏡需要之切。不過在我求學時代，眼鏡商店以賣老花眼鏡爲大宗；近二十年來，轉以賣近視眼鏡爲大宗了。我不知道那許多直接間接發惡補財的人，午夜夢迴，或者面對戴著近視眼鏡少年老成的莘莘學子，心裡會不會有一絲愧怍之感。我看看試場裡二十五位戴眼鏡的考生，想想他們多數是惡補的受害者，不禁喟然而嘆。原先因這一代青年的營養好引起的一絲喜悅，霎時間消失得乾乾淨淨。

但是，當我在試場走了一圈，注意到每一位考生都有一只手錶時，又不禁為他們慶幸。記得我考大學的時候，我和多數考生都沒有手錶，每節考試，大家就輪流問監考老師：「還有幾分鐘？」那時抗戰還未勝利，我們流亡在後方的學生生活都很困難，沒有手錶是理所當然。我一直到民國四十三年在台大當了講師，才託一位航空界的朋友從香港帶來一只「馬司」錶。它是我生平擁有的第一只手錶，可能也是我一生唯一的手錶，因為它到如今還是走得很正常。而他們——四十七位考生——卻是人手一錶，看樣子，有些錶還是滿名貴的牌子。這一代青年物質生活的獲得，比我們那一代容易多了。可是他們得來這麼容易，是否懂得珍惜呢？例如有幾位考生擁有名牌手錶，他們可知道如何妥加保養？他們也能像我使用「司馬」錶一用二十五年還同新的一樣？咳！我想得太多了。我是在監試，我應該多盯著看，少想。

我又看到一項事實，考生中約有半數的頭髮稱得上是長髮，但還沒有一個長到看起來像女性的程度。記得在六、七年前，國內初次出現長髮男士，曾遭到警方大力取締，連外來觀光客的長髮也難逃一剪之厄。曾幾何時，從台北街頭到大學校園，長髮男士處處可見，還有誰去取締？有些院校一學期檢查學生儀容一次，那無異告訴學生每學期總該理一次髮。男孩子頭髮留到五、六個月，長則長矣，但距離男女莫辨的程度還早。男人留長髮是目前的世界潮流，一個民主的開放社會，很難孤立於世界潮流之外。所以我認為普通的長髮，看上去無損鬚眉本色，不必輕言取締，除非髮長垂肩，狀若女士，那眞到了有傷風化的地步，非替他剪短不可。像試場中的二十幾位考生的頭髮，就是我所謂無損鬚眉本色的長髮，看上去還是滿順眼的。

我很驚訝有過半數的考生，執鉛筆或鋼筆的姿勢都不夠標準。我的兩個孩子，執筆各有自成一家的姿勢，但都不是標準姿勢。國校老師教過他們如何執筆，我也曾一再耳提面命，要他們務必使用標準姿勢，但他們就是改不過來。眼看著他們用標準姿勢執筆寫字是如此艱難，用他們各人習慣的姿勢寫字就得心應手，我心想：執筆也都各有一手，不覺又驚訝，又安慰。你看，我兩個孩子「吾道不孤」哩！

監試雖然是苦事，但我卻因此有了看考生的機會。看大學聯招的考生，看到的事實上就是這一代青年的縮影。雖然我只看到他們的表面，看不透他們內心的想法，但比連表面都沒有機會仔細看看總要好些。這一代的青年，如果你不去接近他們觀察他們，是不容易了解的。我希望喜歡對著麥克風高談青年問題的專家也有機會替大學聯招監試。當然，務必把他派在考試秩序良好的試場，使他有細看整個試場考生的餘裕。如果把他派到問題多多的試場，甲考生目光如電四處掃瞄，而且不時掃瞄到監試身上；乙考生兩手老是往褲子口袋探索，不知道他褲袋裡有何乾坤；丙考生忽然呻吟肚痛，要求緊急如廁，監試的只好隨侍左右到廁所門口站崗，還有丁考生、戊考生也蠢蠢欲動：這樣的話，監試的直忙得團團轉，哪還能像我這樣細看考生？

你要活下去

三月五日，我打開《台灣時報》，看到了就讀省立鳳山高中二年級的吳同學在高雄愛河投水自盡的消息。三月六日，我打開《中國時報》，看到了就讀北一女的楊同學在台北市水源路躍入新店溪自盡的消息。三月七日，報紙都到齊了，但是我不敢打開看。等到中午下課回家，聽老妻說今天沒有高中學生尋短見的消息，我才鬆了一口氣，恢復了看報的勇氣。

吳同學在九時三十分許躍入愛河，下午二時許浮屍在中正路橋下。據報導：當吳同學投河自盡時，中正路與愛河兩側的河東路、河西路附近，擠滿了圍觀的市民；可是，就沒有一位敢挺身下河救人。後來有一艘拖原木的小船駛到，船上人員知道附近有人跳水自殺，即刻用竹竿「打撈」，但「攪」了一段時間仍不見蹤影，只好放棄。而站在岸上近千市民仍在指指點點，構成一幅令人看起來非常感慨的畫面。記者先生的筆下，對高雄市成千市民見死不救頗表遺憾。我很欣賞記者先生帶著濃厚感情的筆調，不過我想，惻隱之心，人皆有之，如果圍觀的成千市民中有自信能下水救人的，相信他不會袖手旁觀。何況一個人練就「浪裡白條」的身手，健身是基本的目的，救人是更有意義的行爲。想想當落在水裡的人行將沒頂，成千的市民在岸上乾著急，這時突然有人匆匆脫掉外衣皮鞋，一躍入水，三下兩下就把溺者托起，以英雄凱旋的姿態緩緩游向岸邊，這是多麼感人的場面！這種救人於溺的機會不是每一位善游泳者所能遇到的；一旦遇到，沒有輕易放過的道理。所以，圍觀的成千市民沒有一個下水相救，一定是由於他們個個都是旱鴨子，根本沒有下水救人的能耐，他們除了作壁上觀，還能幹什麼？不過高雄是個海港都市，海港都市擁有這麼多的旱鴨子，連拖原木小船上的人員也是下不得水，只能用竹竿在水裡東「攪」西「攪」，則是相當出人意外的。我看高雄市政府得多多提倡游泳風氣才是。

楊同學在上午十點多鐘，就冒著斜風細雨在新店溪邊徘徊，被駕車巡邏經過該地的保安大隊第二中隊吳騰輝、鄭振榮、童榮茂三位警員發現。那時視線並不清楚，但三位警員感到情況異常，立刻下車前往察看。他們還沒有到溪邊，突然失去了楊同學的蹤影；他們趕緊飛奔前去，發現楊同學已在水中載浮載沉往下流漂浮。那時天寒水深，但三位警員奮不顧身，「撲通」「撲通」「撲通」躍入新店溪，合力把已經昏迷的楊同學救上岸來，先施以人工呼吸，再以巡邏車送到和平醫院急救，到下午總算脫離了險境。看了這則新聞，我除了對楊同學尋短見一事感到困惑並爲她的獲救感到慶幸之外，特別對這三位警員感到十分敬佩。在巡邏車上巡邏本是走馬看花，而他們竟然能在斜風細雨視線不清楚的情況下老遠注意到在新店溪畔徘徊的少女，單憑這一份警覺心，我就有五分敬佩。接著他們個個冒著水深流急的危險，下水救人，我的敬佩之情就升高到了十分。像這樣的警員，才是名副其實的人民保母。如果我是台北市警察局長，除了依例傳令嘉獎之外，一定自掏腰包請這三位優秀幹部共進早餐，略示慰勉之意。

據我所知，鳳山高中是高雄地區僅次於高雄高中的一所省中，拿台北市公立高中來比，鳳山高中在中學生的心目中，相當於師大附中。至於北一女，那更是整個台灣地區哪個不知誰人不曉的一流女子高中。能考進這兩所高中就讀，不用說，都是學業成績優良的學生。按理說，經過了九年寒窗苦讀（排排坐吃果果的幼稚園教育不算在內），考進了優良的高中，應該是士氣高昂，再接再厲，向大學之道邁進的時候，怎麼吳、楊兩位同學一位跳了愛河、一位跳了新店溪？這不是令人費解麼？

據報載，吳同學是爲了上學期學業成績不理想，心裡悶悶不樂，因此尋了短見。學業成績不理想，這是在學學生常有的現象，只要多加努力，成績就會改善，無論如何扯不到自殺。至於楊同學，是因爲三月四日周末下午出去遊玩，晚一點回家，受到父親的責罵。她越想越氣憤，第二天早上就留下一封信給父親，獨自跑到新店溪邊尋短見。這也不足以構成自殺的理由。做家長的責罵遲歸的子女，正是關心子女的表現。比起有些一任子女在外遊蕩而從來不加以管教的家長來，楊同學的父親是一位負責的家長；比起有些早歸遲歸甚至徹夜不歸也沒有家長關心的子女來，楊同學是一位幸福的子女。楊同學因遲歸遭受父親的責罵，只需向父親婉言解釋遲歸的原因，並且保證以後盡可能不遲歸，事情也就過去了。即或父親一時衝動，責罵得重了一點，楊同學也應該體諒父親久候不歸的焦急情懷，而加以容忍。無論如何，這也扯不上自殺。

如果這兩位同學自殺的原因不像報紙報導的那麼簡單，我也想不出他們有什麼非自殺不足以解決的難題。試想，十六、七歲的青少年，生活在欣欣向榮的自由天地，考進了教學優良的高級中學，這簡直是前程似錦，大有可爲。每次我看到北市幾所著名高中的學生背著書包上下學，心裡總有無限的羨慕。我的中學生活在對日抗戰中草草度過，生活的困苦匱乏且不說，單說讀書環境，哪能及得上如今中學生的十之一二。如果可能的話，我眞的願意和這些高中生易地而處，我願意付出目前擁有的一切，換回三十六、七年青春歲月，使我成爲高中學生，讓我從頭來起。當然，這只是夢想而已。世界上誰都只有一次做人的機會，誰都不能從頭來起。我的中學生活在砲火中草草結束的遺憾絕對無法彌補，我只能夙興夜寐把握這剩下的歲月。可是，鳳山高中的吳同學和北一女的楊同學，卻連這僅有的一次做人機會也要斷然放棄，這是爲什麼？爲什麼？世界上有多少得了絕症的病人憑著求生的意志在與病魔搏鬥，有多少得了絕症的病人利用他剩下有限的日子趕做未竟的工作，生命對這些勇者來說，就是一天兩天也是最珍貴的。可是，這兩位同學卻要毅然地結束他們彷彿春花始放似的生命，這是爲什麼？爲什麼？最近，九歌出版社出版了一本蔡文甫先生編輯的《閃亮的生命》，書中收了楓紅、劉俠、宋惠亮、郭錦隆、羽玄、張拓蕪、翟平洋、陳再興、陳志宏、林保淳等十位殘而不廢的故事。看看這十位堅強的鬥士如何咬緊牙關掙扎奮鬥，使人深深感到生命的可貴與莊嚴。可是，這兩位健健康康的同學卻要遽然摧毀他們的生命，這是爲什麼？爲什麼？

吳同學終於丟下家人、師長、同學去了。算算吳同學的年齡，不過十七歲左右。固然人生自古誰無死，十七歲不死，七十歲也還是會死，可是，十七歲死和七十歲死是多麼的不同！想想多活半個世紀有餘，能爲自己做多少事，能爲家人做多少事，能爲國家做多少事！可是吳同學已經走了，任憑我在這裡說什麼道理，他也聽不到了。

楊同學已回到了我們的社會。爲了三位冒死相救的警員一番盛情，你也該堅強地活下去。我希望當本文見報的時候，你已穿著令無數中學女生羨慕的北一女綠色襯衫，在上學的途中。當然，你依然會有憂愁的日子，也會有快樂的日子；人生本來就是憂喜參半的。當你憂愁的時候，有家人呵護你，有老師指點你，有同學關懷你。即使你因某種原因不願向家人、師長、同學求助，還有專門幫助青少年解決疑難雜症的「張老師」做你的義務顧問。你不必害怕，你不是獨自走在沙漠裡。而且很多事情往往是當局者一籌莫展，自覺已到人生的盡頭，而旁觀者卻能夠指出化解的方法。當你快樂的時候，你應該想想那三位警員是在怎麼樣的情況之下挽回了你的生命，更重要的，學習他們見義勇爲的精神，回報給你所生活的社會。那時候，你必然能體驗到生命多麼充實。

總之一句話你要活下去。這個「你」不僅僅指楊同學，也包括其他一時想不開的年輕朋友。

謝師何必宴

中學生小學生畢業的時候，爲了對即將告別的母校和師長表示感謝之忱，往往樂捐少許金錢，湊起來購買母校需要的教學用具或有關設備，贈送給母校。這是很有意義的作法，個人花費不多，而學校蒙利，教師蒙利，在校的同學蒙利，一舉而三得。

但大學生則不然。大學生畢業，送不送學校教學用具或有關設備無關宏旨，而且不送的占絕大多數；而謝師宴勢必盛大舉行，越是選擇豪華的場所舉行謝師宴，越顯得自己這班同學有辦法，足以傲視其他科系的畢業班。究竟大學生是大學生，和中學小學的小天眞不一樣。這正應了一句經常聽到的廣告用語：「不一樣就是不一樣。」

於是大學教師有福了。平時一肩明月，兩袖粉筆灰，難得到人間天堂的觀光飯店夜總會開開眼界，如今有畢業生賜宴，不必花費一塊錢就能到那人間天堂有吃有喝有看有聽，口福眼福耳福三福臨身，豈不快哉！眞是孺子可教！孺子可教！東漢光武帝早年曾感嘆過：「任宦當作執金吾，娶妻當得陰麗華。」（語見《後漢書光烈陰皇后紀》）此人只懂得做官娶老婆，不知道百年樹人的教育工作有多神聖。依我之見，還可以補充一句：「教書當教大學生。」教中學生小學生，哪有不花一文而三福臨身的造化。

我在大學教師群中濫竽充數，轉眼之間已充了二十七年整。本校加上兼課的學校，以平均每年參加三次謝師宴計算，已蒙各屆各班畢業生賜宴八十一次之多。二十七年來，由於大學生在數量上年年增加，外加經濟發展帶來的社會繁榮，吃風鼎盛，使得謝師宴的規模越來越大，場地越來越高級，同學們——特別是女同學們——的服飾越來越美麗，花費越來越多。但是，我參加謝師宴的興趣卻越來越闌珊，因爲在那裡我感覺到的師生情分，反而不及從前畢業人數少時大夥兒吃個小館子濃郁感人。我終於忍不住要寫一篇「謝師何必宴」。不過我也不願意太掃畢業同學的興，因爲他們舉辦這麼一個盛會也不容易，他們爲此付出了不少金錢和心血，所以我故意遲遲拖到現在六月底各校各系的謝師宴都已舉行如儀之後才動筆。如果有人說我這是放馬後砲，我一點也不否認；馬後砲比較不煞風景，不像當頭砲那樣咄咄逼人。

爲什麼要謝師？是學生對老師懷有感恩的心理，因此在即將畢業離校的時刻，對老師表達一點謝意。謝師可以有多種方式，而大學流行的是謝師宴。謝師的基礎既在學生對老師的感恩心理上，如果學生對老師根本不感恩，那還有什麼好謝的？大學有許多課程是選修的，學生如果不曾選修某課程，那麼同這門課程的教師就素昧平生，可能見了面也不相識，談得上什麼感恩？即使是教必修課的老師，如果他平日對同學要求嚴格，每學期考試下來總得「當」掉不少人，那麼，曾經幾度被「當」好不容易才勉強「派司」這門課程的畢業生，對這位老師不念舊怨，已極難能可貴，哪還能希望他對這位老師感恩？所以，在謝師宴上縱使群「師」畢至，而每位畢業生心目中該「謝」之「師」，事實上不過幾位，而且各人不全相同；其餘的教師，不是和自己漠不相關，就是自己想敬而遠之的。你如果冷眼旁觀，總會發現有幾位老師被同學團團圍住，或談笑，或合影；而有幾位老師卻在一旁坐冷板凳，沒有一位同學去理睬。教的是選修學生小貓三隻五隻的冷門課程，或平時對學生要求嚴格分數較緊的老師，都很有機會坐冷板凳。

我上文說：「縱使群師畢至」，事實上是很難「群師畢至」的。有的老師天性不喜酬酢，他寧可將這寶貴的時光用在研究學問上。有的老師是忙人，適逢那天有兩個應酬，他總是捨謝師宴而他就。因爲謝師宴的老師多，有沒有他無甚影響。有的老師有自知之明，免得坐冷板凳，乾脆不來。有的老師想想這班學生從前上課不夠用功，使自己嘔過不少氣，這頓謝宴，恕不領情。有的擔任畢業班課程的老師，想來也不敢來，因一般的謝師宴都安排在畢業考試之前，如果自己叨擾了這一頓，說不定將來評閱畢業考試試卷時會左右爲難。爲什麼一般謝師宴都安排在畢業考試之前舉行？同學們此種安排，是否也別有用意呢？由於以上種種原因，群「師」之不容易畢至，也就可以想見了。

其實，休說群「師」畢至很難，就是群「生」畢至，也並非易事。有的畢業生懍於畢業即失業，離開學校之後，人海茫茫，何處是安身立命之地？他的情緒不寧，自然無心參加謝師宴。有的同學經濟困難「繳」不出分子；或者勉強出得起分子，又愁沒有體面的服飾，只好不參加。謝師宴對女同學來說，無異是時裝比賽，寒酸不得。功課差的同學怕面對面和老師談話，功課平平的同學心想反正老師也不知我是誰，我何必去做無名英雄，不去算了。更有的同學頭腦很新，心想我繳學費讀書，你拿薪水教書，你教不好是有虧職守，教得好是應該的，我幹麼要謝你？由於以上林林總總的原因，一場謝師宴要群「生」畢生，談何容易！

我參加謝師宴，經常遇到兩種情形：一種是同學們過分的拘謹，會場缺少歡樂氣氛；一種是同學們過分的忘形，使老師發窘。

老師到達宴會場所，照例有同學在入口盛服相迎。但迎進去後，經常看到的情形是老師和老師坐在一起，同學和同學坐在一起，物以類聚，各據一隅。即使到入席的時候，也往往要老師主動邀請幾位同學坐在一起，才做到師生雜坐的境地。在席間，老師向同學敬酒勸菜；老師有問，同學必答，老師不問，同學也就不知該說什麼好。很多同學寧願擠在清一色的同學席上，也不願坐在老師身邊受罪。同學們雖然大學畢業了，在謝師宴中個個打扮入時，男的像太平紳士，女的像社會名媛，但究竟是虛有其表，因爲他們還未踏入社會，還未得到賓主酬酢的三昧。何況他們在肄業期間，很難得和老師面對面講過幾句話。這年頭的大學生多數都很「獨立」，老師不找他，他謝天謝地；要他主動去找老師聊聊，那眞成了稀罕事兒。如今一旦和老師執賓主之禮，自然難免有侷促拘泥之感了。

以上是同學們過分拘謹的情形，再接著談過分忘形的情形。有些畢業班的同學特別活潑，硬是要師生同樂，打成一片。宴會開始，班代表起來說幾句師恩難忘的話，然後請系主任及各位師長臨別贈言，這都是合情合理的。老實說，師長們很願藉此機會說幾句祝福同學的話。但同學們興頭上來，就不以聽師長贈言為滿足了。這時往往有同學仗著三分酒意，點名某老師表演節目。一旦有此提議，必然獲得滿堂掌聲，歷久不歇，造成了某老師非表演節目不可的架式。如果這位老師天生有表演欲，那眞是深合孤意，少不得露一手給同學們瞧瞧。但如果這位老師實在不會表演，而同學們還在瞎起鬨，那就有違謝師之旨了。如果某老師從前教他們的時候功課逼得緊，這時被點名表演節目的可能性也越大，那味道好像是說：「從前你要我們好看，今天我們要你好看。」當然，我寧願把這種現象說成年輕人的熱情，但是熱情是需要節制的，因為這究竟是謝師宴。

也許同學們的忘形，是由於多才多藝的老師的鼓勵，他們以為每位老師都是多才多藝的。其實，有些老師只會教書，不會表演，像在下就是。要我唱歌？我生平只會唱國歌；在台大從做學生到如今整整三十年，竟連台大的校歌也唱不來，眞是慚愧煞人。要我講笑話？平時在講堂上因物起興，三言兩語，還能逗得同學們忍俊不禁；可是在這種場合點我講笑話，我的笑話都被嚇得消聲匿跡，無處尋覓了。我很佩服多才多藝的老師，不管同學要他們表演什麼，都難不倒他們。也只有像他們那種身懷絕技的老師，才能有恃無恐地參加過分忘形同學的謝師宴；像我這樣，還是盛情心領的好。

在我二十七年來參加過的謝師宴中，同學們過分拘謹的占多數，過分忘形的占少數，對老師招待得恰到好處氣氛十分融洽感人的更少數。有兩次我吃壞肚子，連夜去照顧私人診所。休看那些觀光大飯店外表富麗堂皇，其實那裡面也有不堪觀光的地方——廁所和廚房。當然肚子吃壞了事後也不能同那班同學提起，就怪自己貪吃算了。

近年來，謝師宴越來越講究排場，因之同學的負擔也越來越重。大學部的畢業生由於班上人多，還比較好辦事；研究所的畢業生辦謝師宴，才是災情慘重。因爲研究生每班人數少，少的兩三位，多的也不過十來位，而要「謝」的「師」往往比他們多。負擔之重，可以想見。這種謝師宴，不去參加不好意思，去參加又吃得不安心——也可以說不忍心。想想一位研究生用在畢業上的開銷有多少，單是一篇八萬字左右的碩士論文，打字印刷就非四、五千元不可；一篇二十來萬字的博士論文，就得花上一萬四、五千元。有些私立學校的研究生更慘，往往還得負擔論文指導教授的指導費，又多了數千元的開支。而這些錢都不能省，省了就畢不了業。如果老師替研究所的畢業生細算這筆帳，面對著他們的謝師佳餚，恐怕也難以下嚥了。

謝師，主要在畢業同學有這份心意，不在同學們花不花錢或錢花得多花得少。假如沒有這份心意，縱然千金一擲，也無非自欺欺「師」。表達這份心意的方式很多，並非非請老師到大飯店吃喝個紅光滿面不可。輔大中文研究所的畢業生謝師這兩三年來都不用「宴」，去年他們送我一枝白金牌鋼筆，我用它來寫散文，至今已寫了二十來萬字，我對它喜愛有加。今年這班畢業生送了個精緻的檯燈，擺在書房茶几上可以照我看書。這些小禮物送者經濟，受者實惠，比起請老師到大飯店吃喝一頓，實在更顯得情意深長。今年輔大中文系的畢業同學更妙，送來了兩只裝菜的中型菜盤子，贏得我的太座滿口稱讚。如今這兩只盤子天天派用場，每次端菜出來，她常常提醒我：「這是輔大今年這班畢業生送的。」

謝師甚至不一定要送禮物，當你畢業前後，對你要「謝」的「師」登門拜訪，更能表達你的心意並增進師生之間的了解。甚至寄一張卡片，寫上幾句你的心聲，做老師的從短短數句所領會到的情意，恐怕還在接受虛有其表的華筵招待之上哩。

謝師何必宴，你說是麼？

——原刊六十六年七月十一日「中華副刊」

四重奏

——我和台大外文系

朋友們看了這題目，一定會感到詫異：葉公怎麼撇下服務了大半生的台大中文系不寫，偏寫和台大外文系之間的四重奏？

不錯，台大中文系是我安身立命之地，可寫的極多極多，但不是一篇短文可以寫得了的。而且我和台大中文系的一切，晚鳴軒日記記之甚詳。我將以生命的最後幾年來整理日記，並予出版。個人所視微不足道，但涉及台大中文系及學術界的點點滴滴，相信不無值得關心學術的朋友參考之處。不過在這裡，我只想談六、七年來我和台大外文系之間發生的四重學術關係，我名之爲四重奏。

我與台大外文系發生學術上的關係，始於民國六十年我應該系顏主任元叔之邀擔任二年級的中國文學史課程。從這一年起，台大外文系正式恢復中國文學史爲必修課。遠在我讀大學的時代，這門課程本來就是外文系的必修課，而且和中文系同學合班上課，不分彼此。這種情形持續了不少年。那時期外文系出身的朋友對中國古典文學的了解都有相當程度，我想和修過這門課程不無關係。不記得從哪一年開始，也不知道是哪些高明的專家學者幫教育部修訂的大學課程標準，外文系同學不必再修讀中國文學史了。從此，多數外文系同學一旦「派司」了大一國文，就和中國古典文學揮手再見；只有極少數懷抱兼得魚與熊掌的宏願的外文系同學，才會在日與蟹行文字周旋之餘，不忘自修中國古典文學。那時，外文系畢業生出國留學的風氣日盛一日，而國外研究中國文學的風氣也日盛一日。於是，有不少外文系出國的留學生竟在國外重新拾起荒疏已久的中國古典文學來學習，甚至學而優則教。當然，從重新拾起到進入情況，是一段相當艱苦的歷程。所以，台大外文系恢復開設中國文學課程，爲全國各大學外文系開風氣於先，完全切合客觀環境的需要。誰都不能要求外文系畢業生對中國文學的了解像中文系一樣的程度，但要求外文系畢業生對自己國家的文學有某種程度的了解，無論如何是合情合理的。

民國五十九年暑假剛開始的一天上午，那時的外文系主任顏元叔先生在文學院大廳遇見我，就向我提起了在外文系恢復中國文學史課程，加強外文系同學的中國文學基礎的構想。我當時的感覺，不但高興，甚而驚訝。高興的是他的看法和我一致；驚訝的是我從來不曾從外文系友人的口中聽到這種論調，這是破天荒第一次聽到，頗有空谷足音的欣喜。我除了表示完全贊成，而且還向他建議，外文系的中國文學史，該採取和中文系的中國文學史不同的教法。中文系有文選、詩選、詞曲選、小說戲劇選等課程和中國文學史相配合，中國文學史課程的講授以文學的源流演變爲主，作家的介紹批評爲輔，而不必涉及作品的欣賞分析，作品的欣賞分析屬於各種作品選讀的課程範圍。但外文系的中國文學史卻沒有各種作品選讀的課程以資配合，所以這門課必須產生許多門課的作用。換句話說，這門課得同時指導作品的欣賞分析，使同學們得到一個整體印象。對我的建議，他表示「有道理」。就在接著來臨的新學年度，外文系的課程表上果然出現了三、四年級選修的中國文學史，每周三小時，由台大中文系教授林文月女士擔任。顏先生和林女士在台大求學時是同屆同學，雖然一位外文系一位中文系，卻曾合班上過臺靜農老師的中國文學史，因此顏先生能夠請得動林女士替外文系效點勞。

一年過後，顏先生、林女士和我重加檢討，又把中國文學課程作了一番調整：把三、四年級選修改爲一、二年級必修；由一年六學分增加至兩年十二學分，因爲一年六學分實在講不了什麼。據我們的想法，這兩年十二學分熔文學史與作品選讀於一爐的教學方法，才可使一位認眞學習的同學奠定研究中國文學的基礎。這辦法於民國六十年實施，林女士教第一年，我教第二年。這是我和台大外文系發生學術關係的開始。一直到民國六十三年，我才因休假一年，把這三小時課商請吳宏一先生擔任。

台大外文系這項單行法規實施之後，聽說有好幾所大學起而仿效。雖然那幾所大學外文系只開選修一年的中國文學史，但至少可以證明在現階段加強外文系同學的中國文學知識有其必要，並非我們幾個人的意見。一般說來，外文系的課業極不輕鬆，如今再加上修讀中國文學史，對同學們來說，這副擔子就更沉重了。但是一位大學生如果沒有勇氣和毅力挑起一副比較沉重的課業擔子，怎能期望他將來在學術上能有所建樹？做學術工作是經常需要發憤忘食的。

以上是我和台大外文系之間的第一重學術關係，這關係建立在中國文學史這門課程上。

民國六十一年六月，外文系創辦了《中外文學》月刊。近二十年來，外文系出身的不但在新文學的創作上成績斐然，就是在我國古典文學的研究上，也有越來越呈活潑之勢。而《中外文學》月刊的問世，更使這一事實有目共睹。承蒙《中外文學》三君子（發行人朱立民先生，社長顏元叔先生，主編胡耀恆先生）不棄，在籌劃期間就要我在中國文學論文的稿源上出點力。我很佩服三君子籌創《中外文學》月刊的理想和魄力，既然中文系沒有能力——主要是財力——辦一份文學月刊，那麼，對外文系主辦的《中外文學》在稿源上加以支持，正可以表示我對文學前途的關切。於是我邀集了七位中文系研究文學的同仁，在六十一年四月中旬的一個晚上到文學院院長室（那時朱立民先生還是文學院院長）和三君子聚談了一次，彼此交換有關《中外文學》的意見。《中外文學》創刊後陸續有中文系教師的論文，就是這次聚談的結果。

但是我必須承認，初期的合作並不理想。此中原因，推究起來，不外下列三點：第一是由於中外文系做學問的態度和方法都有差異，因之有兩篇來自中文系方面我認爲很有創見的論文遭到退稿。第二是《中外文學》的那幾位老編小編都是「寡人有疾，寡人好『改』」。稿子一經發表，文句往往與原稿有了出入。意思雖然不變，但作者原來以自己的方式表達，編者卻改成以編者的方式表達。我起初還以爲他們專門對來自中文系的稿子下手，後來看了王文興那篇對編者任意竄改發生憤怒吼聲的〈談好為人師〉(《中外文學》三卷六期),才知道那幾位老編小編眞的不分「中」「外」,一視同仁。第三是《中外文學》的校對太「爛」,像我那篇〈蔡琰悲憤詩二首析論〉,文長十頁,就有十幾個地方校對沒有校好。如果把「改」的精神用之於「校」,豈不是好?當然「校」不像「改」那樣能產生一份「我的學問比誰都好」的狂喜。由於以上三種因素,我漸漸地使自己退到《中外文學》讀者的位置;中文系的朋友有稿子給中外,我一定提醒他一句:「務必要求自己校對。」自己校對,不但可以校得仔細,亦所以防濫改也。

我眞正的投入《中外文學》,是從民國六十三年十月至六十五年七月,為期一年有十個月。《中外文學》第二任主編朱炎先生編完了六十三年九月號,就因課務繁冗辭職。顏元叔先生以社長兼主編,要我出任顧問,專門負責中國古典文學論文部分。於是我又離開了《中外文學》讀者的位置,參與了《中外文學》的部分編務;到了六十四年十月,侯健先生接任社長兼主編,我仍繼續為《中外文學》效勞。在這一年有十個月中刊出的中國古典文學論文,不但是我精選過的,而且是我精校過的。即或其中仍有錯誤,也已減少到最低限度。但也有一期例外,這一期就是六十五年七月號〈中華民國第一屆比較文學會議專刊〉。由於時限所逼,校訂未周,以致出現了不少脫誤,這是我至今感到遺憾的。

六十三年十月號的《中外文學》有一篇康萍女士的〈論魏晉遊仙詩的興衰與類別〉,這是一篇很有創見的論文,特別是在「類別」部分。這篇稿子就是我前文提到被首任主編退稿的兩篇稿子之一。他在文學院二樓走廊上把稿子還給我，說：「《中外文學》已發表過林文月女士的〈從遊仙詩到山水詩〉（案：見一卷九期），不再需要這篇有關遊仙詩的論文。」這論調我前所未聞，難道是在美國流行的退稿說辭嗎？我想不見得吧！林、康兩位女士的大作雖然都有關遊仙詩，但是一看題目就知道取徑不同。其實即便題目全同，而後一篇別有觀點，一樣有發表的價值。我想那位主編對我說的多半不是眞話。六十三年十月，我開始負責《中外文學》的中國古典文學論文部分，第一件事就是發表康萍女士這篇大作。一直到現在，我教中國文學史講到魏晉遊仙詩，仍然指定同學要參看這篇論文。

六十五年七月中旬，開完了第一屆全國比較文學會議，顏元叔、侯健這兩位《中外文學》前後任社長兼主編和我聚在外文系辦公室，商量物色一位新的主編。我們這幾人個個忙得不可開交，誰都勻不出足夠的時間來主持《中外文學》編務。考慮再三，看上了剛從美國進修回來的外文系青年才俊蔡源煌先生。從八月號開始，《中外文學》的編務就由他負起全責。我雖然還掛著顧問這塊招牌，不過幫忙看看有關中國古典文學的稿件，其他一概不問，比起從前自己還要做校對來，輕鬆多了。我擔心《中外文學》總有一天會因不勝賠累而結束，那時候，這段記載就可當作文壇掌故看了。

以上是我和台大外文系之間的第二重學術關係，這關係建立在《中外文學》月刊。

外文系的比較文學博士班成立於民國六十年。那年顏元叔先生一方面爲外文系開兩年中國文學史課程，另方面成立比較文學博士班，很顯然的他有意拓展外文系的學術天地，開闢一條通往中西比較文學的道路。這個博士班的師資，最理想當然是聘請學貫中西的專家擔任；斯人不但學貫中西，還能以自身從事比較文學的經驗指導學生。其次是聘請一中一西兩位專家共同擔任一門課程，相互切磋。放眼中外，學貫中西的文學專家究竟爲數不多，於是中文系的張健先生就被請去和顏元叔先生合開比較詩，和侯健先生合開比較批評，我也被拉去和方光珞女士合開比較戲劇。我在六十四年、六十五年和方女士合開了兩次比較戲劇，感到自己教出去的和學進來的大致相等。我更加肯定比較文學是很有意義的學問，它使學者的視野更遼闊，胸襟更廣大。我又爲這個博士班開過一門治學方法，規定由外文系大學部、碩士班考進來的準博士必修。中國文學浩如煙海，如果靠自己暗中摸索，那眞是事倍功半。這門課的目的就在指點他們一些門徑。

這個博士班的要求很嚴格，因之同學的課業負擔非常重。像基本考試、學科考試等重要考試，都是一中一西分兩次考，甚至分三次考，因爲「西」還要分「歐洲」和「美國」。每次考試往往考上四小時，甚至延長到六小時。分數尤其絕不含糊，每份試卷有三位教授各自評分之後平均，簡直不可能有僥倖分或同情分。能得八十分算是異數，不滿七十分因而考試不能通過的也照樣有。我出身自人情味很濃的中文系，但一旦評閱起比較文學博士班的試卷來，就變得近乎六親不認了。這眞應了「近朱者赤，近墨者黑」這兩句話。這個博士班成立才六周年，而課業繁重，考試嚴格似乎已成了它的特色。雖然有時也聽到準博士們的抱怨，可是幾位任課老師似乎無動於衷。不如此嚴格的要求，如何能養成研究比較文學的人才？不如此嚴格的要求，如何能期望他們的成就超越上一代？對一位教師來說，還有什麼比看到學生的成就勝過自己更快樂的事？

以上是我和台大外文系的第三重學術關係，這關係建立在比較文學博士班上。和全國獨一無二的比較文學博士班相呼應的，是中華民國比較文學學會的成立。這個學會的主要發起人都是外文系的教授，經費也需要外文系支援，因之會址也設在外文系。沒有想到第一、二屆的理監事選舉，我都被推作副理事長，於是要當一名普通的會員也辦不到了。我想我被推出來的原因，一定是沾了學中國文學的光。既然理事長是學西洋文學的（首任胡耀恆先生，次任朱立民先生），站在比較文學的立場，該有個學中國文學的副理事長來做陪襯紅花的綠葉才是，於是我成了那片綠葉。我也因此意外地得到了一生當中的第三個「長」。我的第一個長是「級長」，第二個長是「家長」。我在「下海」（用夏志清先生來信語）爲報刊寫雜文之前，原來想取一個「三長堂」的名稱做招牌，後來怕不明就裡的人誤把「級長」「家長」「副理事長」的「三長堂」當作幫會組織看，才改用簡明易解的「晚鳴軒」。

話說回頭，當了三年的副理事長，除了舉辦例行的比較文學座談會外，總算參與了兩件大事：一件是在淡江舉行的第二屆國際比較文學會議，一件是在台大舉行的第一屆全國比較文學會議。前者由顏元叔先生主辦，我幫他聯絡國內各大學中文系的學者與會並提出論文；後者由我主辦，侯健先生、顏元叔先生及外文系的助教、研究生給我許多支持。這兩次以文會友的盛會，在我是畢生難忘的。去年暑假比較文學學會選舉第三屆理監事，推出侯健先生爲理事長，姚一葦先生爲副理事長，我只當一名理事，忽然覺得輕鬆無比。以後只要出席比較文學學會舉辦的各項學術活動，不必再爲會務操心。這種工作，本來就最好大家輪著做，不但勞逸均等，而且新人新作風，才不斷有新氣象。

以上是我和台大外文系的第四重學術關係，這關係建立在比較文學學會上。

如果是獨奏或獨唱，可以不管別人如何，任憑一己表演；但是合奏或合唱，就必須彼此配合，不能我行我素。我和台大外文系的關係彷彿一闋四重奏的樂章，開始練習時各個之間未必能配合，但幾年下來，已漸漸進入和諧的境界。我從前相信，現在更證實了，每顆文學的心靈，終究有他「一點通」的地方。

現在的大學生流行選輔系，如果大學教師也有輔系的話，我的輔系無疑的會是台大外文系。不爲別的，只爲我和它合譜著一闋美妙的樂章。

——原刊《中外文學》六十六年八月號

給有緣的一群

又是一個學年度開始了，有八、九十位中文系大二的同學將要上我的中國文學史課程，還有四、五十位夜間部中文系四年級的同學將要上我的戲劇選。我很高興認識這一百幾十位年輕的新朋友，不僅是爲了由於你們的加入，使我教過的同學總數打破了一萬一千大關，更爲了你們使我感受到這個世界的新訊息。在無窮盡的時間裡，在茫茫人海中，我們竟然能認識，竟然能在一間教室中同享中國文學的芬芳，這不能不說是緣分吧？

我希望在這一年當中，你們能從我講授的課程裡有所收穫——包括中國文學的知識，研究中國文學的方法，以及附帶提及的做人處世的道理。你們希望於教師的，朱秉欣先生的那篇〈學生的心聲〉（本月七日《聯合副刊》）已說得很詳細；朱先生那篇短文雖然是給他所主持的徐匯中學師生看的，其實對大學師生也一樣適用。我曾爲那篇短文低徊反省了半天。在這裡，我也想吐露一點我對你們的期望，就算是「大學教師的心聲」吧。如果你們珍惜我們之間的緣分，耐心地看完它，我也會由衷地感謝你們。

朱秉欣先生那篇〈學生的心聲〉，寫下了同學對教師的二十條要求。我對諸位，只有三個請求。

第一、我請同學們不要任意缺課。這幾年來，我覺得同學們缺課的情形相當嚴重。在我的感覺上，每學期頭幾星期同學們的新鮮勁一過去，上課的出席率就漸漸降低。到後來，大概只有事先宣布的考試時間，才會出現「群賢畢至」的盛況。我曾爲此和不少位同系的和外系的同人交換過意見，發現同學們缺課的情形相當嚴重，竟然是普遍的現象，這是非常令教師感慨而且擔憂的事。因爲任意缺課，就是缺乏責任感的表現。學生的職責主要的就在上課。老實說，大學生就是每堂課都上，四年下來學到的也是有限；如果再任意缺課，讓寶貴的一小時一小時虛度，眞是太可惜了。教室當然不及電影院舒服，多數老師也不及銀幕上或者螢光幕上油頭粉面的演藝人員漂亮，接受專門的訓練更不及觀賞綜藝節目來得享受，可是別忘了，諸位還是學生，還在學習的階段。在這階段，如果不努力使學業精進，一味注意舒適和享受，這就不是有志氣有出息的青年了。國家的下一代主人翁如果是這個樣子，豈是國家之福？

我絕非不近人情的要同學們每一堂課都到，如果貴體欠安或者有重大事故，實在不能上課，可以依照學校規定請假。我只是要求同學們不要任意缺課，因爲這是沒有責任感的表現；而責任感，是一個人的基本立身之道。如果你因爲早晨沒有睡夠，乾脆睡懶覺不來上課；如果你看看天在颳風下雨，乾脆躲在家裡或宿舍裡不來上課；如果你有玩樂節目，因此不來上課；

如果你覺得教室的硬板椅坐起來太不舒服，乾脆躺在校園草坪上算了：這都使我對你感到失望，爲你感到惋惜。如果你覺得身爲大學生竟然不識「蹺」課滋味，眞是枉爲大學生也，因此硬是「蹺」幾堂課給同學們瞧瞧，我眞的爲你感到悲哀，對你感到絕望。每到學期考試快要來臨，學校裡五、六個複印機前天天大排長龍，同學們一個個手抱借來的筆記簿等待「全錄」一份。看了這種現象，我的心一陣陣往下沉。近年來複印機的普遍使用，竟幫了平時缺課的同學一個大忙，連筆記也不必補抄了。可是這種連臨時抱佛腳都要偷懶的讀書方法，怎麼行？你如果每堂課都專心聽講，課後稍加複習，根本就不必爲考試煩心。所以我還是要求同學不要任意缺課。本來我可以常常點名使有缺課習慣的同學就範，可是這樣太浪費時間，而且很傷感情，我還是在這裡向同學們提出這個請求較好。

假如有缺課的同學說，在課堂上聽到的太少了，倒不如利用上課時間到圖書館自修的好，我倒要請你捫心自問，你是否眞的把上課時間用到圖書館自修？自修的成績如何？

第二、我請求同學不要任意遲到。我愛把課排在早上第一、二節，因爲那時候我們的體內還充滿著平旦之氣，學習起來事半功倍。也因此，每次我上早晨第一堂課，總是有一些同學姍姍來遲。同學遲到，直接使已在聽講的同學分心，間接也使在講台講課的我分心。當全班同學的眼光忽然一齊轉向教室門口，向遲到的「貴賓」行注目禮，我也會掉轉頭去看著這遲到的「傢伙」究竟是誰。我曾經問過幾位遲到的同學爲何遲到，答案彷彿是一個老師教出來的：「車子擠不上。」早上的公車最擠，這是千眞萬確的事實，可是如果你能提前出門，還是可以趕得及上課的，問題在你是否有守時的觀念以及克服困難的決心。一個青年如果沒有守時的觀念，如果連擠公車的困難都不能克服，怎不使人失望！

尤其在下雨的天氣，我已經開始講課了，教室裡往往才上座五、六成。面對這種現象，我總會想起《資治通鑑．唐紀》中的一段記載。在唐憲宗元和十年六月初三，一群刺客在一個大清早把在上朝途中的宰相名叫武元衡的刺殺了。這一來，嚇得文武百官寧可上朝遲到受罰，也不敢太早出門。因此有時候，唐憲宗早已在御座上坐定，可是文武百官卻還不曾到齊。我當時的感覺，我就是唐憲宗，同學們是文武百官，我對臣子們的遲到不滿意，可是又不便深責他們。其實，這個比喻是不妥的。憲宗的臣下之所以不敢太早出門上朝，是因爲太早出門恐怕有性命之憂，而同學們上課遲到，卻只是由於缺乏守時觀念而已。

在台北市，誰都會有這種經驗：明明算準多少分鐘可以抵達目的地，偏偏遇到交通阻塞，人在車上，車在車隊中，進退不得，結果因此遲到。同學們如果遇到這種情形，做教師的自然不會怪你。但是你如果把交通阻塞的時間也計算在內，提前出門，仍然可以準時到校，不是嗎？

萬一你遲到了，當你走進教室時，我希望你注意。——你別以爲我會要求你向我行個禮再就座，我還不至於不識趣到這般地步。大學生了，挺胸抬頭，豈能輕易折腰。從前我在私立大學兼課，進教室時都有班代表喊「起立」、「敬禮」、「坐下」。可是「台大人」究竟與眾不同，上下課班代表既不開金口，同學們也就穩如泰山的坐著不動。有時候幾十位同學中有三、五位禮數周到的站了起來，教室陣容就顯得七零八落。我乾脆識相一點，說：「大學生啦，不必拘禮。」去年台大中文系二年級的一班同學，在上課時班代表喊「起立」「敬禮」「坐下」，同學們還齊聲說：「老師早！」下課時再一起「起立」「敬禮」「坐下」，同學們齊聲說：「謝謝老師！」整整一年，都是如此。這眞使我耳目一新，我在這裡告訴這班如今已是三年級的同學，我眞的感謝你們。

話說回頭，萬一你遲到了，我希望你走進教室時，靜靜的找個座位坐下，千萬別把椅子移來移去，發出不悅耳的聲音，影響我教課。每當這種「噪音」來臨時，我只有暫時停止教課，使整個教室靜下來，以便那位製造噪音的同學能感覺到自己在破壞上課秩序。可是製造噪音的同學在這方面的感覺常常是麻木的，也許他已經「旁若無人」慣了。我希望今年上我課的同學不再製造教室噪音。

第三、我希望同學們不要在上課時彼此交談。當我講課正講得起勁時，如果從教室的一角持續地傳來交談的聲音，我會感到很掃興。我很希望在我拿問題問同學時，同學能勇於發表自己的意見，卻不喜歡在我講課的時候有同學和我表演二重奏。我講課時，有我的「大弦嘈嘈如急雨」就夠了，容不得你「小弦切切如私語」，如果「嘈嘈切切錯雜彈」，教同學們該聽誰的？

令人遺憾的，每年總會遇到幾位同學，我問他問題時一問三不知，我講課時他卻向鄰座的同學先吐為快。

同學們，你們要聊天，聊天的時間有得是，為什麼要在教師講課的時候「聊」癮大發呢？最早大學要修一百六十幾個學分才畢業，後來減為修一百四十幾個學分畢業，如今你們只要修一百二十幾個學分就可畢業。教育當局對你們真是體貼備至，唯恐你們書讀得太多，累壞了玉體。這一百二十幾個學分如果再不認真的學習，我真不知道你們付出四年的青春歲月是否值得？如果到頭來落得悲吟「四年一覺大學夢，贏得班上混混名」，那真太令人遺憾了。

對付上課時交頭接耳絮絮不休的同學，我只好暫停講課一分鐘。當大弦靜止下來，小弦的聲音就更加清晰可聞，同學們的眼光也都集中投射到聊天同學的身上。我希望藉此使他們自動靜止下來。如果他們已聊到「渾然忘我」的境界，周圍氣氛的驟變他們仍毫無知覺，我就只好開口了：「請第幾排的兩位同學不要聊天，要聊下課之後再聊。」對大學生講這種話，真是煞風景之極。講完之後，我自己都覺得血氣翻騰，要強自忍耐才能重新開始教課。台大很不幸，校舍正在飛機航線經過的地方。每次上課，總有一兩次震耳欲聾的飛機引擎聲從教堂上空經過，有時候，連教室玻璃窗都會震動。我的嗓門不算小，可是血肉之軀哪能和機械硬拚。因此每當飛機引擎聲自教室上空「隆隆」而降，我不得不暫停講課一兩分鐘，反正我即使大聲疾呼，同學們也聽不清楚。為飛機經過停一兩分鐘，為遲到的同學移動椅子停一兩分鐘，還要為愛在上課時偷偷聊天的同學停一兩分鐘，想想，一堂課能有幾個一兩分鐘？對飛機我毫無辦法，我只能請求同學們，上課的時候要靜靜聽講，切莫和鄰座聊天。

以上就是我對同學們的三點請求，或者說是約法三章。我知道，對多數同學來說，約法三章完全是多餘的；但對少數同學，我還是有提出來的必要。諸位都知道漢高祖進入函谷關後，曾和關中的人民約法三章：「殺人者死，傷人及盜抵罪。」言下之意，欺詐啦，僞造文書啦，都不算犯罪。這約法三章眞夠寬大。我和諸位的約法三章，希望諸位不至於嫌嚴苛；如果嫌我嚴苛，這課眞不好教了。

作爲一個教師，我只希望同學們能在學校裡多學到一些知識。而認眞上課是學到知識的基本條件。我不在乎你們穿什麼衣服走進教室，你們穿牛仔褲、羊仔褲我都無所謂，只要你們穿的是習慣上可以外出的衣服，我都歡迎你們進教室，主要的是要認眞學習。

你眞的看完我的三點請求了，我眞高興，也眞感謝。我多麼希望你有一個知識的豐收季節。

祝福你，有緣的一群。

——原刊六十六年十月三日「中華副刊」

輯二

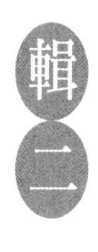

長髮為誰留

舵手和司爐

一

每當我帶著讀小學二年級的兒子在台大校園散步，遇到認識的學生，他們往往是這樣和我寒暄：

「老師，您的孫子這麼大了？」

「不，他是我的兒子。」我總是笑著回答。

學生們的臉上露出表示歉疚的笑容，我也報以表示歉疚的笑容。這一切都是我不好，誰教我這麼晚婚，以致他們把我和兒子的關係弄錯了。看了我們父子倆一老一少的樣子，誰都會認作是一對祖孫的。

一直活到虛度三十八歲，我才有了另一半。這稱得上相當晚婚，比唐代大詩人白居易還晚婚一年。按照《水滸傳》施耐庵的序中所說：「人生三十而未娶，不應更娶。」我這輩子實在應該打光桿到底。我當時硬是不以施耐庵的話為然，我認為男人一到三四十歲，才是結婚的好年齡。那時心智成熟，不會把婚姻當兒戲，吵吵鬧鬧，分分合合，優點一也。年富力強，侍奉太座上山下海，綽有餘裕，優點二也。經濟小有基礎，不致把太座餓成黃臉婆，優點三也。於是我在民國五十一年初冬的一個假日遠征台中，於一位在東海大學中文系任教的朋友家裡伴作邂逅地遇到了她，和她叨擾了朋友一頓午飯。此後幾度交往，冬盡春來，次年四月四日星期四，我就和她踏入了結婚禮堂，她就成了我的另一半，從此再也分不開。

當我高據喜宴首席的上座，有另一半如影隨形，我起立她也起立，我向來敬酒的賓客舉杯她也舉杯，我向賓客道「謝謝」她也道「謝謝」，我坐下她也坐下，完全不必喊口令，自然步調一致，我眞的難以掩藏心頭的喜悅，一時豪情大發，逸興遄飛，吩咐跑堂的把一瓶新郎新娘專用的瞞騙賓客的假酒——茶——拿走，一杯接一杯的喝起眞酒來。百忙之中我還暗自在心中調侃施耐庵：「施老前輩，你說『人生三十而未娶，不應更娶』，區區今日娶妻，實不相瞞，區區行年三十有八。」我當時覺得施耐庵的話簡直近乎荒謬，但是，十三年後的今日，我帶著兒子散步一再被人誤認為祖孫，不禁感到他的話還是有點道理的。

二

我和她第一次見面，心裡就有了預感，這次保險要脫離光桿陣營了。果不其然，才不過半年工夫，我就搬離了蟄居多年的溫州街五十八巷單身教職員宿舍。

我們初相見在台中，第二、三兩次見面也還在台中，我自台北往，她從嘉義來。只是那兩次相會是我直接約她，再沒有介紹人的事了。俗語說：「新人才上床，媒人扔過牆。」我卻沒等上床就把媒人扔過了牆。也許是報應，後來我替青年男女撮合，也曾在毫無心理準備之下被兩造當事人扔過了牆。難怪六、七百年前孟漢卿所寫的《張孔目智勘魔合羅》雜劇中，賣「魔合羅」（梵語音譯，本是佛經中的神名，宋、元時候的習俗，用土、木雕塑成小孩形狀，外加衣飾，七夕供養，稱爲「魔合羅」。後來成爲孩子的玩具。）的老人高山就說過：「我有三樁戒願：一不與人家作媒，二不與人家做保，三不與人家寄信。」你看他把不作媒列爲三條戒願的第一條！我未成家的時候，巴不得有人替我作媒，那時讀了這部雜劇，心想這位名叫高山的老人眞不是有成人之美的君子，不配我對你「仰止」。你這種冷冰冰的處世態度，應該叫做「冰山」才名副其實。後來成家之後，也客串了幾次月下老人，才漸漸體會到高山不作媒的原因。當新人上床之際，媒人本來應該功成身退，被扔過牆乃理所當然，沒什麼可怨尤的。難道人家上床了，你還要做電燈泡？問題是作媒有後遺症，當兩小口子卿卿我我的時候，兩顆心鼓足了愛情，不會留一絲一毫的空隙來飲水思源，想想是誰用紅線把你們繫在一起的；一旦變了怨偶，兩顆心充滿了怨氣，就全心全意地責怪起媒人來。作媒的不在家裡耳熱眼跳才怪哩！不過，當年替我和她撮合的女士儘請放心，十四年來，相信你不曾耳熱眼跳過，因爲我們從來沒有責怪過你；不但沒有責怪過你，相反的，每一想起遠在美國的你，我們心裡反而充滿了感恩和關懷。希望你能諒解我過早把你扔過了牆，因爲那時的情勢發展不得不然。

話題再回到十四年前我從台北往，她自嘉義來。我總是比她早半小時左右到達台中，首先對著台中車站的大鏡子整齊儀容，接著排隊買好當天晚上兩人北歸南返的對號車票，然後到旅客出口處恭迎大駕。那時候的鐵路局挺有信用，火車難得誤點，因此我總會準時接到她。我們見面總在中午，午飯吃罷，找家氣氛不錯的咖啡館談心，然後選一場電影看。晚飯過後，逛逛台中夜市。她照例比我早二十分鐘左右上南下的火車，我陪她上車找到座位坐定，然後站在月台上雙足立正，左手下垂，右手向她揮舞，恭送離去。那樣子比站務人員迎送火車的態度虔誠多了。不多久，我已坐在北上的對號車上了。一任火車在夜幕下的中部平原向北疾馳，我只是閉目躺著回味這天和她相處八、九個小時的種種感覺，我的心裡鼓足了喜悅和滿足，連鄰座的旅客是男的或是女的，是俏的還是醜的，我都懶得理會。翻身的時候，皮夾從西裝口袋裡滑出來掉在車廂地板上，我趕緊伸手撿起，我意識到來時鼓鼓的皮夾，現在已是扁扁的了。

三

第四次見面，就在嘉義了。距離初見面不過兩個多月。這次是她在嘉義車站恭候我的大駕。我們在嘉義鐵路餐廳同進午餐。嘉義鐵路餐廳地方不及台北和台中的鐵路餐廳大，但環境高雅，布置整潔，加之顧客不多，很適合情侶光顧。飯後，她就陪我去見她的父母親——我的準岳父母。兩位老人的國語和我的台語一樣蹩腳，他們會說的國語語詞和我會說的台語語詞加起來也不滿二十個，彼此自然無法交談。好在兩老的觀念非常開明，女兒的終身大事由女兒自主。那天他們和我見面，無非看看我是否五官齊全四肢正常而已。只要我的眼睛長在眉毛下，手足沒有痙攣，即使是敗絮其中，既經他們的千金中意，相信他們也不致橫加干涉。至於我呢？我早已胸有成竹，禮多人不怪，不管兩老說什麼，我都一個勁兒的點頭微笑。我的身家一切，他們早已從他們千金的口中知道得一清二楚，相信他們不會問：「你在老家曾經結過婚，是嗎？」

嘉義究竟比台中距離台北遠多了。那天下午在相當荒涼的中山公園裡談談心，又去拜訪了她的一位朋友，我們就提前吃晚飯。我趕車北返，當然她也到車站恭送如儀。

那次南下最大的收穫，就是約她一放寒假就到台北來玩。那時她還在嘉義商職教國文。我南下嘉義是「拋磚」，目的是「引玉」，果然把這塊荊山之玉引到台北來了。

民國五十二年一月二十九日，是她爲我來台北的日子。她先以限時專送通知我她搭乘的車次和車廂座號，原意是要我到台北車站接她。但我爲了表示接駕的誠意，學了一招古代地方官吏爲了巴結出巡大臣慣用的手法——郊迎。我算準她搭乘的那班觀光號將在上午十一時停靠桃園車站，於是先從台北搭南下的火車在十一時前到桃園，然後在那裡登上她搭乘的觀光號。北上的觀光號一過桃園站，車上乘客已無多，座位也空了許多。我按照她告訴我的車廂座號找了過去，果然看到她的背影，她旁邊的座位空著。我悄悄地走上去，就在她的鄰座坐下來。她沒有理會，大概心裡在想我這時一定已到台北車站鵠候。我輕輕遞過去一片口香糖，嘴裡說：

「小姐，請吃糖。」

正如我所預料的，她先是吃了一驚，等轉過頭來認出來是我，由驚轉喜，輕叫了聲：

「呀，是你！」

我早已準備注意她的反應，當我注意到了她的表情，我知道，她將成爲我的另一半，準沒有錯。事實證明，眞沒有錯。

這次她在台北玩了四天。她住在從前一同在東海讀中文系的同學家，我早上用本田兩百五十西西把她接出來，晚上又送回去。偶爾也和她在她的同學家叨擾一頓，有時帶她去拜訪我的至親好友。我曾問她，她的父母親對我的印象如何。她說：

「爸爸媽媽覺得你爲人很和氣。」

當然啦，我那次到嘉義去拜見兩老，賠了這麼多笑臉，點了這麼多次頭，還不該獲得「和氣」這句評語嗎？

當她回嘉義時，我們已決定三月八日在嘉義訂婚，四月四日在台北結婚，一切都是那樣自然，使我不能不相信「緣分」兩個字。

四

訂婚很簡單，在嘉義台灣銀行曾襄理昭穎的宿舍請了一桌客。嘉義的台銀宿舍環境很好，曾先生夫婦古道熱腸，對她一向很照顧，此時就自動的要我們在他們家宴客。所謂客，也不過是少數至親好友，當然，被我老早就扔過牆的媒人，這時又特地被我從東海大學請了來，表示我們是明媒正娶。

婚姻的意義是使兩個相愛的人生活在一起。但無論相愛有多深，兩人對各種事物的看法也不可能完全一致，非得彼此適應容忍不可。在決定結婚儀式時，她的意見就和我相左。我主張公證結婚，因爲我認爲目前流行的結婚儀式無異是一幕鬧劇。你只要瞧瞧德高望重的證婚人在台上致賀詞的時候賀客群中的那幅喧鬧場面，眞是倒足胃口。婚姻是終身大事，婚禮應該莊嚴肅穆才像樣，怎能這般烏煙瘴氣？至於西方宗教儀式，莊嚴肅穆則有之，可是主婚的神父照例要問：「你願意接受他（她）做你的丈夫（妻子）麼？」這種形式，完全多餘。如果他和她之中有一個不願意，那幹麼和另一個雙雙身穿禮服走入教堂？莫非來尋上帝的窮開心？我覺得公證結婚簡單莊嚴，是較理想的結婚儀式。但是她卻堅持要舉行普通儀式。她有著一般賢妻良母的溫順性格，但在這一點上卻毫不讓步。她既不讓步，那當然是我讓步囉！如果我也堅持到底，豈不使她傷心？爲了這個原因，使就要到手的另一半又給跑掉了，豈非貪小失大？我暗暗一咬牙關，認了！

四月四日星期四下午四時，我乘坐禮車到林文月女士的府上去接她。林女士是我的同事，在婚禮中擔任男家介紹人（現成的），因此我那天把她安頓在林女士家，在那裡化妝、登車。登車時，林女士的外子郭豫倫兄還親自爲我們燃放鞭炮。接下去，無非是照相、進禮堂行禮如儀。

我實在沒有勇氣在「少篤篤篤」的音樂聲中，在眾目睽睽之下，經過長長的紅毯走向禮台。三十八歲了，要是在古時候，這年齡在司儀喊「主婚人就位」時站到台上主持人的位置才是，哪還會在台下做新郎！新娘如果害羞，好歹頭上有紗蓋罩著，身邊有主婚人扶著，就是閉著眼睛，也一樣走得到禮台前。而我卻是拋頭露面的。我原想戴一副深色鏡片的太陽眼鏡出場，後來一照鏡子，那樣子活像一位盲人按摩師，趕忙又取了下來。最後，我靈機一動，在儀式開始前，就悄悄溜到觀禮席的前一排坐定，司儀一聲「新郎入席」，我只消橫跨兩步，就已氣定神閒地進入位置，好多親友還伸長脖子在向新郎新娘休息室張望，奇怪新郎怎麼還不出來哩。

四月四日星期四，對我來說正是個不平凡的日子。從這天開始，我擁有了另一半。換一句話說，我自己變成了二分之一。從前住單身宿舍的歲月，我就是我的主宰，愛到東就到東，愛到西就到西。有了另一半，我就只能拿一半主意了。表面上看來，這似乎有點喪權辱身；實質上，卻是獲益良多。如果在漫長的人生之旅上，始終是我一人踽踽獨行，「虎嘯深谷底，雞鳴高樹顛」，這將是多麼可怕！多麼可悲！自從有了另一半，我不但生活的情趣倍增，連生命的勇氣也激盪起來。

自從有了另一半，已度過了十三個四月四日（當然不一定再是星期四）。每逢此日，必定全家出動，慶祝一番。所謂全家，頭一年只有夫婦兩個，接著一位國家未來的女主人翁出世了，慶祝起四月四日來就多了兒童節這一層意義。再過幾年，一位未來的男主人翁（就是被我的學生們誤認爲我的孫子的那位）也趕了來，三人行變成了四人行，兒童節的意義反而重於結婚紀念日了。

如果我這簡單的家庭是汪洋中的小火輪，無疑的我是舵手，她是司爐，兩個孩子目前只是乘客。我們有責任把他們訓練成既能掌舵又能司爐。當有一天我們力竭倒下時，孩子們將能克紹箕裘，在風雨中鼓浪前進。

另一半可寫的很多。本文姑且寫到我得到另一半爲止。俟有後緣，重續前文。

——原刊六十五年十一月四日「中華副刊」

長髮爲誰留

算一算，自從四月上旬理過一次髮，到今日，已有八十餘日不曾進理髮店。這期間，足夠陶淵明做一任彭澤縣的縣太爺。對慣蓄長髮的一些年輕人來說，區區八十多天「髮齡」，實在微不足道；但對我來說，則已覺得空前的長久，以前最高紀錄也不過一個月零幾天。所以這幾天早上出門之前，總是要徵求妻的意見：

「你看我的頭髮會不會太長，被人看成不良老年？」

「你這幾根啊，還差得遠哩！」

妻總是這樣回答，有時連眼也不抬，似乎不必實地觀察也能知道我的頭髮有多長。

這一問一答，似乎成了我早上出門前的例行公事。有一次，我聽了她的答話，心裡忽然覺得有一絲屈辱之感。聽：「這幾根啊，」那不是暗示我是「禿」字輩的人物？至於「還差得遠哩！」簡直是一筆抹殺了我自以爲空前的「髮齡」！這樣還不算長，難道一定要等到我「白髮三千丈」，爲李太白的詩句作一個證明，妻才滿意？不過，雖然有這麼一絲屈辱的感覺，但大致說來，我還是喜歡她這兩句話。有她這兩句話，我就可心安理得的暫時不把大好頭顱往「橫刀立馬，一心問天下頭顱有幾」的理髮師手裡送。

「橫刀立馬，一心問天下頭顱有幾。」是小時候在故鄉一家理髮店看到的一副對聯的上聯。驟視之，這有點像《三國演義》中關雲長把守華容道的姿態。其實，刀，剃刀也；馬，馬步也。那時候理髮店的理髮師都是男性，他們理起髮來，頗有架式，有的幾乎稱得上「雄姿英發」。單是一抖圍巾，就「劈啪」作響；磨起剃刀，也「霍霍」有聲。眞是「行家一伸手，便知有沒有。」現在本省的理髮師女性總在九成以上，女士們婀娜多姿，就是不適踩馬步，勉強踩來，柳腰款擺，拿椿不穩。所以聯語中的「立馬」兩字已不適用，我想改作「含顰」，也許恰到好處。不過今日理髮店中已很少看到聯語，取而代之的俗不可耐的美女日曆、明星照片、化妝品廣告等等。舊文化的式微，理髮店中這些現象豈非天下將秋的一片落葉？

話說回來，漸漸的有朋友注意到我髮長逾恆。有的說我越老越新潮，究竟是學文學的跟得上時代；有的說我「白」髮衝冠，不妨去燒一燒，染一染。對這些，我都一笑置之。只是今夜，一位經常見面的朋友在一次聚會中問我：

「葉公，我是否可以問你，長髮爲誰留？」

這突如其來的一問，問得我怦然心動。「長髮爲誰留」，多麼動人的題目！可以寫詩，寫散文，也可以寫小說，如果改編成電影，準是「嘔心瀝血迴腸盪氣曠古文藝愛情家庭倫理名片」。

（近來電影廣告的用語越來越長，其效果足能使電影觀眾昏頭轉向，瞠目不知所云。）而居然有人不嫌衰朽，把我和這檔子屬於年輕人的事聯想在一起，以爲我是這故事的男主角，怎不令我受寵若驚，怦然心動？要不是我平時還有幾分修持，怕不已綺念叢生，忙著去構築空中樓閣？回顧生平，既不曾轟轟烈烈，驚天地而泣鬼神那樣愛過，也不曾痛痛快快，咬牙切齒般恨過，所過的無非是發乎情性、止於禮義的平凡生活；如今垂暮之年，說「一根根長髮都爲了愛」，實在萬不可能。我髮之白，是「忙」白了，並非「愛」白了。我髮之長，是爲了誰？我說不上來；一定要說，只好說：「爲了理髮師！」

這位朋友聽說我爲理髮師留長髮，頓時大感興趣，說：

「好啊，原來是理髮小姐之戀！能透露一點麼？這是寫小說的好材料。」

我同意，「理髮小姐之戀」是寫小說的好題材，能夠寫成一篇歡笑與血淚交織的社會寫實小說。我這位朋友雖然也寫小說，但我相信他絕對寫不成功。因爲他既不曾和理髮小姐「戀」過，又不曾在理髮店當過「小弟」，甚至也不曾在理髮店門前當過擦鞋童，他對這許多綺年玉貌的理髮小姐的一切又能了解多少？他的年齡和我相近，即使有意到理髮店去充當一名「小弟」，也已經大大逾齡，而理髮店是不需要「老弟」的。這一大把年齡，就是勉強在理髮店門前做個「擦鞋翁」，恐怕也要遭小姐們的白眼了。

他這般熱切的向我追問，顯然想求助於我的經驗，可是我哪能無中生有。我趕緊正色向他說明：我是理髮店的逃兵，爲了怕和理髮師打交道，怕理髮，才一拖八十多天還未去向理髮師報到。我所謂的長髮乃爲理髮師留，這樣解說才正確。

這眞是一段令人掃興的說明，把我那位朋友的興致都打消了。散會歸來，我若有所感，動手寫這篇散文，我應該謝謝他提供給我這個題目。至於他想寫的小說「理髮小姐之戀」，恐怕得永遠列入他的「未開工著作目錄」中了。

我怕理髮，從小已然。記得在小學時代，留的是平頭，而且都是在自己家裡理髮的。差不多每隔半個月或二十天，「阿嫂」就提著一只裝著理髮器具的有蓋竹籃到家裡來。我想不出在我的家鄉語言中對這種婦女的職稱該用什麼文字表達，只好姑且稱之爲「阿嫂」。做「阿嫂」這行的，平時輪流的到數十家人家去理髮；遇到這些人家有婚喪大事，照例過來幫忙照料；有時也利用職業方便，替東家少爺和西家千金說個媒。這數十家人家都是她的固定主顧，而且往往是她家好幾代「阿嫂」的固定主顧。每當「阿嫂」來到我家，母親就燒起水來，然後在廳前放一條圓凳，男的理髮，女的修臉。花不了半天時間，一家子的頭臉就都煥然一新了。平時不必給「阿嫂」理髮錢，到逢年過節才齎發她。那時我們兄弟都討厭讓「阿嫂」理髮，聽說她來了，兄弟們就一個個都躲了起來，雖然，到最後還是被母親一個個抓了出來，送上那硬繃繃的圓凳。當時覺得讓一個女人的手在自己頭上摸來摸去，眞是奇恥大辱！這是我記憶中最早的理髮印象。可以說，我與理髮一開始便已交惡。一直到現在，我仍視理髮爲畏途。

等上了初中，我拿定主意，再也不肯讓「阿嫂」給我理髮。我開始到家附近的理髮店理髮，這給我一種長大的喜悅，我已像大人一般了。而且再沒有女人的手在我頭上摸來摸去，使我如釋重負。不過，理髮總是件受人擺布的事，理髮師要你抬頭你就不能低頭，要你低頭你也不能抬頭，所以我基本上還是不愛理髮。

近年來，我怕進理髮店的心情有增無減。我曾根據以往無數次的理髮經驗，審慎的訂定了「理髮守則」四條：

一、不入男理髮師的理髮店。

二、不入「觀光」或「豪華」理髮店。

三、不入過分簡陋的家庭理髮店。

四、不入開著電視的理髮店。

先說守則一，我不入男理髮師的理髮店，主要的與香菸有關。多數男理髮師抽香菸，而且菸癮不小，這從他們被薰黃了的手指可以看出。我不喜歡這樣的一雙手在我頭上摸來摸去，我寧願光顧女理髮師的理髮店，讓一雙溫柔潔白的手料理我的三千煩惱絲。（小學生時代討厭「阿嫂」爲我理髮，實在是幼稚的兒童心理。）記得有一次，一位男理髮師爲我理髮，嘴角裡叼著一枝菸，還不時和我閒聊。固然在他是藝高膽大，而我卻如坐針氈，萬一熾熱的香菸火掉在我臉上，不燒出一個大麻子來才怪。可是我又不敢糾正他，唯恐惹惱了他。我戰戰兢兢的勉強挨到修好臉，不等吹風擦油，就急急付款而出。走在人行道上，覺得背上黏黏的，原來剛才已出了不少冷汗。從此我再不光顧男理髮師的理髮店，雖然我仍然同意男理髮師的技藝一般的比女理髮師老到。

其次，所謂「觀光」和「豪華」理髮店，往往裝著深色的玻璃門，使內外不能相望，莫測高深。有些店門口竟然還有一位男士擔任招攬顧客的工作，有點像中華商場小吃店的跑堂。如果這種理髮店止於設備豪華，手藝高明，服務周到，顧客只要阮囊不澀，原也不妨進去享受一番。不過看報紙所載及朋友傳說，這些地方頗多可以殺雞殺鴨的，那就不是像我這樣該遠庖廚的君子所應問津的了。記得從前我不明就裡，踏入一家觀光理髮廳，腳下軟綿綿的，原來鋪著地毯。論設備的確豪華。小姐們個個盛裝，穿著曳地長裙，從人身邊走過，帶來陣陣香風。我下意識的摸了摸口袋中的皮夾，鼓鼓的，也就安心入座。一位小姐上來問：

「先生，要修指甲麼？」

這對我簡直是新聞。我只知道修指甲是有纖纖玉指的小姐太太的事，一個大男人修指甲幹麼？尤其我這雙終年被粉筆灰磨損了的手，還修指甲幹麼？當時我一邊猛搖頭，一邊回答：

「指甲我自己會剪，我要理髮。」

這位小姐的笑容消失了，悻悻然走開。大概我的嗓門不低，招來好幾位小姐詫異的一瞥，似乎還有幾聲竊竊私議。我想她們一定把我當作土老頭看。後來有另一位小姐上來替我理髮，不到半個鐘頭就草草完事，雙倍以上的價錢，相當蹩腳的技術。臨出門，瞥見一位顧客拉著一位小姐要從裡側一個小樓梯上去，她不肯，另一位小姐把她又推又哄的，終於把她弄上了樓梯。嗚呼！哀哉！從此我望「觀光」而濺淚，對「豪華」而驚心！

再其次，我不入過分簡陋只有一兩個座位的理髮店，那往往是家庭理髮店，由夫婦兩人執業。不但環境雜亂，又往往有孩子哭鬧，至於衛生條件，根本談不上。一條毛巾，可能男童擦過髒手，女童擦過鼻涕，再給顧客擦臉。這種地方，自然去不得。

最後一條守則，我不入開著電視的理髮店，是因爲曾經身受其害之故。本來，理髮師在等待顧客上門的無聊時間，看看電視，作爲整日單調工作的調劑，並無不對。可是有些正在爲顧客理髮中的理髮師，也一邊工作一邊看電視，那就很容易引起意外。就有一次，理髮小姐正在替我修臉，而電視上正在演《包青天》連續劇。小姐全神貫注的盯著電視機畫面，一任剃刀緩緩在我的臉上滑動。這時她理髮的神態，眞到達了《莊子．養生主》裡庖丁解牛的境界，所謂：「以神遇，不以目視，官知止而神欲行。」剃刀的滑動似乎完全是自然運轉。突然，電視機裡傳出包青天的一聲中氣十足的沉喝：

「把他——鍘——了！」

我頓時覺得鼻梁上一陣刺痛，抬頭一照鏡子，鼻梁上一道鮮血涔涔流出。理髮小姐則手執剃刀站在一旁嚇得呆住了，她這時的臉部表情，正符合了舊小說裡的「花容失色」四字。原來包青天一聲「把他——鍘——了」，理髮小姐的玉手不自主的一使勁，於是我的鼻梁就挨了一鍘。這道傷痕有半年多清晰可見，經過長時期的風吹日曬，才漸漸由顯而隱。幸虧當時剃刀正滑行到鼻梁上，萬一正滑行到咽喉上，而包青天的「把他——鍘——了」再吼得用力一點，恐怕到今日我的屍骨已寒，而名垂宇宙了。（你想，像這樣離開人世，還能不上國內外各報紙麼？）

這樣的理髮店不入，那樣的理髮店不入，我每次出門理髮，常興「何處是歸程」之嘆。有時好難得遇到一家令我滿意的理髮店，一連去了幾次，結果有一次令我不滿，我這就從此裹足不前。其實我對理髮師毫無奢求，只求她（他）「克盡厥職」。「克盡厥職」是每一位職業人士的基本操守。對理髮師來說，如果她（他）接過顧客的大好頭顱後，不能專心進行理髮工作，而依然和其他的理髮師說笑；或者心不在焉，草草了事；這樣不但罔顧顧客利益，有虧職業道德，同時也辜負了進你門來把大好頭顱的裝修工作託付給你的一片信賴之誠。

在理髮過程中，我最重視的是洗頭。就洗頭言，如果洗肥皂時搔得周遍而且輕重合宜，清洗時水沖得夠久不讓一絲肥皂殘留在髮際，我就非常滿意，甚至心懷感激。但是我多次遇到搔頭皮時虛應故事，頭皮比不搔還癢的情形；當我要求搔重一點，招來的是一陣風狂雨驟，才幾下子頭皮已傷痕累累（要等水沖洗時才覺得痛）。有時候輕重搔得恰到好處，可是偏偏在一個角落上活動。我明明覺得頭皮的東南角上奇癢難忍，她偏偏在西北角上鍥而不舍。在我鼓起勇氣要求之下，她的玉手也許到東南角出擊兩下子，又立刻返回防地，不再出動。（我想這可能和她站立的方向有關。）這時我也不便再提要求，一之爲甚，其可再乎！少不得皺眉擠眼，拚死命忍癢。

近年來，理髮師得滿意的次數減少，自然而然的就更視理髮爲畏途了。但像這次隔了八十多天還不理髮，在自己眞是空前壯舉。難怪有朋友問我：「長髮爲誰留？」而我回答：「爲理髮師留。」這確是最最誠實的招供了。

——原刊六十五年七月二十一日「聯合副刊」

誰來看我？

人，都愛看別人，也愛給別人看。這個世界，可以說是我看你你看我的世界。就因爲人們愛彼此看來看去，因此人人都得做給別人看的準備；說得具體一點，人人都要修飾頭面，端正衣衫——即所謂「打扮」。

人之所以要打扮，是爲了給別人看，絕不是給自己看。固然有些人——大概以女性較多——偶爾會顧影自憐，那是在沒有人來看她（或他）的時候不得已而爲之，絕不是她（或他）打扮的目的；一旦有旁人欣羨讚美的眼光投射到她（或他）的身上，她（或他）立即棄這面用來顧影自憐的鏡子如敝屣了。

如果世界成了荒島，荒島上只剩下一位男士，相信他再也提不起勁來梳頭、修面、打領帶；如果荒島上只剩下一位女士，縱然她擁有曾是世界上最名貴的化妝品，那些東西也自然而然成了廢物。在那種環境裡，他（或她）要打扮給誰看呢？給藍天白雲？給草木山川？還是給飛禽走獸？那簡直比對牛彈琴還掃興，還是省了吧！就因爲我們不是獨自生活在荒島，我們共同生活在熙熙攘攘的文明社會，生活在每一對明亮的眸子都在打量別人的社會，我們不能不打扮自己。任何人都不能例外，只是打扮的程度有所不同而已。

古人說：「女爲悅己者容。」「容」就是我所謂的打扮。其實，豈止女士爲悅己者容，就是一般男士，也一樣爲悅己者容。想想：哪一位男士去赴女朋友的約會，不把自己打扮得容光煥發，衣衫楚楚，活像個「尖頭鰻」？如果有人以一副「嬉皮」的樣子去赴約會，對方準是個「嬉皮」女郎，她就喜歡他那副「吊兒郎當」的樣子。所以這位男士這樣做，仍然是「爲悅己者容」，只是「容」的方式比較新潮罷了。

不但女士男士都爲悅己者容，其實更爲僅僅認識甚或不認識的一般人「容」。說來可憐，我們一生中眞正爲悅己者容的歲月反而短暫，而爲僅僅認識甚或不認識的一般人「容」，卻和我們的生命一樣長遠。一對恩愛夫妻在家裡儘管可以頭不梳，臉不洗，衣衫不整，可是到了要出門上街，就必須精心打扮一番。難道夫妻彼此都不是悅己者，因此在家裡不妨原形畢露？而滿街行人才都是悅己者，因此出門非精心打扮一番不可？當然非也！只是男女彼此爲悅己的對方而「容」，頗有其時間性。在雙方相悅之後，在「少篤篤」的音樂聲中步入禮堂之前，「爲悅己者容」這句話絕對是眞理。等到雙方既已結爲夫婦，縱然恩愛有甚於婚前，是否繼續「爲悅己者容」，那就因人而異了。尤其子女一出世，尿布與臉巾齊飛，床單共奶水一色，伺候小國民都忙不過來，誰還有「爲悅己者容」的餘裕？反正老子就是這副模樣，老娘也就是這副德行，「容」

不「容」都一樣。除了出門踏入眾目睽睽的社會，不能不打扮打扮，在自己家裡，彼此就兩免了吧！所以我說，我們一生中眞正爲悅己者容的歲月反而短暫。再看我們爲僅僅認識甚至不認識的一般人「容」的歲月：在不懂事的童稚時代，有父母爲你打扮；懂事之後，每天自己都得花或多或少的時間在打扮上；當你嚥下了最終一口氣，還得勞駕殯儀館的美容師替你打扮一番，以免弔客來瞻仰遺容時被你的猙獰面目嚇得倒地不起。不是嗎？我們一生都在爲給別人看而打扮？

爲了給別人看，每個人都打扮自己，但是不見得打扮好後準有人看。這就牽涉到人的美醜問題。人看人，看的是外貌，而不論男性女性，總不免有美，有醜，有不美不醜的中人之姿。美人是「天生麗質難自棄」，打扮起來，事半功倍，很容易成爲萬眾矚目的對象。不美不醜的中人之姿，如果打扮得法，也能平添幾分俊，幾分美，贏得他人的好感。醜人打扮起來雖然事倍功半，但如能淡化醜的部位，強調不醜的部位，博人青睞也許是奢望，但至少可以不遭人白眼。美人和中人之姿都不愁沒有人看，沒有人看的是醜人。前兩者一經打扮，能獲得更多喝彩的眼光；後者的打扮，只能消極地消除或減少人家對自己的醜印象。

有人看，當然是好事，或者說是精神上的一種享受。看你的人越多，你越覺得精神上充實無比，興奮無比。人的感覺非常靈敏，當你置身大庭廣眾，有多少對讚賞的眼光投射在你的身上，你可以不必正面接觸點數，單憑直覺就能感覺到。這種靈敏的感覺，可能是人類有史以來就忙著看人與被看漸漸培養而成的。可是，被人看也是一種負擔，一種很累人的事。這可以說是隨精神享受而來的副作用。當你感覺到自己正在被人欣賞，彷彿欣賞一件藝術品，你就不得不矜持作態，不敢放鬆自己。這時你想伸一個懶腰，敢不敢？想打一個呵欠，敢不敢？想脫掉皮鞋和襪子讓十個腳趾呼吸呼吸新鮮空氣，敢不敢？我相信你不敢。當一雙雙欽羨讚賞的眼光集中在你的身上，你就是舞台上燈光照射下的主角，你除了想到應該努力把戲演好，此外什麼放鬆自己的小動作也不敢做。所以我說，被人看是一種負擔，是十分累人的事。被人看，彷彿被人照相。大家都有照相的經驗，當你姿勢已經擺好，而對方尚未「喀嚓」的時候，你是不是覺得非常不自在？假如對方偏偏是個慢動作大師，他手捧照相機，明明已經對準了你，卻東摸摸西瞧瞧，就是不「喀嚓」，你是不是有度秒如年之感？給人看，就像擺好了姿勢等待「喀嚓」，你想累人不累人？

我生平最怕站好姿勢等待「喀嚓」。我的鼻子平時好好的，偏就在這時候會癢起來，好像有隻小蟲在鼻上慢慢爬行。我想伸手去搔癢，而又不敢伸手。萬一剛剛伸手搔到癢處，對方就「喀嚓」下來，豈不大煞風景？獨照還好，大不了看起來像個小丑。如果是合照，別人照出來都是彬彬有禮的紳士淑女，偏我一個人夾在中間作嗤之以鼻狀，無禮孰甚焉！於是我只得擠眉弄眼，強自忍癢，其難受程度，眞非這枝白金牌鋼筆所能形容。我的眼皮平時任意開合，我從來不加注意。可是每當我擺好姿勢等待「喀嚓」的時候，總會覺得眼皮想要合幾下。我怕萬一剛合上眼還未來得及睜開，對方就「喀嚓」下來，相片中的我豈不成了瞌睡老人？我只得努力睜大眼睛，以免它自動合起來，結果相片中的我往往像個怒目金剛；又彷彿看到不共戴天的仇人就在眼前，復仇之火從兩眼直噴出來。

從照相的經驗，我體悟到被人們當作上帝的傑作欣賞，固然十分風光，可是也有不好受的一面。被少數人瞄上幾眼稱讚幾聲是享受，要讓多數人評頭論足欣賞個夠，那就近乎受罪了。好在我從來不必擔心受罪。我生無異稟，貌如常人。雖然我不敢妄自菲薄，以醜人自居，但憑我這副尊容，混在濟濟多士之中，絕對沒有人會特地瞄我一眼。說得乾脆一點，我不是有人看的人，因之我不必擔心被看的負擔，不必擔心被看的累人。當然，當我往教室講台上一站，同學們的眼光會立即集中到我身上。但那是因爲我要開始傳道授業解惑，同學們不得不看我。他們並非以欣賞藝術品的眼光看我，我不必窮緊張，不必矜持作態。我沒有那種被看的感覺。

我說被人看是一種負擔，一種累人的事，我這話說得相當的含蓄。事實上，被太多的人看，連小命都會看掉的。這絕不是故意危言聳聽，我願意說一個歷史故事來證明。這個故事記載在《晉書》卷三十六：

晉代有一位世家子弟衛玠，字叔寶。五歲的時候，衛玠就出落得清秀絕倫。他的祖父衛瓘說：「這孩子長得與眾不同。可惜我已年老，看不到他成長的日子。」過了幾年，衛玠乘著白羊駕的車進城（案：當時宰相大臣都乘牛車的），見到他的人都稱他爲「玉人」，於是全城的人都來圍觀他。後來衛玠到了京城。京城人氏久仰這位美男子的大名，大家都圍上來看他，圍觀的人彷彿砌成了兩道人牆。衛玠本來體弱多病，這時被人看得十分勞累，終於病就重了。晉懷帝永嘉六年，他終告不治。那時他只有二十七歲。當時的人都說：衛玠是被人看殺的。

人長得越俊越美，打扮越好，看的人越多，越風光，可是負擔也越沉重。風光到衛玠的程度，至矣極矣，終於連一條小命也被人看殺了。在衛玠來說，未免太不值得，早知如此，自己寧願變個醜八怪，至少還可以克享天年。在看衛玠的人來說，真是愛之適足以害之。

晉代的潘岳（字安仁，俗稱潘安）也是有名的美男子。《晉書．潘岳傳》記載潘岳年少時駕車經過洛陽街道，街上的婦女見了這位美少年，情不自禁地手牽手把他環繞在中間，不放他走。婦女們又把身上帶著的水果紛紛扔到潘岳車中，使潘岳滿載而歸。我想潘岳的俊美一定稍遜衛玠一籌，所以白吃了許多水果，並不曾被人看殺。

幸虧世界上像衛玠、潘岳這種絕頂美男子究竟是少之又少，所以被人看殺的人命案有獨無偶，婦女集體吃美少年豆腐的事件也不曾重演。如今無論男女，値得大家看看的絕大多數是經過打扮接近俊美標準的中人之姿。因此看來看去，彼此倒也相安無事，看人的人既未瘋狂，被看的人自也不至於太累。正因爲如此，被人看的精神享受多而副作用少，於是目前的社會風氣是人人希望看自己的人多多益善，反正現代人都有自知之明，相信自己不曾美到當年衛玠的地步，不怕被人看殺。對一般人來說，被人看還只能算是「副業」；而對現代社會的天之驕子——

演藝人員來說，被人看就是他們的「正業」了。

在人看人的社會，少數沒有人看的人似乎成了被冷落的可憐蟲。他們之中也許有人要問：「誰來看我？」我願意在此回答：「你何必在乎誰來看你？」這絕不是酸葡萄的調調兒。一個人的歷史價值，完全無關乎外貌的美醜。美的人固然享盡被人看的樂趣，但那種讚美的眼光最容易令人陶醉，令人眩惑，甚至令人迷失；更可惜的是他（她）們爲給人看付出了太多的心血和時間。醜固然使你失去了被看的樂趣，卻因此保持了你理智的清醒。你很容易認清自己的處境和方向，全力以赴。表面上看來，你的確寂寞了點，只有你看人沒有人看你；事實上，你比那些被讚美的眼光團團圍住的可人兒更有機會創造個人永恆的價值。所以，沒有人看的朋友，何必在乎誰來看我！

——原刊六十六年九月十一日「中央副刊」

我愛吃喜酒

除了六根清淨的出家人，誰都請人吃過喜酒；年輕時請人吃自己的喜酒，年老時請人吃子女的喜酒。誰也吃過別人的喜酒，兒童時期吃長輩的喜酒，青年時期吃同學或同事的喜酒，老年時期吃朋友子女的喜酒。

當你請人吃喜酒的時候，你是否希望每一份送出去的請柬都有迴響——最好是人到禮到，至少也要人不到禮到？如果有一份請柬送出去後如石沉大海，就此失蹤，你是否會感到不愉快？如果你的答案都是「是」，那麼，你就該以己之心，度人之心，當接到他人的結婚喜柬時，躬親參加吃喜酒；至少也得去簽個名，送個禮。

不知道是誰始作俑者，把結婚喜柬叫做紅色炸彈；這名稱近年來頗爲流行。把沾滿喜氣的喜柬比作殺人武器，實在謔而近虐，完全不像出自以人情味濃厚飲譽全球的中國社會。幸虧當人們說「我上個月收到×個紅色炸彈」時，愁眉苦臉的少，笑容可掬的多；怨嘆被炸得吃不消的意味少，誇耀自身交遊廣闊的成分多。結婚喜柬若眞能炸得人家破人亡，相信結婚當事人不會寄給親友，他們何忍把自己的幸福以親友的痛苦來作爲陪襯？

也許有人覺得對方和自己並無深交，憑什麼給自己一份喜柬？這種想法，似乎也不夠恕道。不錯，發喜柬要看交情；發一次喜柬，等於做一次友誼總檢討，夠交情的發一份，交情不夠的就不必驚動人家。但此事說來容易，做來可不簡單。例如同一單位有同事十位，其中九位是老交情，有一位卻是新來的，談不上什麼交情。假如請九位老同事吃喜酒，偏不請新同事，這樣做豈非歧視新同事？如果這位新同事已知道你的喜訊，向你表示過祝賀之意了，你就更不好意思不請他。所以辦喜事的男女雙方最初擬定的宴客名單可能只有數十人，後來想想，既然張三請了，李四也該請，甚至王五也不好意思漏掉。就這樣牽絲攀藤，名單漸漸擴大。這是請人吃過喜酒的人都有過的經驗。所以，假如有人覺得對方和自己沒有深交，不該投來一枚紅色炸彈，我願他換一個角度來想：對方不曾把我見外，才邀請我參加結婚宴。

回想自己吃喜酒的心情，可以大別爲三個時期：自童年到三十歲，我愛吃喜酒；三十歲至三十八歲，我怕吃喜酒；三十八歲以後，我又愛吃喜酒。第一時期是「看山是山，看水是水」；第二時期是「看山不是山，看水不是水」；第三時期是「看山又是山，看水又是水」。

像絕大多數的兒童一樣，小時候我愛吃喜酒；大人假如表示不帶我去，我就吵個沒完。也像絕大多數的兒童一樣，醉「童」之意不在酒，而在玩。新郎新娘長得是美是醜，喜酒的菜是好是壞，我從來不理會。菜還沒上到一半我早已撐飽肚子，離席遨遊去也。大學畢業之後，同學同事喜訊頻傳，我還是愛吃喜酒。這時吃喜酒有三大任務：看看人家如何做新郎，作為將來輪到自己做新郎時的借鏡，一也。看看新娘子，細細評鑑一番，作為自己物色對象的參考，二也。酒醉飯飽，吃個夠本，三也。宴罷歸單身宿舍，心裡還在想剛才評鑑過的新娘子。如果新娘子十分美貌，不免有「大丈夫當如是也」之感。想想新郎在學校的時候，筆記都是抄我的，考試也考不過我。彼何人歟？余何人歟？有為者亦若是！如果新娘子連中人之姿都談不上，完全靠豔妝濃抹才看起來像個新娘子，不禁暗笑新郎眞是想老婆想瘋了，飢不擇食起來。我當時專門以貌取人，看來相當幼稚；但以貌取人原是人之常情。俗語說：「情人眼裡出西施」。在不是情人的眼裡，當然不可能把無鹽（戰國時齊國醜女）看成西施。以上是我愛吃喜酒的時期。

歲月不居，三十之年忽焉降臨，而我卻依然蟄居單身宿舍。男子三十而立，到了而立之年仍是孤家寡人，不免被人刮目相看。就以吃喜酒來說，我原本吃喝得高高興興的，偏偏總有人多管閒事地問一聲：「什麼時候吃你的喜酒呢？」好傢伙，眞煞風景！酒因此不香，菜因此不甜。我口裡打哈哈：「還早，還早！」心裡卻恨恨地說：「你別急，總有一天我給你一枚紅色炸彈！」有過幾次這種不愉快的經驗，我開始怕吃喜酒。每逢朋友結婚，我總是早一點到場，簽名送禮而退。遇到非留下來吃喜酒不可的場合，也總是盡可能和「老處」輩的熟人坐一桌，彼此壯壯膽。記得有一次吃喜酒，同席十人，六男四女，個個是坐三望四之年，孤家寡人之身。人人談笑風生，盡情吃喝，平時的鬱悶一掃而空，鄰席為之側目亦不暇顧及。正是：「相逢何必曾相識，同是姻緣多蹇人。」我原以爲這頓喜酒吃下來，會產生一兩對情侶，沒想到酒宴散場，揮手擺擺，各人又躲入自己的小天地。姻緣姻緣，你實在是個難解的謎！以上是我怕吃喜酒的時期。

我再度愛吃喜酒，是在結婚之後。我發現一旦自己請人吃過喜酒，再去吃別人的喜酒，那是一種輕鬆，一種享受。以表演節目做比喻，自己上台表演過後，坐在台下看別人表演，心情自然輕鬆愉快；而還未輪到表演的人坐在台下看他人上台表演，心裡就不免患得患失，緊張兮兮。一旦體會到這種輕鬆愉快，接到結婚請柬，除非萬不得已，我是絕不錯過。

近年來，吃學生的喜酒特別多。吃學生的喜酒，我比吃別人的喜酒更起勁。一來已畢業的學生居然還不曾忘記我，盛情可感。二來我當年只教學生功課，不曾教學生如何找對象如何談戀愛。（事實上，我也不會教；我如會教，哪需等到三十八歲才結婚？）如今學生自修有成，我不但該去道今日之賀，同時還得補致當年之歉。三來看看學生打扮成新娘或新郎的樣子，和舊日上我課的模樣對比一番，也是一種樂趣。禮數周到的學生會親自送喜柬來；假如不聲不響就寄一份請柬來，我也不見怪。據自己的經驗，籌備結婚大典，簡直千頭萬緒，足夠把兩小口子忙得昏頭轉向，做老師的實在不該再擺架子，要新人把請柬送到府上。每逢好事期近的學生遇到我，如果他說：「過幾天我給老師送請柬去。」我總是一再告訴他（或她）：「不必不必，寄來就可以了。」

喜柬一到，當天晚上就開家庭會議，決定本次喜酒是我單身赴宴，還是我帶兒子赴宴，還是一家四口傾巢而出。先由一女一兒報告功課忙不忙，再由掌握家用錢的老妻報告手頭是否寬裕，再由我報告喜宴場地有無特別吸引人的地方，然後討論決定。由於讀國中的女兒經常功課很忙，老妻的手頭經常不寬裕，所以一家四口傾巢而出的次數比較少；多數喜酒是我帶正念國小的兒子去參加的。他現在正是愛跟出去吃喜酒的年齡，和我自己小時候一樣。再過幾年他進了國中，有了他自己的世界，恐怕請他跟都請不到了。我現在得多多帶他吃喜酒。

吃喜酒，一般都流行所謂「中國時間」。如果喜柬上訂的是六時行禮，六時半入席，事實上總是六時半行禮，七時入席。有守時習慣的賀客也許會抱怨辦喜事的人不守時，但辦喜事的人何嘗願意不守時，其奈賀客姍姍來遲何！我吃喜酒，一向早到，經常比請柬記載的時間早到二、三十分鐘。早到有種種好處：第一是可以從容送禮簽名。無論結婚的禮堂多麼豪華堂皇，收禮和簽名的地方多數十分狹窄，彷彿瓶頸一般。等賀客同時湧到，那地方準保擠得水洩不通，送禮固然費時費事，簽名也休想擺起架式運筆。其次是可以瀏覽一番禮堂布置，看看送喜幛賀聯有哪些名流顯宦，由此不難推想新郎新娘的家庭背景。等到賀客畢至，縱然有此雅興，也寸步難移了。第三是可以選擇有利的位置在那裡坐定，稍後自然有熟人絡繹來到，漸漸坐滿一桌。所謂有利的位置，要背靠牆壁，面對新娘。面對新娘，可以飽餐秀色。幾十年前的新娘，雖然和新郎並據首席上座，照例螓首低垂，作嬌羞之狀，賀客要和她照個面都不容易。如今的新娘，一般都雍容大方，讓賀客看得夠；有的甚至談笑風生，使四座爲之傾倒。至於背靠牆壁，就不怕背後有人擠來擠去，尤其不愁跑堂的不小心把菜湯沾汙了新西裝。這和兵家紮營選擇背山面水的地形，是同樣的道理。由於我每次早到，整個吃喜酒的過程總是好整以暇，從來不曾東張西望想找個座位都找不到因而窘相畢露地站在場中發呆過。

婚禮進行中，照例證婚人、介紹人、來賓要致賀詞，主婚人要致謝詞。在這種場合說話，眞是出力不討好的事兒。因爲賀客是吃喜酒來的，不是來聽演講比賽的，更重要的是那時大家肚裡都已開始唱空城計。所以有修養的人都能長話短說。偶爾遇到有人在這種場合作王大娘裹腳布式的講話，我也會以欣賞的心情聽聽他到底在說些什麼。或者推想他府上一定有一位河東獅吼般的夫人，而工作場所又是極其嚴肅的；在家裡他不敢說，在服務場所他不能說，如今有人請他說話，他要是不多說幾句，憋死了怪誰？其情可憫，原諒他吧！有時我自己也不免被邀以來賓身分上台致賀詞，我可識相得很，在賀客們還沒有想到詛咒我時，我已經「謝謝各位」，鞠躬下台了。在這種場合，我講話從來沒有超過一分半鐘的。

新娘就位時由主婚人——往往是她的父親——攙扶出來的，但在禮成時新娘就改由新郎攙扶退席。這轉手之間，父親從此失去了女兒，而女婿得到了妻子。雖然她仍然是父親的女兒，但在她的世界裡，父親已成爲背景形像，丈夫才是主角人物。在整個婚禮儀式中，這是最使我觸景生情的一部分。因爲將來我也有一天會當主婚人，把我的女兒攙扶出來，然後眼看著她被現在還不知道是誰的年輕小伙子帶走。我還不曾體驗過做父親的在這一時刻的感受，我擔心當這一時刻降臨到我的身上，我會老淚縱橫。我常常一邊吃喜酒，一邊想當我以主婚人身分致謝詞時，該說些什麼。我已經不止一次地修正我的謝詞。現在暫擬的謝詞是這樣的：「感謝諸位親友光臨參加小女的婚禮，待會兒務請多喝幾杯喜酒。今天把小女交給了×××，他有責任使小女幸福。請諸位替我做個見證。謝謝！」將來也許我還要修正；修正的是措辭，基本精神不變。而且不論如何，我的謝詞不會超過一分半鐘。

大概喜酒吃到上甜湯時，新郎新娘和雙方主婚人已在禮堂門口擺成一字長蛇陣送客。你也許疑心他們這麼早就送客，豈非趕人走路。其實不然。因爲有些賀客已開始離席，他們爲了禮貌，不得不趕快列隊恭送。所謂：「人心不同，各如其面。」連吃喜酒都表現得這般參差。有人遲到早退，有人遲到遲退；也有人早到早退，也有人早到遲退。我經常屬於第四種，反正已是酒醉飯飽，何必搶著和別人擠？當人潮湧向禮堂出口的瓶頸時，賀客和送行行列只能作蜻蜓點水式的握手；而此刻，人潮已經退盡，就可以從容地逐一握別，並且站住再說幾句祝福的話，然後鞠躬而退。就這樣，一頓喜酒吃得人到禮到情分到。也許有人覺得這樣太浪費時間，我卻認爲人家一生就請你吃這麼一次喜酒，你又何忍吝嗇這三、四小時？

我一向沒有「願天下有情人皆成眷屬」的宏願，我教過的學生中的有情人能都成眷屬，就於願足矣。學生畢業之後，假如他（或她）仍然令我關心，關心的無非是就業和婚姻的問題。

就業，我既無權，又無位，不夠寫八行書的資格，有時不自量力地寫出去，也十九是石沉大海，音訊杳然。倒是婚姻，因我有意或無意的安排而撮合成的佳偶，如果連他們的下一代算在一起，到目前一輛台北市的中型公車已坐不下。我曾在好幾所大學兼過課，近年來遵照規定兼課不超過四小時，我還兼了兩所大學研究所各兩小時的課程，因此有幸能年年認識幾位各校的英才。就有好幾位屬於不同學校的「他」和「她」，因我而認識而交友而踏進結婚禮堂。老師而兼營月老，自有占便宜的地方。因爲和我接近的男女學生，多少對我有某種程度的信賴。透過這份共同的信賴，「他」和「她」在交往的過程中就不必因摸不清對方的底細而心懷戒慎，因而築起防禦工事來自衛。通向結婚禮堂的路程因此縮短。當然也有在我看來明明是理想的一對，結果卻始終沒有進入情況的例子。

近年來，我這份非正式的兼差越來越不景氣，我認識的年輕人圈子裡普遍地呈現了陰盛陽衰的現象。男孩子一進研究所，幾乎個個都已手挽著一個「她」，而研究所的女生，儘管她又漂亮又聰明，依然獨來獨往的有得是。我曾爲這種現象思維又思維，甚至有意寫篇討論這個問題的文章。但幾度提筆，欲說還休。我在「學院」裡一口氣「呆」了二十幾年，臨老竟「下海」寫起雜文來，已招來不少非議；如今竟然多管閒事談起婦女問題、婚姻問題來，向某某夫人等婦女界名流看齊，豈不把我的某些朋友嚇得毛髮直豎、臉色如土？算了，不寫算了！

文章可以不寫，問題得設法解決。目前男性的天下英才，多數都湧向醫科工科。「醫中自有黃金屋，醫中自有顏如玉。」學醫的我可不敢高攀，還是把目標轉向工學院吧。假如有工學院擁有不知何處覓女友的研究生群的教授，與我志不同（一學工一學文）而道合（願學生中的有情人皆成眷屬），我們攜手合作，豈不美哉！豈不美哉！到那時我吃起學生的喜酒來，必然是更興趣盎然了。

後記：我原定今日全家南下嘉義探親，但因適逢一位在淡江文理學院擔任副教授的女弟子在明日結婚，我因此改變行期。但我把她的喜期二月六日（明日）記成了星期六（今日，二月五日），今天下午五時半就全家浩浩蕩蕩到了碧海山莊赴宴，結果發現那裡冷冷清清，不像辦喜事的樣子。進去一問，才知道喜宴訂在明日。孩子們提議乾脆把禮金到附近的圓山大飯店吃掉再回家，我告訴他們這點禮金到圓山大飯店只夠每人吃一份火腿三明治，外加一盃咖啡。孩子們聳聳肩不再作聲，全家又浩浩蕩蕩趕回家來。夜裡，我乘興寫了這篇「我愛吃喜酒」，作為這次難得糊塗的紀念。

——原刊六十六年二月二十日「中華副刊」

我和盃中物

記得有一年，讀小學二年級的兒子問老妻：「媽，『盃中物』是什麼東西？」老妻答道：「酒。」兒子又問：「爲什麼不是茶？」我聽了他這一問，不禁心裡暗自喝彩：「問得好！」當然，我知道這是由於陶淵明曾經有一首〈責子〉詩，末兩句說：「天運苟如此，且進盃中物！」他所說的盃中物指酒，從此盃中物就成了酒的代稱，再沒有茶的份兒。但是我兒子不知道這個典故，理應有此一問。

古往今來，男士和盃中物似乎結有不解之緣。要找一個活得夠久而能終身滴酒不沾的男士，大概同找白色的烏鴉一般不容易。因爲即使有少數男士在家裡眞的滴酒不沾，可是當他出外應酬，燈紅酒綠之際，人人都舉盃互敬，他少不得也要舉盃和人家意思意思。這一意思意思，多少就沾了酒味。

在我的記憶中，我在小學時代就開始和盃中物結緣。我小時在外婆家長大，而外婆家年年要釀幾缸紹興酒。那時候，家鄉沒有菸酒公賣制度，家家可以自己釀酒，只要向菸酒稽徵所按缸數認捐即可。地方上釀酒的人家很多，有的是爲了自己享受，也有的是爲了出售。每到釀酒季節，走在街頭巷尾，時時可以聞到煮糯米的濃烈香味；如果適逢釀酒人家在攪動酒缸，還可聞到陣陣酒香，令人垂涎三尺，捨不得走開。在釀酒的那段日子裡，外婆家經常從每一只酒缸中取出酒釀來試吃。那味道又酸又甜，很配我的胃口。起初是大人吃酒釀我才討著吃，後來乾脆我自己用力打開重重的酒缸蓋取來吃。每天放學回到外婆家就失去了我的蹤影，準是躲到後院釀酒的屋子「偷」酒釀吃去了。每年釀酒季節，我不知道要吃掉多少酒釀。酒釀成了，我也已吃過了癮。雖然我平時沒有喝酒的機會，但是一年一度大吃酒釀，不知不覺中，我的酒量已被訓練出來。當然，起初我一點也不知道自己的酒量不錯；直到大學畢業在謝師宴中放懷一飲，才發現自己的酒量即使稱不上是海量，至少也是江量。

我大學畢業時的謝師宴，當然不及今日謝師宴來得豪華盛大。今日的謝師宴，動輒在觀光飯店舉行，場面之豪華，令人嘆爲觀止。而民國三十九年夏季，休說台灣還不見觀光飯店的影子，就是大同公司自製的第一台電扇，也還沒有問世。我們一班六個畢業同學，在西門町梅龍鎮餐廳請系裡五位老師吃了一桌普通酒席，就算謝了師。我這一班六個人畢業，事實上只有我一個是拿本校畢業文憑的；其他五位都是教育部分發來的寄讀生，他們的畢業文憑也由教育部發給。幸虧有他們五位來捧場，我們才請得起一桌普通酒席謝師；否則的話，只有我一個畢業，要謝師恐怕只能請老師們每位兩套燒餅油條外加清漿一碗，聊表心意了。那家梅龍鎮餐廳，如今早已不知何處去。以今日的標準來衡量，它只是一家小吃館而已。但我們謝師的場面雖然簡陋，情意卻非常熱烈。沒有致詞，沒有表演，沒有摸彩，謝師和接受謝師的最理想方式，就是彼此「努力加餐飯」。我那五位同學兩三盃酒下肚，個個講話都變了調，於是向老師們敬酒的重責大任，就由我一人承擔。中文系的老師酒量好，差不多每個大學都一樣，而我這初生之犢，竟然毫不怯場。這一頓吃喝下來，不但使師長們覺得孺子可教，同學們更把我封作酒王，就是我自己，又何嘗不驚奇自己居然有此酒量。從此，平時我雖然很少買酒獨酌，但是遇到喜慶宴會的飲酒場合，終不免放懷暢飲一番。事實上，一個人一旦有了酒名，想要不喝或少喝，別人也不肯輕易放過你。

古人說，洞房花燭夜，金榜題名時，是人生最得意的時刻。按理說，這時應該暢飲一番。余生也晚，趕不上科舉時代，當然體會不到金榜題名的得意，只知道結婚那天的確非常風光。但是在我記憶中，結婚那天請親友喝喜酒，自己卻喝得極不痛快。那天喜宴中，我和新娘出動敬酒。當我對著眼前一桌親友仰起脖子乾盃時，嘴裡覺得又苦又澀，一點酒香也沒有，原來是茶！我教侍者換眞的酒來，但新娘連連使眼色表示反對，只得作罷。那次，我不知道往肚裡灌了多少茶，眞是大煞風景。我在這裡奉勸快要做新郎的酒王酒仙，千萬要事先買通照料新人敬酒的侍者，儘管給新娘一瓶苦澀的茶，但給新郎的務必是一瓶芬芳的酒。否則，人生得意「不」盡歡，多掃興！

一個人終年駕車，難免會出個或大或小的車禍。同樣的，愛喝酒的人，也難免有喝醉的時候。回憶生平，我曾經喝醉過兩次。一次在二十六年前，一次在十五年前。前者不過是獻醜了事，後者則幾乎英年早逝。

第一次酒醉，我還是單身漢。那次是參加一位只比我低一班的同系畢業同學的喜宴，地點在衡陽路一家信用合作社的樓上。我不知道喜宴的菜是哪裡叫來的，也不記得是福州菜還是台灣菜，反正一大碗一大碗的端上來，都是帶湯的，說甜不甜，說鹹不鹹。幾乎沒有一個菜我能吃，眞有無處下箸之苦。但在同學好友的起鬨之下，我卻喝了不少酒。於是我覺得我醉了，我請一位好友陪我坐三輪車送我回單身宿舍。第二天一早，我宿酒初醒，發覺自己是和衣睡過夜的，而且滿身都不對勁。我回想昨夜的情形，除了記得那位朋友送我回宿舍之外，什麼都想不起來。我一伸手，從西裝上衣口袋裡摸出了薪俸袋，於是我記起昨天我是領了薪才去參加喜宴的。奇怪，怎麼一張張嶄新的新台幣都沾有泥水？有的已經乾了，有的還溼溼的。後來又遇到那位朋友，才知道那晚他送我回來，從離開喜宴場所到宿舍巷口，我都還清醒。從巷口走回宿舍的一小段路，我一邊走，一邊就從口袋裡掏出一張張嶄新的新台幣往身後扔，害得他緊跟在我的身後一張一張撿。走到房門口，我居然還能用鑰匙打開門鎖。但是一進房，我往床上一倒，就人事不省了。那天晚上下過雨，因此被我扔散一地的鈔票雖然一張不少地被他撿起來，但鈔票上面卻多多少少沾了一點泥水。

雖然酒醉失態總是丟人的事，但事後我每次想起我曾在酒醉時把賴以爲生的鈔票一張張往巷子裡扔，心裡反而覺得十分痛快。人生在世，食衣住行，非「阿堵物」不可。多少人爲「阿堵物」忍氣吞聲！而我這個窮小子竟然扔鈔票如扔使用過的衛生紙，這種豪情逸興縱然不能驚天地而泣鬼神，也足夠使爲富不仁之輩看得目瞪口呆。可惜我此「舉」只應「醉」中有，「醒來」哪得幾回聞！

有過這一次酒醉的經驗，再遇到宴飲的場合，我就比較注意節制了。只要我自覺酒意已有八成，任憑對方請將激將，我就是不動心。就憑著這份定力，我保持了十一年不醉的紀錄。可是到了民國五十二年六月某日，我又醉了一次。這一醉，幾乎使和我結婚才兩個月的嬌妻做了寡婦。

那天，我把我妻留在家裡，獨自騎上機車，到沅陵街一家廣東館去參加一個謝師宴。席開五桌，師生雜坐，情況相當熱烈。我因爲夙負酒名，畢業同學一個接一個的要和我乾盃。菜才上了一半，我就已有八成酒意，於是我宣布掛出免戰牌，不再接受敬酒。偏偏這時有一位唯恐天下不亂的男同學出了個怪點子，說我兩個月之前才做新郎，身上還有喜氣。哪位女同學要是能和我乾一盃，準保早得佳婿；如不能和我乾一盃，就有成爲「老」字號的危險。赫！這一來可熱鬧了，十來位女同學一擁而上，每人都要和我乾一盃。

「老師，無論如何請幫個忙，乾了這盃吧！」

「君子有成人之美，老師這一盃非乾不可！」

「老師，你怎能見『老』不救？拜託拜託，請乾一盃！」

一霎時女同學們七嘴八舌，個個非同我乾盃不可，男同學又在一旁瞎起鬨，看樣子，我除了一一乾盃，已別無選擇。乾就乾吧，如果我爛醉一次眞能使十幾位女弟子個個得到圓滿歸宿，就讓我爛醉如泥吧！主意既定，我就一盃接一盃和每一位女同學乾盃，十幾盃一氣呵成。喝完了，我依然談笑風生，若無其事。在場的同事同學個個佩服我的酒量，我自己也確有寶刀未老的欣喜。等到曲終人散，我先用機車載一位女同事送她回家，在她家喝了盃咖啡，然後又到現已作古的許詩英教授家聊了一會兒。差不多是十點多鐘，我從許家出來，騎上機車就沿著新生南路水源路疾駛，趕回我在永和文化街的寓所來。陣陣涼風吹得我酒性發作。車子正駛在中正橋上，不知怎麼一來，車輪擦到快慢車道的分道島，就連車帶人倒在橋上。我當時就昏了過去，但也似乎有點感覺，覺得一陣陣風吹在身上，好涼好涼。那時候，中正橋上人車很少，我大概在橋上睡了十來分鐘，才被一輛建成車行的計程車發現並報警送醫。等我完全清醒過來，我發現自己睡在台大醫院急診處的病床上，額角已縫了五針，膝蓋也綁上了紗布，而我妻焦急地在一旁陪侍。我暗自叫了聲：「好險！」爲了表示願女弟子都有圓滿歸宿的誠意，幾乎使我妻成了寡婦！

由於這次酒醉幾乎送了命，從此我就更注意節制。每次宴飮，自覺有了三成酒意，立刻叫停；一旦叫停，任何人任何理由也休想教我多喝一口。

在《世說新語．汰侈篇》，有這麼一則故事：

金谷園主人石崇每次請客人宴飲，常命美女勸酒；如果美女不能勸得對方乾盃，石崇就命屬下把這位美女殺了。一次，丞相王導和大將軍王敦一道到金谷園赴宴。王導不能喝酒，但是恐怕來勸酒的美女因而喪命，總是勉強乾盃，結果他就喝醉了。美女向王敦勸酒，王敦硬是不肯乾盃，終於這位美女眞的被石崇所殺。在三個美女連續以同樣的原因被石崇所殺後，王敦還是臉不改色。王導就責備王敦怎麼不愛惜美女生命，王敦說：「石崇殺他自家人，關你什麼事？」

我雖然不齒王敦爲人，對他的「石崇殺他自家人，關你什麼事？」的口吻也不敢恭維，但是王敦說不乾盃就不乾盃的作風，則頗爲欣賞。在十五年前那次謝師宴中，我如果說不乾盃就不乾盃，不管那些女弟子嫁不嫁得出去，我就不至於幾乎在中正橋上「駕鶴歸去」。但也幸虧那次意外事件，使我眞正養成了在任何情況之下保持飲酒適量的定力。

我相信此生絕對不會再醉第三次，不過我也無意與盃中物絕緣。近年來，我喜歡在家中晚餐時小飲一番。當兩盃三盃下肚，心頭那份輕鬆舒泰之感，眞是莫大的享受，什麼煩人的事也能暫時忘卻。當有一天，我眞正要「駕鶴歸去」的時候，絕不會像陶淵明那樣作詩訴說生平憾事：「但恨在世時，飲酒常不足。」

我和阿堵物

「阿堵」是六朝至唐代流行的語詞，相當於宋元兩朝人口中的「兀的」，也相當於今日語言的「這個」。因此，「阿堵物」用今日語言來說，就是「這個東西」。「阿堵物」本來沒有特定的對象。當說話的人指著書本稱「阿堵物」，「阿堵物」就是書本；指著兵甲稱「阿堵物」，「阿堵物」就是兵甲。可是，在習慣上，往往稱錢爲「阿堵物」，這完全是受了晉代王衍的影響。

王衍是富貴中人，從不把錢財放在心上。而他的妻子郭氏卻愛錢如命，整日想名堂弄錢。王衍雖然厭惡郭氏如此貪財，卻沒有辦法禁止她，只能以終身不說「錢」字作爲消極的抗議。郭氏要試試他是否能在任何情況之下都矢口不說「錢」字，就命婢女在王衍臥床的四周繞滿了錢，使他出不得床。王衍早晨起床，一見自己落入錢的重圍，行不得也，便對婢女說：「拿開『阿堵物』！」

你看，此君就是硬不說「錢」字。王衍是西晉的名流顯貴，他這個硬是不肯說「錢」的故事也爲世人所樂道，於是從此一提到「阿堵物」，大家自然而然想到錢。本文題目「我和阿堵物」，這「阿堵物」也是指錢。我原來把題目寫成「我和錢」，但看了幾眼，總覺得「我」和「錢」並列，非常不倫不類。「我」不願和「錢」並列，因爲我不是人生以賺錢爲目的的那種人。而「錢」又何嘗願意和「我」排排坐，因爲我並不是有錢的人。想到這裡，我毫不猶豫地把「錢」字改爲「阿堵物」。雖然「阿堵物」還是指錢，但「我和阿堵物」看起來就不像「我和錢」那樣充滿市儈氣了。這就是中國文字的魔術。

人生以賺錢爲目的的人，自古有之，只是不如今日普遍罷了。漢朝初期的名文學家兼名政論家賈誼就在他那篇〈鵩鳥賦〉中說過：「貪夫殉財兮，烈士殉名，夸者死權兮，品庶每生。」意思是說：貪夫爲財而死，烈士爲名而死，野心家爲爭奪權柄而死，一般庶民不願爲任何東西而死，只想活下去。這爲財而死的貪夫，就是人生以賺錢爲目的的人，而且是人生以賺錢爲目的的人中最「勇敢」的一群。一般人生以賺錢爲目的的人是：「錢」我所欲也，「命」亦我所欲也；兩者不可得兼，捨「錢」而保「命」者也。而貪夫卻是：「錢」我所欲也，「命」亦我所欲也；兩者不可得兼，捨「命」而取「錢」者也。兩者同樣重視錢財，但是在程度上卻大有差別。

在古代士大夫社會，一向把安貧樂道當作美德，而輕視錢財，同時也輕視貪財的人。賈誼把人生以賺錢爲目的的人之中最「勇敢」的一群稱作貪夫，正是這種社會背景的反映。因此古代的士大夫，不論骨子裡是否愛錢，反正嘴裡絕對不說愛錢，唯恐自己一旦承認愛錢，就有玷清譽。像王衍矢口不說「錢」字，本是藉此抗議妻子郭氏的貪財作風。偏偏就有人推許王衍清高！甚至學他這種做法。如今，士大夫的時代已成陳跡，我們面臨的是工商業的時代。不但原來在四民之中殿後的工商兩業已成爲社會的中堅，大學裡也有不少專門研究如何賺錢的課程。因此，在今日社會，致力於賺錢並不會遭人輕視，人生以賺錢爲目的的人到處可見。你如果到證券交易所去看看，紳士淑女擠得水洩不通，就是爲了賺錢。有的人一面注意股票漲跌，一面猛吞心臟病特效藥，也大有不辭爲財而死的古風，只是再沒有人稱他們爲貪夫。如有人焉，對賺錢一道特別有辦法，就會被人稱作理財專家，那裡請你講演，這裡請你做顧問，很快就成了社會上的紅人。

我雖然不是人生以賺錢爲目的的人，但我一點也不敢輕視錢，因爲只有錢能賜給我生活。不但物質生活需要錢，就是精神生活也非錢莫辦。舉例來說吧，利用假期旅行是最好的精神調劑，沒有錢，你能旅行到哪裡去？就是到郊區去呼吸新鮮空氣，擠一趟公共汽車也得有兩元五角才行。如果你只有兩元四角，你能上車就算你本領大。閱讀書報是最好的精神享受，沒有錢，你拿什麼來訂報？拿什麼來買書？到圖書館去借吧，也還得繳一筆保證金哩！錢對現代生活如此重要，教我如何敢輕視錢？

古人對於錢，眞的不像今人重視。因爲在古代，讀書人再窮，總還有祖傳薄田數畝，茅屋幾間，即使不出外求取功名，至少還有老米飯可吃，因此古代隱士特別多。這些隱士，不但在生前被認為是安貧樂道的典型，死後還有機會進正史「隱逸傳」，流芳百世。還有些已經出仕，因為做官做得不快樂，仍可長袖一揮，高呼：「歸去來兮，田園將蕪胡不歸？」陶淵明自稱窮到「環堵蕭然，不蔽風日。短褐穿結，簞瓢屢空」，可是當他丟下彭澤縣縣太爺的職位，飄然還鄉時，有「僮僕歡迎，稚子候門。三徑就荒，松菊猶存。攜幼入室，有酒盈罇。」照樣可以生活，如今我就不行了。除非是在夢中豪情大發說夢話，否則我絕不會高呼：「歸去來兮，田園將蕪胡不歸？」因為我沒有將蕪的田園可以歸去，如果眞的「歸去來兮」，現住的公家宿舍就得遷出，這豈不落得流離失所？目前有一份大學教授的固定收入，雖然一到每月下旬，主理一家財政大計的老妻就要發出警報：「薪俸袋已經『水晶八百』，清潔溜溜了！」但究竟不致面臨飢餓邊緣。如果我「歸去來兮」，每個月少了萬把塊錢，生活能不成問題？我不像古人有老米飯可吃，我的一衣一食都得靠我憑勞心勞力賺來的錢換取。這樣，教我如何敢輕視錢？

對富有的人而言，錢賺得多，反而是種負擔。偌大財產如果身前不做妥善處理，可能成為子孫親戚同室操戈的禍根，被社會人士當作話柄。但對薪水階級如我者而言，多賺幾文實在是好消息。因為收入增加，生活就可以過得寬裕一點，在子女教育上也可以多「投資」一點。所以，在報上看到公教人員將自本年七月起調整待遇百分之二十左右的喜訊，我高興得吃起公家配給的陳米飯來都覺得特別香甜，不再埋怨糧食局幹麼總是「虐待」公教人員不配給新米。待遇一調整，至少可以少聽幾次老妻拉警報。有時候，收到出於意料之外的款項，也是人生一樂。例如不久前替報紙特刊寫了一篇連文字帶標點大概三千字的稿子，收到整整三千元稿費。稿費當然在意料之中，但是一字一元連一個個標點都變了一塊塊錢的稿費至少是喜出望外的。再如前幾天九歌出版社突然送來了晚鳴軒散文集之三《誰來看我》的四版版稅。書出版還不滿四個月，四版版稅就到手了，這也是出於我意料之外的。論錢數，這點點錢在富人眼裡眞是微不足道，但富人也絕對體會不到這區區之數能使我如此快樂。

該拿的錢就拿，不該拿的絕不苟取，這是我的原則。守住這條原則，有自覺仰不愧於天，俯不怍於地的樂趣。此生憑教書賺錢，靠寫作賺點外快補貼生活，只要運用得宜，維持一般的生活水準，使子女受到理想的教育，應該不成問題。等子女學有專長，可以自力更生，我生爲人父的責任就盡了。我所以特別提出「運用得宜」四字，因爲我覺得這點非常重要。我有一位同行，平時生活克勤克儉，漸漸小有積蓄。他想使小錢迅速變大錢，供他的一位經商親戚周轉，而賺取高息。頭兩年親戚按月付息，後來開始拖欠利息，終於親戚宣告倒閉，使他的血汗錢連本帶利都泡了湯。他不但同那位親戚成了仇人，連和自己妻子間的感情也瀕臨破裂。又有一位熟人，也是急於使小錢變大錢，跟著他的鄰居跑起證券交易所來。起初是盡自己所有的一點資金投機，等嘗到了一點甜頭，就借了親友的積蓄大幹起來。結果幾番風雨，花落水流。這位熟人負債累累，自己垮了，還害了許多親戚朋友。這兩位先生本來可以過平安日子，就因爲在金錢方面運用不當，才落得一敗塗地。

我所謂「運用得宜」，說得具體一點，有三個原則：不貪，不吝，不與親友發生借貸關係。不貪，因爲我不是人生以賺錢爲目的的人，我沒有錢「多多益善」的野心。我賺錢，只是爲了維持適度的生活。憑我的正業外加副業就能獲這些錢，不必走僥倖的路子。不吝，因爲我能適時的花該花的錢，獲得花這筆錢的最大效果。我絕不爲了儲蓄的數字增加而強行節省。女兒在五歲的時候對鋼琴發生了興趣，我一發狠心幾乎傾囊以赴買了一架鋼琴，如今她已一連學了十年之久。當時如果捨不得花錢，女兒是否與鋼琴有緣就很難說了。兒子才讀小學三年級，卻對世界地理大感興趣，我趕緊買了大幅世界地圖，又買了一個大大的地球儀。他早也看，晚也看，不久就記了許多國際都市的名稱和位置。如果當他有興趣時不買，以後他可能不再有興趣。至於不與親友發生借貸關係，這話聽起來有點不近人情，做起來也很傷感情。但是往遠處想，比起發生借貸關係因而引起糾紛來，還是不發生借貸關係的好。我自己是絕不向任何人借錢。遇到別人向我借錢時，如果我考慮之後答應他，事實上就是贈與他，根本不存將來收回的念頭；如果我蒙受不起這個損失，我就婉言表示愛莫能助。我這三條原則與一般理財專家的論調完全不一樣，因爲一般理財專家的目的在使錢「多多益善」，而我的目的在適當地運用有限的小錢，使小錢在生活中發生最大的效用。如果我前文提到的兩位熟人能奉行我的三條原則，哪會落得偷雞不著蝕把米的地步。不過話說回來，我能夠提出這三條原則而且多年來信守不渝，也是經歷了不少痛苦經驗換來的，所謂吃一次虧，學一次乖。至於吃過什麼虧，那你就別問啦！

本文題目雖然以「阿堵物」來代稱「錢」，但是一看內文，還是滿紙「錢」「錢」「錢」。眞的，生活在二十世紀八〇年代工商業社會，誰又能離得了錢？事實上，一個人對錢的看法如何，對此人的一生簡直有決定性的影響。你看了我這篇文字，是否也願反省一下你和錢的關係？如果你覺得我那種問話太俗氣，我就這樣問你好了：

你是否願意反省一下你和「阿堵物」的關係？

我不再做保

元代劇作家孟漢卿所撰的《魔合羅》雜劇中，有一位名叫高山的老人。高山自稱生平有三樁戒願：一不與人家作媒，二不與人家做保，三不與人家寄信。不作媒與不寄信，在古代自有它的道理，如今則都已不成問題；只有不做保這一樁，到今日還是很有道理。

在古代，婚姻由父母之命媒妁之言決定，兩小口子素昧平生，我不知道你是不是鬥雞眼，你也不知道我是不是兔脣，也會被送入洞房。婚姻是否美滿，媒人的責任重大。如果婚姻美滿，兩小口子恩愛起來如膠似漆，誰還會飲水思源，感念媒人？而一旦閨房失和，兩小口子除了罵來罵去之外，還會抽出時間異口同聲罵媒人。總之，媒做得好，沒人感激你；媒做壞了，你挨罵有份。難怪高山立下戒願，第一樁就是不與人家作媒，如今是自由戀愛的社會，所謂媒人也者，至多不過擔任使兩小口子見面認識或者在結婚典禮中往台上一站蓋兩個印的差使。使兩小口子見面認識，以後是親是疏是合是離，全憑當事人自己抉擇，與媒人無關。在結婚典禮中往台上一站蓋兩個印，無非證明兩小口子確實舉行了結婚儀式，並不是保證這門婚事「零故障」。因此，萬一兩小口子將來成了怨偶，也只能彼此罵來罵去，絕不會組成聯合陣線罵媒人。因此，現代的媒人多做幾次也無傷大雅，只要有機會，我還是樂此不疲。

至於寄信，如今是方便透頂，兩塊錢還不夠擠一趟公共「氣」車，可是把兩塊錢往信上一貼，這封信便無遠弗屆。而在古代，要寄一封信眞不簡單。除了官府和富貴人家可以派遣專人送信，一般老百姓就只好拜託便人帶信。託便人帶信，少不得要送上一個紅包，不但表示謝意，也是補貼人家腳頭錢。這個紅包，當然不是包上兩塊錢就拿得出手的。紅包給了那位便人，至於信件能否到達收件人手中，那還在未定之天，得看看那位便人的良心如何。但有便人可以拜託，信件至少還有寄達的希望，否則就一點指望也沒有。你如果看過平劇《蘇三起解》，一定知道這個故事：解子崇公道同情謀殺親夫的嫌犯蘇三，替她出點子寫信向她昔日的恩客王三公子求援。結果在旅店上下一打聽，可以順道替她寄信的客人都已走了，於是可憐的蘇三只好「苦啊」、「苦啊」地跟著崇公道上路。沒有便人寄信，寫信也是枉然。

在《晉書》卷五十四〈陸機傳〉以及《述異記》，還有一則有名的靈犬寄信的故事。西晉時候，陸機人在洛陽，心念松江老家。一天，他開玩笑似地對身邊一條名叫黃耳的靈犬說：「我很久沒有家書了，你能替我送信回老家並討一封回信來麼？」沒想到黃耳聽了猛搖尾巴，口中又發出聲音，彷彿答應：「可以！可以！」於是陸機就寫好信，包紮妥當，繫在黃耳的頸上。黃耳眞的尋路南下。三十五天之後，黃耳帶著松江老家的回信到了洛陽。那時候人從洛陽到松江來回要走五十天，黃耳比人快了半個月。黃耳在路上肚子餓了，就向草叢捕捉小動物果腹。走到淮河長江等大水的渡口，牠就向待渡的旅客搖尾乞憐，使旅客喜愛牠帶牠上船；但渡過了河，牠就一躍上岸，立刻跑得無影無蹤。黃耳這趟送信的任務圓滿達成後，從此陸機對牠更加寵愛，並且經常命牠往返洛陽松江寄信。像黃耳，可以稱得上是一條靈犬了吧？現在人們都只知道有靈犬萊西，卻不知道靈犬黃耳，不但是長他人志氣滅自己威風，簡直是不公平之極！萊西之所以這般出名，無非是沾了美國大月亮的光。總有一天，很可能在民國七十一年狗年，我要把我國歷史上的靈犬一條條表揚出來，寫一本中國靈犬史，讓同胞們知道萊西究竟算得了老幾！

話說回頭，在古代一般人要寄信的確是不簡單，除了不容易遇到便人的原因之外，有的便人根本不願意替人寄信。你看，高山不是以不與人寄信爲生平戒願嗎？因爲誰都不知道這封信裡寫的是什麼，萬一裡面寫的是作姦犯科的事，一旦東窗事發，帶信人也免不了吃上官司，豈不冤哉枉也？好在如今郵政發達，再沒有託便人帶信的事，我完全不必擔心有誰想省兩塊錢郵票託我帶信。

我擔心的只是做保。一旦在保證書簽名蓋章，我來日的安危就操在別人的手中了。不過，如今我連做保都不擔心了，因爲我已決定不再做保。我有勇氣狠起心腸對要求我做保的人說：「對不起，我不能做保。」絕不把我來日的安危慷慨地交給對方。我已做了高山的信徒，不與人家做保。

如果人與人之間能彼此信任，根本不需要保人。就因爲社會上總是有一些爲非作歹的小人，害得人與人之間不敢彼此信任，才想辦法拖出一個第三者來擔保。這眞是拖人下水的做法。凡事要找個保人的做法，和我們的老祖宗自以爲是禮義之邦的歷史差不多一般長遠。《周禮．地官．大司徒》說：「令五家爲比，使之相保。」事實上已開了後世保證、保舉的風氣。《史記》說高漸離「爲人庸保」，《漢書》又說司馬相如「與保庸雜作」，「庸保」也罷，「保庸」也罷，反正做傭工得有個保。演變到後來，個人保證不夠，擴大爲聯保，更繼之以鋪保。有許多明明不需要保證的事件，主其事者也往往來個官樣文章，教人先去找個保再說。例如從前向郵局辦理劃撥儲金開戶，一要戶籍謄本，二要找一家鋪保，兩者缺一不可。存戶把鈔票麥克麥克存入郵局供郵局運用，而郵局竟然還要調查存戶戶口，要存戶找個鋪保，眞是令人費解。幸虧郵局後來「覺今是而昨非」，免了自擾擾民的這兩道手續。不必要的保不知道有多少，以上只是以郵局爲例而已。反正保風既興，一發不可收拾，多少人爲找不到保人發愁，多少人爲給人做保倒楣。

記得當我擔任教職之後，就開始有人找我做保。頭幾次被人請託做保，頗有受寵若驚之感。在我的印象中，替人做保是擁有社會地位的象徵。從前在我的故鄉，一般人家的子弟小學畢業就到商店「學生意」去了。某人的孩子到商店「學生意」，照例得請一位鄉紳做個保。如果某人自己和那位鄉紳的交情不夠，就得先請一位比較有頭面的親戚長輩爲孩子向那位鄉紳擔保，然後那位鄉紳才出面向商店擔保。當然，事後某甲得向那位鄉紳以及親戚長輩各送上一份重禮，表示感謝。而且禮不止送一次，以後每逢過年，都得備一份禮。保人地位之崇高和被保人對保人禮數之周到，由此可見。如果社會地位不夠，根本沒有人請你做保；即使你做了保，人家也不接受。

「我居然有資格給人做保！」我心裡暗自爲此陶醉。那時我是初生之犢不畏虎，完全沒有想到替人做保是件後患無窮的事。因此在開頭幾年，替人做保做得挺起勁。無論保什麼，只要是熟人求我，我有求必應。如果還是從前我們家鄉那種風氣，像我這樣子一個勁兒地做保，單是送來的禮，就夠我吃喝不盡。不過究竟時代不同了，環境也不同了，被我保過的人，就業的也好，出國的也好，絕大多數是保證書一到手就從此失去了蹤影，連寄一張賀年卡來都休想，更別提其他了。偶然有人出國之後歸來，送我一條領帶或一雙襪子，那簡直成了今之古人，不由得我不對他刮目相看。

幾年之後，我做保的興致漸漸減低。這絕不是爲了白做許多保而收不到謝禮的緣故，而是由於年歲漸增，約略懂得了一點世故，使我不再像當年那樣瞎熱心。當然，有兩次做保做出毛病來的不愉快經驗，也是使我不願再隨便做保的原因。但是只要有熟識的朋友或學生要我做保，我還是勉爲其難。如果我不答應，無異是表示我對對方不信任。一個人不被人家信任，這是多麼難堪的事！己所不欲，勿施於人。我儘管心裡不想做保，還是在保證書上簽了名蓋了章。直到去年八月底報紙刊登了太平國小資深教師許博雅爲人做保受累遭到免職處分的消息，我才猛省這個保人眞是做不得，因此下決心要向高山學習，我不再做保！

在過去的二十多年中，我記不清已做了多少各式各樣的保。如今想想，多在保證書上蓋一個章，自己來日的安危就少一份保障，不由得從心底冒出一股寒意。一個個做過的保，彷彿是一個個手榴彈，而我就睡在這一大堆手榴彈的上面，不知道什麼時候其中的一個會走火爆炸，炸得我面目全非，慘不忍睹。還好，我爲做保受累的事情只發生過兩次，而且情形都不嚴重。一次是替一位到出版社做事的熟人做保。一年多後，此人到中南部替出版社收帳，一去不返。出版社查出他共侵占了一萬兩千多元帳款。十七、八年前，這不是一筆小數目。出版社老闆天天到我住的單身宿舍來索賠，我不勝其煩，只得自認倒楣，如數賠償。另一次是替一位學生擔保學費。那時我在某私立學院兼課。該學院有一個很妙的拖教師下水的規定，凡是學生註冊繳不出學費，可以請一位任課教師擔保緩繳；如果到了緩繳的期限仍然不繳，那就從擔保教師的薪俸或鐘點費中扣繳。當時有一位同學要我做保，我毫不猶豫就一口答應。結果該同學到期不繳，我的一個月鐘點費被扣得剩下幾個輔幣。而該同學每次見到我，都若無其事，隻字不提。其修養之到家，爲師的自愧不如。替他代繳一千兩百塊錢算不了什麼，但此事卻使我傷心良久。除了這兩次不愉快的經驗外，其餘各次做的保，至少到目前還平安無事。至於將來是否會有後遺症發作，我如今完全不得而知，因爲一旦做了保，保人能否平安過日子就得看被保人的高興啦。如今我決定不再做保，還不失爲亡羊補牢之計。辛稼軒〈念奴嬌〉有句：「舊恨春江流不盡，新恨雲山千疊。」我如今雖然舊「保」春江流不盡，至少絕不使新「保」雲山千疊。

我不再做保。除非是那兩三位數十年莫逆之交的朋友要我做保，我了解他們彷彿了解我自己，爲他們做保，我絕對可以高枕無憂。請諸君原諒，我不能不在斬釘截鐵的宣言之下保留一個「除非」，人總有幾個莫逆於心的朋友，不是嗎？

秋草夕陽

我常在台大文學院樓上一間西曬的大教室教課，講台正對著陽光照入的窗口。面臨此情此景，我的腦海中會不自覺地浮起北宋詞人晏幾道的兩句名句：「年年陌上生秋草，日日樓中到夕陽。」隨著年齡的增加，想起這兩句詞的次數也就成正比增加。

秋草年年生，夕陽日日到，無視於人世的興盛與衰亂，無視於生命的誕生與毀滅。這間教室，大約三十年前我曾背曬著陽光上課，而我的老師在講台上面對著陽光授課。曾幾何時，我已躋身講台，我的老師退休的退休，易簀的易簀。再過若干年，我也將自講台上消失。再過若干年，我的學生躋身講台的必然也將自講台上消失。而秋草依然年年生，夕陽依然日日到。秋草夕陽，何其無情！

每個人都把自己看得比別人重要，一旦受了挫傷，無論是事業上或愛情上，就把自己當作曠世大悲劇的主角，因而呼天搶地，怨天恨地。可是天並未爲你變色，地也並未爲你變形。古往今來，世界上已有過多少聖賢，多少英雄，還有多少美人；已發生過多少令人血淚交迸的悲壯故事，多少令人迴腸盪氣的纏綿戀情：而天依然蒼蒼，地依然茫茫。你算得了什麼？你的故事又算得了什麼？古人早已說過：「天若有情天亦老。」天不老，可見天無情；天無情，你又怎能希望秋草和夕陽有情？

在物質文明高度發展的社會，人們忙於爭取世俗認爲重要的東西，忙得無暇對自己所處的時空位置作一番觀照。只有睿智的哲人和善感的詩人，才能暫時關閉物欲的世界，一探浩瀚的時空。他彷彿升高到雲端，然後俯視塵寰，對整個人類的生命作一次鳥瞰。他會發現個人的生命是多麼短暫和渺小。平凡的人，生滅有如秋草上的一滴露水，禁不起陽光的照耀，瞬息之間就無影無蹤；卓越的人，生滅也不過像大海中的一朵浪花，一轉眼就已沉到海底。當然，大多數人都是朝露。露水賦形於自然之氣，晞乾後歸返自然，不曾留下一絲一毫的痕跡。

遠在約莫兩千年前，我國的詩人早已感嘆：「浩浩陰陽移，年命如朝露。」詩人彷彿以他的心靈體察到了全人類的生命洪流，而他自己正是這股洪流中的一個小小泡沫。在他的前面有數不清的生命泡沫在誕生，消失，在他之後也有數不清的生命泡沫在誕生，消失；他在自己這個泡沫消失之前，匆匆地說出了他對生命的體驗。我不知道你是否讀過這兩句詩或是其他類似的詩句，也不知道你讀後有何感慨。但願這類詩句能把你的心靈從物欲的世界提升出來，登高望遠一番；那時你雖然仍是一個小小的泡沫，但將可減少許多和前後左右的大小泡沫之間的不必要的摩擦，以及在整個洪流中保持若干自主的航向。泡沫總歸要消失，可別讓它在盲目地奔流激盪中消失。

人生彷佛登山，上山是一段漫長的路程，越往高處越險峻難行。登上山頭，然後由山的彼面下山。下山的路又短又陡，像坐滑梯一般，一滑就結束了整個旅程——到達人生之旅的終站。

可以說，人一生下來，就已加入登山的行列，只是當時自己不覺得而已。必須走了很久之後——有的走到半山，有的甚至快要走近山頂——才會意識到自己正在登山的行列之中。這時，朝山上望去，比自己年長的人們正在高處不勝寒的地方踽踽前進，一個一個地到達了山頂，然後就失去了影子；再俯視山下，年輕的一代正循著自己的足跡急急往上攀登。自己起初也是急急忙忙往前趕的，而此刻，卻想停下來歇一歇腳，因爲發現前面的路程已不多。可是停下來是不可能的，因爲後面的隊伍正在擠上來。人一旦進入登山的行列，除非不支倒地，成爲半途而廢的失敗者，否則只有前進，不能止步。好不容易攀登了山頂，剛感到一絲躊躇滿志的意味，而下山的坡道已展開在眼前。下坡之快，也許元曲大家馬致遠的散曲〈風入松〉形容得最神似。〈風入松〉云：「眼前紅日又西斜，疾似下坡車。曉來鏡裡添白髮，上床與鞋履相別……」登山到了終點站，也就是「上床與鞋履相別」的時候了。

小時候，每個人都渴望自己儘快長大。在他們眼裡，大人都能自由自主，爲所欲爲，而他們小孩子則處處被大人看管，常常因此失掉多種樂趣。他們絕不知道世界上沒有人能爲所欲爲，大人的確有較多的自由，但那是付出相等的義務換來的。我們常常在街頭巷尾看到三五成群的青少年，每人嘴裡一枝菸，說不了幾句話就念一句「三字經」。他們爲此感到不可一世，而在大人看來，眞不知道該同情他們、可憐他們，還是厭惡他們。吸吸菸、念念三字經，是你我隨時可以目睹的；此外還有些你我看不到的行徑，恐怕就只有治安單位有這本帳了。如果學校教育和家庭教育都不曾對青少年起什麼作用，青少年是最容易揮霍光陰的年齡；其揮霍手面之闊綽，無異於敗家之子把先人的產業任情虛擲而毫無吝色。

歌頌歡樂童年的人，因爲他已失掉童年；寫「假如我再是新鮮人」之類文章，也正因爲作者已不再是新鮮人。人們習慣於虛擲眼前寶貴的光陰，等時過境遷再回頭來懷念一番。正如前面所說的登山，從起站加入行列匆匆往山上趕，山坡兩旁是些什麼景色都無心瀏覽；等走到高處再回顧來路，太遠了，望見的是一片朦朧，想到的也是一片模糊。不管你活了多久，如果你活過的歲月換來的永遠是一片模糊，生命對你究竟有何意義？爲什麼「人之將死，其言也善」？正因爲他一生虛擲太多，虧欠太多，愧疚太多。人都有良知，平時在種種物欲的引誘下，操持不堅的人，良知就被塵封起來。一旦面臨死亡，物欲對垂死的人已無誘惑力，良知才挺身而出，成爲此人最後一息生命的主宰，使他終於口吐善言。

但「人之將死，其言也善」，究竟是太晚了。正如登山，等走到山頂才回顧來路，未免太晚；因爲他已面臨滑下陡坡，到達終站。假如到半山腰就回頭望望，認清自己在整個行列中的處境，作為策劃眼前登山行程的參考，那就有意義多了。

但願「年年陌上生秋草，日日樓中到夕陽」這兩句詞能引起你對生命作一番超然的觀照，說不定能產生吸塵器那樣的功用，吸盡封閉良知的塵土，使良知重現光芒，照明你的旅程。

秋草年年生，夕陽日日到，你不必愁進不了思維觀照的領域。

——原刊六十六年三月十日「中華副刊」

我活在車聲裡

籠統的說，我活在噪音中；但我寧願說得具體一點，我活在車聲裡。因爲其他的噪音都是間歇發作的：飛機隆隆，不過一兩分鐘；人聲喧譁，吵累了也就休止；鑼鼓喧天，也總有收場的時候。只有車聲，卻終日與我爲伴。我的生活一向很規律，每天黎明即起，午夜十二時一過就寢。當我早晨醒來，車聲就刺我耳鼓；等我深夜就寢，車聲還擾我清夢。只要是我醒著的時候，車聲如影隨形，沒有一時一刻離開我。你想想，我不是活在車聲裡嗎？

當我走在街道上，汽車如流水，機車如蛟龍，兩者合奏出震耳欲聾的噪音。對此，我只有逆來順受，毫無怨尤。可是，當我在家裡，在這完全屬於我的小天地裡，總該讓我耳根清靜一下吧，誰知道連這麼一個小小的願望也難以如願。

我住的台大舟山路宿舍，在台北市區算是相當偏僻了，不但不算鬧區，比一般房屋密集的住宅區還要空曠。我在去年九月二十九日發表於聯合副刊的〈臨老作文〉一文中，曾提過這幢宿舍的裡外環境。那時候，舟山路上車輛不多，環境還算安靜，再加宿舍本身結構不錯，我簡直有終老於此的想法，可是由於公路局基隆板橋線在宿舍門口設站，又由於公車聯營，通過舟山路的公車由原來的三線增加為四線，而站牌都設在宿舍門口，交通是比過去方便了一點，但車輛的噪音卻日益嚴重。每天單是公路車和公車停車開車、開門關門的聲音，就已使人不勝其擾。天下事眞是有一利往往就有一弊。何況除此之外，還有其他大小車輛呼嘯而過；還有相隔不遠基隆路四段和長興街十字路口的車輛起步聲，隨著紅綠燈的轉換，一波一波地傳來。我人在家中坐，聲從馬路來，要想有一刻鐘耳根清靜，休想！

當屋子的門窗敞開的時候，遠近的車聲以高八度的姿態衝入我的耳鼓；把所有的玻璃門窗緊閉，車聲立刻變成了低八度。以台灣亞熱帶的天氣，很難得有冷到需要把門窗緊閉的日子。因此絕大多數的日子，我在家忍受高八度車聲的襲擊。在高八度的車聲襲擊下，欣賞音樂也成了奢望，任何美妙的音樂也禁不起車聲的摧殘，因此客廳裡那套音響，一年也難得使用幾次；每次使用時欣賞音樂的成分少，維護音響正常運轉的成分多。當我和老妻閒話家常，我得用出在百餘同學的大教室上課的力氣大聲嚷嚷，她才能聽到。嚷嚷久了，習慣成自然。有一次我們到陽明山去參觀一位朋友的別墅，那裡距離仰德大道有一段路，安靜極了。但我對老妻說話，竟也嚷嚷起來。後來在回台北的車上，老妻告訴我，別墅女主人曾悄悄問她：「你家先生怎麼這般兇來兮？」

每當客廳裡的電話鈴響起，我的習慣性動作是先把客廳朝馬路方向的落地鋁門窗關緊，使車聲降爲低八度，這樣才能勉強聽得出電話裡的聲音。但也要對方說話大聲點；否則，我還是無法聽得一字不漏。慘的是給我打電話的多半是我的高足。高足們爲了尊師重道，在電話那端講起話來個個溫文有禮。這在他們是好意，在我卻是受罪，我寧願他們對我大聲嚷嚷，可以使我節省不少聽電話的精力。我最怕接女弟子的電話，偏偏女弟子打來的電話遠比男弟子多。諸位都知道中國文學系是著名的陰盛陽衰的一個系，所以我的女弟子多於男弟子，一點也不足爲奇。記得有一年大學聯招，台大中文系錄取了四十位同學，只有兩位是鬚眉。女同學一致推舉這兩位男同學爲正副班代表。這兩位男同學要推辭也推辭不掉；他們想想將來傳遞並發揚中國傳統文化的神聖使命主要靠這許多女將來擔當，如今更應該爲她們效點薄勞，並且聊表敬意，於是也就欣然接受了正副班代表的職務。話說回頭，女孩子說話本來細聲細氣的多，特別是接受中國古典文學薰陶的女孩子，說起話來彷彿每一個字音都含蘊著古典的芬芳。可是我在低八度的車聲中接聽她們細聲細氣的電話，那就慘透了。我只能一半靠聽，一半靠猜，當然有時會猜錯。我順便在這裡請求我的男女高足，打電話給我時千萬要大聲嚷嚷，不爲別的，只爲我活在車聲裡；同時請你們原諒我在電話裡說話總是大聲嚷嚷，不爲別的，也只爲我活在車聲裡。

當我既不在路上，也不在家裡，那麼什九是在教室上課，不然就在研究室看書。在台大文學院上課或在研究室看書，照樣可以聽到從羅斯福路或新生南路上傳來的車聲。不過由於風向的不同，車聲有些日子大，有些日子小。當車聲大的日子，我必須特別提高嗓門，「之乎者也」

才能突破車聲傳到同學的耳朵。這樣一堂課上下來，感覺上比車聲小的日子上兩堂課還要累。不過從校外馬路上傳來的車聲，即使因順風關係聲音較大，究竟有一段距離，不致過分妨礙上課或看書；校園內椰林大道上一陣一陣的車聲，才大大地妨礙了上課或看書。除了星期例假，台大的兩道大門白天總是敞開著，各式車輛任意通行。以我在台大「呆」了三十年整的經驗，除了不曾見到坦克車和貨櫃車開進校門來過，其他什麼車輛我都見過。在各式機動車輛之中，摩托車應該算是老么。可是它的身手最矯健，聲音最刺耳，當它在椰林大道疾馳而過，每每使教室裡的老師皺眉，同學側目。最近台大在校園主要道路上築了幾道很醒目的弧形障礙，目的在使往來的機動車輛減速，眞正做到限速二十公里。此舉用意很好，只是前文說過，天下事有一利往往就有一弊，有了那幾道弧形障礙後，車速慢了，可是車聲增加了，一、二十公里車速所發出的聲音自然要比三、四十公里車速的聲音大些，再加上前後輪通過弧形障礙時，總要發出「笨童！笨童！」的聲響。我在台大，不論在研究室，在教室，在校園，處處仍有活在車聲裡的感覺。

我每星期四到師大國文研究所上兩小時課。師大國文研究所在公館分部，靠近北新公路。那條公路以貨運卡車多出名，轔轔車聲，終日不絕。在那裡上課，選課的同學不過十來位，本來可以用聊天的語調輕輕鬆鬆的講課，可是由於轔轔車聲，我又不得不把嗓子提高。我每星期二還到輔大中國文學研究所上兩小時課，一樣有十來位同學選課，也一樣的輕鬆不起來。因爲輔大就在縱貫公路旁，縱貫公路上的車子，輛輛都如出檻的餓虎，其聲勢之驚心動魄，遠非市區裡的車輛可比，不過輔大禁止在校園內騎機車，機車一律停放在大門內側的機車停車場。這一規定，值得讚揚。雖然對縱貫公路上的「外患」無法遏止，但校園裡的「內憂」究竟減低了許多。

無論我到哪裡，我總是活在車聲裡。上課在車聲裡，看書在車聲裡，走路在車聲裡，休息在車聲裡，甚至「吃」「喝」「拉」「撒」無一不在車聲裡。就是寫這篇〈我活在車聲裡〉，也還是在車聲裡。我想大叫：我不要活在車聲裡！至少每天要讓我享有一段耳根清靜的時間！可是，天涯何處無車聲？

沒有車聲的清靜地，應該是有的。汽車機車要有公路才能行駛，那麼，只要找到沒有公路的地方，不就聽不到車聲了？是的，我看台灣省地圖，有得是沒有公路的窮鄉僻壤。在那裡，人只有靠與生俱來的交通工具——兩條腿——才能從甲地到乙地；在那裡，絕對聽不到車聲。可是那地方再清靜，對我又有何用？我的工作在都市，我的孩子讀書在都市，我離不開都市，離不開車聲盈耳的都市。

我的女兒就讀金華國中，兒子就讀東門國小。有時候我有空去接他們放學，就便參觀參觀教學情形。我發現老師們教學都相當大聲，立刻我明白了，那是因爲在和周圍的車聲比賽。金華國中位置在新生南路和金華街連成的直角上；東門國小則被仁愛路、林森南路、信義路三面包圍，這五條路的交通流量都非常可觀，車聲又大又密集，那兩所學校的老師要使學生能聽清楚自己在教什麼，除了大聲疾呼，還有什麼辦法？

看樣子，活在車聲裡的不止我一個，也不止我一家，本文的題目也許應該改爲「我們大家活在車聲裡」。可是，誰願意活在車聲裡？即使是擁有汽車的朋友，也一樣渴望每天有一段耳根清靜的時候。科學家發明了比古書中記載的千里馬還快的汽車，卻把我們帶進了一片擾人的車聲裡。請問，誰能夠帶領我們脫出這一片擾人的車聲？

——原刊六十六年十一月八日「聯合副刊」

賀年卡飛來的日子

每年十二月十日左右開始，祝賀「聖誕快樂，新年如意」的賀卡就從國內國外飛來。「聖誕快樂」是基督徒的事。眞基督徒在這個節日虔誠地祝賀救世主的誕生，假基督徒藉這個節日來享受火雞在咬、美女在抱的樂趣。我既無緣成爲眞基督徒，又不屑於做假基督徒，所以每年聖誕夜我都無動於衷，一到該上床的時候就照樣呼呼大睡。如果說聖誕節也帶給我一點快樂，那是由於放假一天，但放假是沾了行憲紀念日的光，與聖誕無關。所以，賀卡上的「聖誕快樂，新年如意」這兩句話，我實受的是下一句。而這些賀卡，我一概名之爲賀年卡。由於賀年卡的來到，我開始了一年之中最懷舊的一段日子。這份懷舊之情，包含著深深的喜悅，也夾雜著淡淡的傷感。

我們所生活的社會越來越五花八門、多彩多姿，個人生活越來越機械單調。我忙忙碌碌地一天又一天過著，盡必須盡的責任，做必須做的工作。一年之中，連至親好友都難得見上幾面，難得聊上幾句。並不是我有意息交絕游，而是生活環境如此，不得不然。而在一年的最後一段日子，賀年卡從各個地方飛來，使我的心情驟然起了變化。彷彿春風撫過冰凍的湖面，冰開始融化，水開始蕩漾。我先是爲還有那麼多人記得我而欣喜。每一張賀年卡，都喚醒我的一片回憶。我一面凝視著賀年卡上的簽名，一面從記憶中找出伊人的音容笑貌。有時想到一段有趣的往事，我會莞爾微笑。沒有人知道我在笑什麼，我也不想告訴任何人我在笑什麼，因爲對別人來說，這可能是毫無意義的事。漸漸地，我驚覺自己竟然已經擁有那麼多的回憶。回憶多就意味著失去多，因爲進入回憶的事情再也不可能重現。想到這裡，一陣淡淡的傷感已襲上心頭。

一張張賀年卡勾起我太多的往事。在這段日子裡，我每天有不少時間花費在回憶裡，這與我平時分秒必爭的生活情形大不相同。自從我身爲人父，對時光的把握利用，確已做到最大的極限，只有在一年一度賀年卡飛來的日子裡，我才放任自己揮霍時光在懷舊憶往上。

寄給我的賀年卡，絕大多數來自我的學生。這年頭，平輩之間已漸漸不流行互寄賀年卡，而我的親戚晚輩很少，因此寄賀年卡來的，絕大多數都是歷年上過我課的同學們。他們有的人年年寄，姓名和來信地址我都熟悉。如果去年他寄來的賀年卡只簽了他一個名字，而今年的賀年卡上多了一個名字，兩名並肩而立，我就知道他已有了另一半。我不會忘記在回他們的賀年卡上寫下幾句祝福的話。有的人並不年年寄卡來，只有心血來潮想起我時才寄來一張；也有的人從來不寄，只有在報刊上看到一篇晚鳴軒散文，知道我尚在人世，於是趕快給我一卡。如果他是當年班上功課最好或者最會玩的學生，我見了名字多少會有一點印象；否則的話，我就得把自從教書以來保存至今的一百六十多本記分點名簿全部搬出來，然後從一萬多個姓名中去找尋他的芳名。這工作猶如大海撈針，透過老花眼鏡去看密密麻麻的這許多姓名，苦不堪言。但一旦發現了他的芳名，我會高興得站起來大呼：「我找到了！我找到了！」高興過後，再靜下來看看伊人的各次分數，試著從回憶中去搜尋他的印象。

每年第一張飛來的賀年卡是在出乎意料之外的情況下收到的。它使我忽然意識到，這一年又近尾聲了。接著第二張、第三張……的來到，就都在我期盼之中。有道是來而不往非禮也。既然收了人家寄來的賀年卡，當然也得回他一張。一來表示他的賀年卡沒有寄丟，二來表示我還健在。於是每年十二月十五日左右，我就抽空到台大附近的書店選購賀年卡。我照例購中式的一百張，西式的一百張。中式的當然是選一個式樣的，一百張整整一盒；就是西式的，我也往往選一個式樣的。每年，店員總會爲我一口氣買一百張同樣的西式賀年卡感到大惑不解，我不等他發問，就向他解釋：「在我手裡雖然一百張同一樣式，但我寄給每人一張，收到的人絕不會重複。」選同一式樣的買上一百張，不但爲了節省時間，事實上，價廉物美的西式賀年卡本來就不易多得。而價廉物美一直是我選購賀年卡的鐵則，絕不變通。前幾年，我所謂價廉是指兩元一張的。去年看遍了兩元一張的西式賀年卡盡是不堪入目的樣子，不得已提高到三元一張。今年買下的一百張也是三元一張的，不過店老闆自動給我打八折，比去年買的還便宜。至於物美，我要的是淡雅大方。一個做老師的回給學生的賀年卡，總不能大紅大綠的，那顯得多俗氣。有些賀年卡的圖案夠得上淡雅大方，偏偏加上了幾句肉麻兮兮的祝福語，眞是倒胃口之極。就爲了價廉物美這條鐵則，每年我買賀年卡，往往要在台大附近幾家書店來回看上好幾次，才能決定買哪一種。

國內寄來的賀年卡，我一概用中式的回；國外寄來的賀年卡，就非用西式的回不可。有的在國外的學生很會打算盤，把要寄給國內親友的賀年卡在一兩個月之前就全部寫好，裝在一個包裹裡由水路寄交在台的至親好友，請他到時候貼上本國郵票付郵，這樣就省下了一大筆外幣郵費。這種精打細算的作風，符合我凡事節約的做人原則，我除了立即航寄回他一張西式的賀年卡，嘴裡還要一再的稱讚他幾聲：「孺子可教！」從前我最怕國外寄來的賀年卡上寄卡人地址寫得太潦草，使我無法辨認；如今我已有妙招對付，就是把對方地址自原卡剪下，往我要回的賀卡上一貼，照樣寄回，保證錯不了。

最使我高興的賀年卡，是伊人在「聖誕快樂，新年如意」周圍密密麻麻寫滿了話的賀年卡。其次，是伊人親筆題了上下款的賀年卡。如果一張賀年卡連署名也是印就的，整張紙上沒有伊人的一點「墨寶」，派頭是夠派頭，但我拿在手裡，看在眼裡，總覺得缺少了一點什麼。己所不欲，勿施於人，所以我很多年來不曾自印中式賀年卡。我寧願買現成的，那樣，我寄出的賀年卡至少有我的親筆簽名。如果我有話要告訴對方，我也會在卡上密密麻麻寫上一大堆。雖然郵局規定賀年卡不能供通信用，賀年卡上題字超過四個就要處罰，事實上，我還不曾聽說有誰因在賀年卡上多寫了幾句話而受到處罰的事。寄賀年卡，一年之中就只這麼一次，在卡上順便寒暄幾句，以見雙方情誼，此事於郵局並無損失，本來不必懸為禁例。難道郵局禁止在賀年卡上多寒暄，寄卡人就會在寄賀年卡之外再寄一封信，我想不見得吧！交通警員平時執法如山，儘管臉上奉孔令晟署長之命作笑嘻嘻狀，開起罰單來卻毫不含糊；可是一到新年假期，偶見小小違規也就網開一面。如果郵局眞的要執行賀年卡上寫字多了要處罰的話，那就未免不近人情了。好在郵局還沒有不近人情到這般地步。

今年最早飛來的賀年卡，在十二月九日到達我的手中。一張來自美國印地安那的蔡怡，一張來自台中明道中學的丁肇琴。這兩張賀年卡裡都密密麻麻的寫滿了字，我讀起來親切無比。蔡怡告訴我，她在當地的大學教中文。前幾個月她和她的外子李誌德先生開車到芝加哥中國城，在那裡意外地買到了一本我的散文集《長髮為誰留》，大為驚喜。這本書勾引起她對號稱杜鵑花城的母校無限的懷念。我在卡裡告訴她，我的第二本散文集《秋草夕陽》也已「外銷」美國，如果再到芝加哥中國城去，應該在原來那家書店可以看到，我又叮囑她，明年寄賀年卡來，務請告訴我是否又「升等」了。我所謂「升等」，並非助教升講師升副教授再升教授之升等，而是指單身升為丈夫或妻子，丈夫或妻子升為父親或母親，父親母親再升為公公婆婆或岳父岳母之升等。在我看來，這兩種升等一樣的重要。蔡怡在台大求學期間，眞是位品學兼優的好學生，如果她在台灣，我絕不會讓她破費買我的散文集看，做老師的雖窮，送一本幾十塊錢的書給高足總還送得起。可是如今她人在海外，我在海外的高足又不止她一位，仔細思量，還是狠心讓她拿教中文賺來的美金買來看算了。

丁肇琴寄來的賀年片是大紅的，我乍看心裡一愣，想這學生怎麼變得俗氣起來，原來她是挺樸素的。等我注意到賀卡上用黑色墨水筆寫下的一大堆字，關頭第一句就是：「您一定很高興又有一個學生嫁掉了。」我才恍然大悟，頓時樂得心花朵朵開。我聚精會神地一句句看下去，原來她是十一月十二在台南結婚的，新郎畢業於文化學院三民主義研究所，現任軍職。由於我遠在台北，所以沒有發請柬給我。這眞是令人欣喜的好消息，又一個女弟子嫁掉了。如果我的男弟子遲遲不婚，我一點也不在乎，想當年，我一直到三十七歲還蟄居在溫州街五十八巷單身宿舍稱孤道寡，可是一到三十八歲那年，還不是照樣「升等」？施耐菴在《水滸傳．序》裡說過：「人生三十而未娶，不應更娶。」那是幾百年前的話，現在早已時過境遷，不適用了。但是我對女弟子，總是不希望她們太晚婚。丁肇琴畢業才兩年光景就「升等」做了妻子，我怎能不高興？

今年，我是在這般令人欣喜的情況下開始了一年一度賀年卡飛來的日子。我比往年提前幾天選購了中式西式各一百張賀年卡，準備來一張回一張；也準備比往年更揮霍一點時光在懷舊憶往上。賀年卡帶給我的是深深的喜悅也好，淡淡的傷感也好，都是我心靈的滋補劑。

——六十六年十二月二十五日「聯合副刊」

輯三

假如沒有電視

徵婚啓事

你看了這個題目，可千萬別誤會我在登徵婚啓事。我子女雙全，老妻在堂，斷無徵婚之事。我只是忙中偷閒，對報紙上的徵婚啓事作一番考察，說說我對此事的看法而已。

報紙上有徵婚啓事，由來已久。但是以前在報上看到徵婚啓事，總不過稀稀落落兩條三條，而如今，這類啓事卻大大增加了。就像三月十二日（星期日），我看了六份報紙，就發現有三十條左右的徵婚啓事；單是《中央日報》的「小啓」欄，就占了十七條之多。

這三十條左右的徵婚啓事的刊頭，多數用「徵婚」兩字，或者省作一個大字「婚」；其次用「徵友」兩字，或者省作一個大字「友」；也有用「徵侶」兩字，或者省作一個大字「侶」的。比較特別的，還有刊頭作「男女純婚姻服務」字樣。刊頭雖有不同，其爲徵婚則一。譬如有一條徵友啓事說：「純爲未婚男女撮合姻緣，意者親駕……」又一條徵友啓事說：「三十五歲以下未婚高上俊美男女，歷照……」明明是婚姻介紹所在徵求未婚男女來共襄盛舉，徵「友」云乎哉？

再看這些徵婚啓事的內容，不外下列三類：男士徵女士，女士徵男士，男女兼收。末一類男女兼收，毫無疑問是婚姻介紹所的傑作。

男士徵婚的啓事，除了報上自己的學歷和年齡之外，往往還說明自己「體健」、「高職」、「有房」、「有蓄」。大概徵婚的男士認爲現代的淑女個個都非常現實，自己不把這些條件一一開列，不足以使淑女傾心。「體健」是婚姻的基本要件，想想誰願意嫁一個病鬼，日夜替他做免費的特別護士？「高職」表示有社會地位和豐富的收入。現代女性雖然已紛紛走出廚房或奔波於服務場所和廚房之間，但毫無疑問的妻以夫貴的現象仍然普遍存在。因之「高職」兩字，仍能打動淑女芳心。「有房」無「蓄」，一旦有個急需，總不能賣掉房子應急；「有蓄」無「房」，彷彿浮萍一片，飄蕩不定。必須「有房」又「有蓄」，生活才有充分保障。好在在徵婚啓事中自稱「體健」、「高職」、「有房」、「有蓄」，不必提出健康證明書、在職證明書、房地契、銀行存單等作爲證明。終年傷風感冒也可說是「體健」，在公私機構充當臨時雇員也是「高職」，有兩間違章建築棲身也是「有房」，在郵局存簿儲金帳戶還有三元八角不曾結清也算「有蓄」。反正從男士徵婚啓事看，這些男士的條件都是「刮刮叫」，不由得未婚女士不動心。問題在這些男士既擁有「刮刮叫」的令未婚女士怦然心動的條件，怎麼個個到了四、五十歲還是王家老五？莫非他們都是從魯濱遜飄流的那個荒島移民到台灣來的？

徵婚男士在介紹自己之後，照例開出應徵的條件。年齡總是要對方比自己小十歲左右，學歷總是要對方比自己稍低，難怪如今女孩子學歷越高，找對象越難。不幸一旦進了博士班，除非有奇蹟出現，否則這輩子紅鸞星大概是動不了啦。除此之外，「身家清白」、「品貌端正」也常常是應徵的條件。誰都不願娶一個不清不白、不端不正的女子爲妻，這是可以理解的。

至於女士徵婚，除了說明年齡、學歷之外，「賢淑」、「嫻靜」、「溫慧」、「端秀」等形容女性品貌才質的字眼也常常列舉出來。因爲女士們知道，除了不正常的男性，誰都不願娶一個母老虎或母夜叉。有半數以上的女性徵婚啓事還特別說明自己「有職」，意思是說，你別誤會我徵婚是爲了找一張長期飯票，我能養活自己。

女士們開出的應徵條件，年齡照例要比自己大三、五歲甚至十歲。學歷照例要比自己高一層；一個大專畢業生絕不會表示要下嫁一個僅有高中或高職學歷的男士。以男士徵婚啓事中常常出現的「體健」、「高職」、「有房」、「有蓄」等男方具備的優良條件，拿女士徵婚對男方的要求來比較，「體健」、「高職」正是女士所希望的。不過女士們都比較含蓄，她們總是不用「高職」而用「正職」，另外加上一個「品端」作爲刪去「高」字的彌補。只要有正當職業，再加上品行端正，不怕爬不到較高的職位。這樣，所列條件無「高職」字樣而有要求高職之精神，比起明列「高職」兩字被人家譏爲勢利鬼來，的確是高明多了。至於「有房」、「有蓄」兩項，我還不曾看到有徵婚的女士把它列作對男方的要求。不過我以小人之心度女士之腹，有些女士心裡未嘗不希望對方「有房」、「有蓄」，只是不好意思明寫出來。一旦明寫出來，自己找一張長期飯票的心事豈不昭然若揭？三月十二日有一條女士徵婚啓事，就特別規定對方要「有經濟基礎」。好個「有經濟基礎」！泛泛一句，不但「有房」、「有蓄」都已包括在內，簡直要什麼什麼就包括在內。休說無房無蓄的窮小子別想動腦筋，就是只有兩間違章建築或者在郵局有三元八角尾數存款的男士，距離「有經濟基礎」也還有十萬八千里。這樣措辭，的確高人一等。這條徵婚啓事原文是這樣的：「徵婚女三十五大學畢業有美國籍體貌端雅徵四十五以下大專以上畢業有經濟基礎之男士爲友詳電話……」原來是「有美國籍」的，難怪說得出「有經濟基礎」這樣絕妙辭令。我倒要奉勸有意打電話應徵的男士，如果你在新大陸無房無蓄，趕快死了這條心吧！百十來萬新台幣絕不在這位有美國籍的女士眼裡。

女士徵婚，頗多人把身高若干公分列作應徵條件之一。男士徵婚也有這樣做的，但爲數不多。這現象似乎說明了夫妻倆女高男矮，女士比較在乎，男士比較無所謂。如果一位身高一六〇公分的女士，嫁個同樣身高的男士，她就得放棄穿高跟鞋的樂趣。（我沒有穿高跟鞋的經驗，不知此樂如何；但我想此中必有樂趣，否則爲什麼年輕女士都視高跟鞋爲寵物？）如果她嫁一位比自己還矮十來公分的男士，即使穿了平底鞋，和他走在一起還是媽媽牽孩子狀，媽媽得俯下頭去才能和孩子面對面講話。反過來說，她如果嫁一個比自己高上十來公分的男士，即使穿上三吋高跟鞋，和他並肩而行仍然能作小鳥依人狀。所想，女士比較注重男高女矮，可能和高跟鞋不無關係。

無論是男士徵婚或女士徵婚，最後一定是要應徵者將「歷」、「照」寄下，以憑審核。有的還加上「合則約談，不合密退」，使對方安心，不虞天機洩漏。有了「歷」，可以知道應徵者幹過什麼、如今幹什麼，甚至可以到應徵者的服務場所打聽此君德行如何。有了「照」，就可先睹爲快，看看男的是否英俊，女的是否美貌。這種片面要求應徵者提供「歷」「照」，我總覺得不夠公平。徵婚者自己躲在暗處，憑什麼要應徵者提供「歷」「照」？因此我建議，爲了表示誠意和公平，徵婚者應該在啓事刊頭登出自己的玉照，並且寫上自己的履歷，這才是以身作則的君子淑女之風。如果你怕在徵婚啓事上刊登自身玉照，會被別人乍看之下誤以爲是警告逃妻或警告攜款潛逃職員啓事，乾脆不要把徵婚啓事登在分類廣告裡，多花一筆錢在各報第一版刊登一個大廣告，不但表示你的確「有蓄」，而且誠意也不是一眼眼哩！

談完了男士徵婚和女士徵婚，就該談談男女兼收的婚姻介紹所的徵婚啓事了。這種徵婚啓事，在我的印象中不像前兩類徵婚啓事那樣歷史悠久，大概是近幾年來才應運而生的。有些婚姻介紹所有一個冠冕堂皇的名稱，例如「國際婚姻服務中心」、「幸福婚姻中心」、「世界婚姻服務中心」等等，個個是響噹噹的金字招牌，比起教育部在辛亥路三段興建的十幾層大樓「國際青年中心」毫無遜色。有些婚姻介紹所有一個富有詩意或引人幻想的名稱，例如「心心交誼廳」、「彩虹社」、「現代社」、「鵲橋社」、「欣欣社」等等。也有些婚姻介紹所只在廣告末透露一個信箱號碼或電話號碼，顯得神祕兮兮。有些婚姻介紹所的啓事幾乎天天見報，而且不止見一家報。

我給它算算，每個月的廣告支出也極爲可觀。我不知道這些婚姻介紹所撮合婚姻是否像傭工介紹所介紹傭工一樣要收費；如果要收費，不知道它們是否辦過營業登記，照章納稅；如果不收費，似這般每月付出巨額廣告費義務爲曠男怨女服務的熱心人士，怎麼全國好人好事表揚會從來不表揚他們？眞是太冷落他們了。不過據我推測，它們多半是要收費的。你看三月十二日的一則徵婚啓事：「男女純婚姻服務，……傷殘者免費。」可以推知不傷不殘的就恕不免費優待了。再看三月十四日的一則啓事：「幸福婚姻中心介紹對象，出於眞誠，我們完全免費。動機：利用公餘，爲婚服務。目的：做好人，辦好事，交好友。說明書附郵十元。……」雖然口口聲聲「完全免費」，但函索一份說明書就要「附郵十元」，比函索大學聯招簡章貴了兩倍半，「完全免費」云乎哉！跑社會新聞的記者先生如果有一天寫不出新聞稿，無法向報館交差，我建議你到這些婚姻介紹所去深入採訪一番，特別要訪問和這些婚姻介紹所打過交道的男士女士，包管你能寫出一篇動人的報導，獲得社會人士注意，獲得報館上司喜歡，加薪升級，有厚望焉。

徵婚啓事，措辭欠妥是常事，有時還能看到「奇文共欣賞」的傑作。先請你看措辭欠妥的啓事。三月十一日的一條徵婚啓事說：「男二十八國外學者俊秀健帥徵二十五內大畢肆附歷照身高電函北市某信箱」。這條小小啓事，至少有兩處不妥。一、「國外學者」辭義含混，不知道這位學者是黃皮膚黑眼珠的還是白皮膚藍眼珠的。如果改作「旅歐學者」、「旅美學者」，一看就知道是我族類；改作「歐洲學者」、「美國學者」，一看也知道非我族類。二、「大畢肆」，應該是

「大畢肄」，意思是大學畢業肄業。這一字之差，就可看出學問大小。三、要對方應徵時說明她的身高，這是極不替對方設想的做法。徵婚者應該說明自己身高若干，讓對方斟酌；或者要求對方身高若干爲應徵條件之一，亦可。如今這位「國外學者」對自己身高祕而不宣，也不表示對方應身高若干，反正教人家寄「歷」「照」開「身高」來看看再說。這種作風，怎不令應徵者齒冷？

再看一條三月十二日的徵婚啓事，這條啓事夠得上「奇文共欣賞」。啓事說：「男二十八高畢高一七五書香門第白手創業經商困窘誠徵能助兩百萬解困境二十二以上者爲婚共謀事業意者歷照回電寄台北郵政……」對這條啓事，我眞的不能像對前一條啓事那樣評論一番。因爲它實在妙極了，我只能原文照錄，供讀者「奇文共欣賞」。

我在動筆撰寫本文之前，曾把這幾天各報的徵婚啓事用紅筆圈圈點點，原想多抄幾條令人刮目相看的徵婚啓事，與讀者共同欣賞。但結果我才抄了以上兩條，就停筆踟躕。因爲我想到多抄幾條妙文固然能使讀者解頤，可是萬一華副主編誤會我這樣做目的在多混一點稿費，那多不好意思！我固然愛稿費，可是也不願人家這樣說我。我得趕快結束本文，否則仍有混稿費之嫌。但是還容許我寫最後兩句話，這兩句話是撰寫這篇短文的主旨，絕不是畫蛇添足，而是畫龍點睛。畫龍而不點睛，成了一條瞎龍那怎麼成！所以我必須再寫兩句，再寫兩句絕對結束。

我願天下有情人都成眷屬。

我不願有人因參加徵婚而飲泣吞聲。

卿本佳人

每天看報，看到了荳蔻年華的女郎誤蹈法網或從事不正當職業的消息，總不禁放下報紙，喟然而嘆：

「卿本佳人，奈何——」

第一次發生這樣的喟嘆，老妻在廚房裡聽到了，趕緊走過來問我：

「你在胡說什麼？你要嫁人？」

「誰說我要嫁人？」我起初被她的問話愣了一愣，但立即想通了是怎麼一回事。「我剛才是說：卿本佳人；並不是說：慶炳嫁人。你聽錯了。」

就這麼相對「哈哈」一笑，我解了她的惑。以後再遇到我喟然而嘆：「卿本佳人，奈何——」她不會再擔心我突然神經錯亂想「嫁人」，她關心的是「佳人」幹了什麼不法的勾當。

有一天，我放下報紙，喟然而嘆：

「卿本佳人，奈何——」

「奈何什麼？」她趕快接口問道。語氣熟練得彷彿在演舞台劇或電視劇。

「奈何作賊？」

報紙報導：一位衣著入時面目娟好的妙齡女郎，在某百貨公司女裝部行竊。就在她目的達成逡巡離去時，被另一個櫃檯的店員老遠瞧見，叫來警衛，把她人贓俱獲。公司方面要把她扭送管區派出所。這位女郎聽了，苦苦哀求，聲淚俱下。她說她是某大學夜間部某系的學生，如果送到派出所，給學校當局知道，準被開除。她一再拜託公司人員原諒她一遭，萬萬不要因此斷送了她的前途。終於公司人員教她立下悔過書，給她自新之途。

看了這種報導，我能不喟然而嘆：「卿本佳人，奈何作賊？」天下竟有如此不知自愛的大學女生，實在出於我意料之外。我把這新聞拿給老妻看，究竟她跑百貨公司的次數比我多，不像我這樣少見多怪。她對這則新聞不但不覺意外，還告訴我一則親眼看到的實事。一天，她到某百貨公司的超級市場採購，無意中看到一位大學生模樣的女孩把一條冰凍的西洋火腿放進大衣裡層口袋。但不久就有一位店員小姐走向這個女孩，指著她大衣鼓起的地方說：「小姐，你要小心受涼。」這個女孩一聽就明白自己的行徑已被店員識破，乖乖地把火腿取出來放回原處，然後尷尬地離去。老妻講完之後，還說：「那位店員小姐非常忠厚。如果她召來警衛，把那個女孩扭送派出所，那個女孩就慘了。」

聽了這「又一章」，更加深了我的感喟。我覺得，如果一個人貧窮到無衣無食，寒飢交迫，偷件女裝或偷條火腿解決民生問題，情有可原。或者一個人沒有受過教育，不知道偷竊之可恥，一旦淪爲竊賊，情有可憫。衣著入時又受著高等教育的女孩子，竟然不知珍惜十年寒窗換來的錦繡前程，做出偷竊的勾當，那眞是愚不可及！假如再有女孩想到百貨公司順手牽羊，務必請先想想：「我本佳人，奈何作賊？」也許就憑此一念，引起天人交戰，免於誤入歧途。

有一天，我放下報紙，喟然而嘆：

「卿本佳人，奈何——」

「奈何什麼？」搭腔的當然是老妻。

「奈何作盜？」

報紙報導：一對青年情侶公然在台北鬧區搶劫銀樓，男的還開槍殺人。他倆做案後逃亡了一段日子，終於被治安機關緝捕歸案。女孩才十七歲，長得相當清秀。

看了這種報導，我能不喟然而嘆：「卿本佳人，奈何作盜？」搶劫這種犯法的行爲，自古以來，總是男性的敗類幹的。如今連十七歲的佳人也插上一手，被報紙稱爲「雌雄雙盜」，眞使人興今世何世之感。尤其使我難過的是，當這位女孩鋃鐺入獄，新聞記者去訪問她，問她平時喜歡什麼，她說她常常看報紙副刊，喜歡看顏元叔、葉慶炳的散文。啊，原來她還是我的讀者！按理說，副刊是報紙裡最「乾淨」的一頁，愛看副刊的報紙讀者大多有一顆尋求知識提升自己的上進心，不可能會做出搶劫的勾當。據報紙報導，她本來不贊成搶劫，尤其反對殺人，可見她的本性是善良的。她終於成了罪犯，主要是由於交錯了男友。如今，男的已受到法律最嚴厲的懲罰，她也被判了十年徒刑。由於一念之差，誤入歧途，十年的青春歲月要在監獄中度過，這代價還能說不大？我在這裡寄語這位女讀者：往者已矣，來者可追，十年之後還你自由，你才二十七歲，還有大半生的幸福可以追尋。如果在獄中表現良好，說不定還可能提前假釋。最主要的是在獄中學得一技之長，將來好立足於社會。假如再有女孩不能堅持正當立場，爲了男友連搶劫的事都幹，我也希望她務必事先想想：「我本佳人，奈何作盜？」

有一天，我又放下報紙，喟然而嘆：

「卿本佳人，奈何——」

「奈何什麼？」當然是老妻的聲音。

「奈何服迷幻藥？」

報紙報導：一個吸食強力膠上癮的十六歲少女，由於毒癮發作，倒在台北街頭大哭大叫，自己把上衣都撕成一條一條了。警員據報，就把她帶到分局拘留所。這位少女在南部某國中畢業後，就到台北來謀「出路」。結果由於人地生疏，天天在五光十色的鬧區閒逛，結識了幾個當地的不良少年，染上了吸食強力膠的惡習。她出入拘留所已經多次，每次都發誓表示要痛改前非，結果拘留期滿，與不良少年一鬼混，吸食強力膠如故。

看了這種報導，我能不喟然而嘆：「卿本佳人，奈何服迷幻藥？」強力膠也好，速賜康也好，都是害人的迷幻藥。等一個人吸食強力膠或注射速賜康一旦上癮，不能自拔，這個人就無異報廢了。年紀輕輕的，生命的芬芳還不曾品嘗，就胡裡胡塗報廢了，這眞是世間莫大的悲哀。這種事情萬萬幹不得。我在這裡奉勸諸位佳人，當迷幻藥笑裡藏刀向你示意，你千萬要想想：「我本佳人，奈何服迷幻藥？」

又有一天，我放下報紙，喟然而嘆：

「卿本佳人，奈何——」

「奈何什麼？」你知道這是誰在追問。

「奈何陪酒？」

報紙報導：高雄市一群中學女生利用暑假期間打工賺學費，進入變相的餐廳，陪客人喝酒。她們有的是朋友介紹，有的是看了報紙分類廣告去應徵。廣告辭句多數是這樣：「餐廳女服務生，免經驗，保證月入萬元以上。」這麼好的條件，不由得想打工賺錢的中學女生不心動。等到前往應徵時發現工作項目有點怪裡怪氣，打算打退堂鼓，餐廳女經理卻鼓動如簧之舌，千方百計把她留下。女經理拿出一件禮服往她身上一套，「今天就開始上班吧！」就這般，餐廳又到了一位頭上清湯掛麵身上卻穿著袒胸露背式禮服的「女服務生」。她掛著一臉傻笑，跪在客人的身邊點菸倒酒。客人高興的時候，說：「來，陪我喝一杯。」她就傻愣愣的端起杯子一飲而盡。

這則新聞，我眞的不忍心看下去。勉強看完，心裡的難受也絕不是喟嘆一聲「卿本佳人，奈何陪酒？」所能表達。本來，年輕人打工賺學費是值得鼓勵的，但打工總得看個地方。那種沙龍式的酒館，連我都從來不敢問津；如果有一天我異想天開要進去觀光一番，也必須請到老妻保駕，我才有膽量進入。而中學女生竟敢廁身其間，眞是愚不可及！要打工賺錢，我寧願你去撿破爛、掃馬路，甚至掃公園裡的廁所。破爛雖髒，髒不到心裡；廁所雖臭，臭不到心裡。收入雖然微薄，至少可以仰不愧於天，俯不怍於地。那些酒館以「保證月入萬元以上」爲號召，明明就是個餌，要釣你們這個傻瓜魚。報導這則消息的記者先生呼籲高雄市教育局和警察局要注意這件事，我就只有向老天爺禱告，願這少數中學女生及早猛省，全身而退。如果再有小迷糊看了「保證月入萬元以上」怦然心動，有了陪酒的念頭，務必先想一想：「我本佳人，奈何陪酒？」

有一天，我放下報紙，又喟然而嘆：

「卿本佳人，奈何——」

「奈何什麼？」老妻對此，始終表示關切。

「奈何應召？」

報紙報導：台北市中山區有幾處著名的色情交易所，如某某大廈、某某賓館等。每天華燈初上，尋芳客就絡繹不絕，許多打扮得花枝招展的妙齡女郎也紛紛蒞止。這些都是所謂應召女郎。從事這種營生的少女，大多數比較活潑愛玩。她們愛慕虛榮，不能適應刻板的公司或工廠生活，想在外找刺激。也有些是離家出走或者放棄學業的女孩，在外面混不出名堂，就以色相來賺錢。她們不願也不敢完全淪爲神女，因此幹起應召女郎來。據保守估計，她們之中稍稍走紅的，每月可收入七、八萬元左右；這還不包括應召站及賓館抽成在內。

看了這種報導，我能不喟然而嘆：「卿本佳人，奈何應召？」月入七、八萬元，的確夠使人羨慕。但是想想這些錢是怎麼得來的，那就不是味道了。以自己的清白之軀，供有錢的大爺玩樂，這眞是人世間最悲慘的遭遇，列祖列宗都會爲此痛哭。據報紙報導，這些女孩什九頗具姿色，精力飽滿，個性爽朗。憑這些條件，應該很容易和人相處，是個受歡迎的同事。即使要嫁人，也不難選擇一個如意郎君。幹麼要貪圖不正常的吃喝玩樂，出賣了自己？一旦幹了這一行，要重拾一位正常女性應有的人生幸福，談何容易？我不相信這些月入七、八萬的女孩，當她午夜夢迴，良知乍現的時候，她會感到快樂和滿足。我眞的不相信！如果你眞的並不快樂、並不滿足，我勸你還是回頭吧！當然，我更要提醒某些有意下海應召的女孩一聲，請先想想：

「我本佳人，奈何應召？」

又有一天，我放下報紙，喟然而嘆。

「卿本佳人，奈何——」

「又奈何什麼？」老妻在奇怪怎麼有那麼多「奈何」。

「奈何馬殺雞?」

報紙報導:某觀光理髮廳在附近闢有數間密室,供理髮小姐為顧客「馬殺雞」並進行色情交易。因該廳設備舒適,服務周到,問津者頗多。某日,數間密室正告客滿之際,突然警員據報來到,把一干男女帶往分局,不但分別罰處拘留,還在報端公布了芳名。

「馬殺雞」早已不新鮮,但每次看到這種新聞,仍不免興「卿本佳人,奈何馬殺雞?」之嘆。理髮小姐個個綺年玉貌,如果以技術本位服務顧客,理髮對顧客來說,眞是一大享受。感激之餘,多奉送若干小費,不在話下。假使有一位理髮小姐和顧客相識日久,成了朋友,又成了情侶,終於雙雙步入洞房,這未嘗不是一件好事,可喜可賀。偏偏有不知自愛的理髮小姐,為了幾文收入,始則為顧客「馬殺雞」,繼則進行色情交易,於是使得本來很正當的行業蒙了羞。收入是增加了,失去的是自身的清白和社會的尊敬。究竟是得是失,聰明人不難辨別。我多麼希望每一位理髮小姐都是顧客心目中的「佳人」,而不是玩物。如果有理髮小姐想要兼營「馬殺雞」務必請先自己想想:「我本佳人,奈何馬殺雞?」

夠了,不必再多所喟嘆。雖然絕大多數女孩仍在努力使自己成為「佳人」,為紙所醉被金所迷因而徘徊歧途的只是極少數人,但這極少數人已夠使我們看了觸目驚心,為之擔憂,為之惋惜。我要告訴這極少數應該成為「佳人」的女孩——不管你們把我看成怎麼樣的老頑固,我還是要告訴你們:金錢、虛榮和片刻的陶醉,都不值得你們以放棄「佳人」的代價去換取,都不值得你們以放棄人生正途幸福的代價去換取！也許你們會把放棄做「佳人」和放棄人生正途的幸福歸咎於社會，歸咎於學校，歸咎於家庭，但是你們一定不會否認，每一個人的生命之舟，掌舵的是她自己。是不是？

一通電話

三月十六日晚間九點多鐘，我因爲正患感冒全身無力，懶懶地半坐半躺在沙發上休息。突然，身邊的電話鈴聲響了。我想到的第一個念頭是：又多一位朋友知道我患了感冒。今天從早到晚已接了六個電話，每次，對方一聽我的聲音就說：「啊，你的聲音有點啞，是感冒了吧？」現在是第七個電話，這位打電話的親友一定也能從我的聲音發覺我正不勝感冒。結果不然。

「喂，我是葉慶炳。」我拿起話筒，習慣地說。

「唔，葉教授可不可以請教您一個問題？」一個男孩子的聲音，但是很溫柔。我從來不曾聽過這口音，想必對方也不曾聽過我的口音，他當然不會發現我今天因感冒而聲音沙啞。

「請問你貴姓大名？」既然是陌生人，禮貌上也應該請教請教。

「葉教授，我可不可以不告訴你我是誰？」他的聲音有點吞吞吐吐。

這種情形我不是第一次遇到。我立刻痛快地說：

「可以，可以。請問你有怎麼樣的問題？」

「請教授不要見笑，我說的是實話，我有一種改不了的習慣。」

「是怎麼樣的習慣？」我口裡溫和地問著，身子已從沙發上坐正，精神也提了起來。

「我有偷竊的習慣。我一看到自己喜歡的東西，就千方百計要把它偷竊到手。」

「啊，偷竊！」答案完全出我意料之外。平常陌生人打來的電話，多半是我的讀者，和我談談有關寫作的事情。但這樣一位年輕人向我透露他的隱私，在我還是第一次遭遇。我突然覺得我的責任重大，我說：「偷竊是不正當的行爲，你知道嗎？」

「我知道，但是我改不過來。」

「請問你現在是在學還是已離開學校？」

「我現在讀大學，還沒有畢業。」

我聽了大吃一驚，大學生有偷竊的習慣改不過來？難道前幾個月新聞報導大學生在百貨公司行竊失風的消息是眞的？百貨公司的管理人員還對記者說，他們握有不少大學生所寫的悔過書。這些大學生在百貨公司行竊，被公司人員逮住。公司方面本來要把他們送交警方，但禁不起他們苦苦哀求，有的甚至聲淚俱下，痛切改悔，這才從寬發落，讓他們立下悔過書了事。日積月累，悔過書就有一大疊。對這種報導，我總是將信將疑。我相信公司人員的說法，也相信新聞記者的報導，但是我懷疑這些行竊失風被捕而自稱是大學生向公司立下悔過書的，究竟是不是大學生？假使眞有大學生在百貨公司行竊，我不相信他會穿著繡有校名的制服或攜帶學生證去行竊，我看《水滸傳》，李鬼假冒李逵之名在樹林裡剪徑，被眞的李逵逮住。李逵要殺李鬼，李鬼大叫道：「爺爺，殺我一個，便是殺我兩個。」李逵聽得，住了手問道：「怎的殺你一個便是殺你兩個？」李鬼道：「孩兒本不敢剪徑，家中因有個九十歲的老母，無人養贍，因此孩兒單題爺爺大名嚇唬人，奪此單身的包裹，養贍老母。其實並不曾害了一個人。如今爺爺殺了孩兒，家中老母必是餓殺。」李逵聽了他這一番話，不禁大爲感動；不但放了他，還送他十兩銀子做本錢，教他改業營生。其實李鬼哪裡有九十歲的老娘，只不過胡編一番謊話博取同情罷了。我懷疑在百貨公司行竊失風被捕的所謂「大學生」，不見得眞是大學生，只是假大學生之名博取同情，企圖對方從寬發落而已。想想大學生是國家的菁英，未來的社會中堅，特別是在台灣，要考上大學得付出多大的努力；如果大學生偶然做一次糊塗事，就把他繩之以法，使他一輩子不能抬頭，這樣未免太過絕情。因此公司人員一聽抓住的扒手竟然是大學生，就不得不從寬發落。而不良分子就利用這種社會愛護大學生的心理，一旦行竊失風被抓，就表示他是某院校某系的學生，要求對方顧念他的前途，切莫公開。據我想，公司人員說他的手裡有一大疊大學生的悔過書，恐怕全是冒牌大學生的傑作。可是，今夜，一位自稱是大學生的年輕人打電話給我，承認他有偷竊的習慣！他的聲音是這麼溫柔，這麼誠懇，絕不是和我開玩笑。

「葉教授，我知道偷竊是不對的，我想改，可是這習慣太深了，我總是改不過來。請問教授，您有什麼辦法？」

「請問你有這種習慣已經多久？」

「我從小就有這種習慣。小時候我家很窮，媽媽時常偷了東西來給我吃。有時候，媽媽帶我一道去偷。漸漸的，我看見喜歡的東西就想偷到手。」

「你目前的生活如何？」

「還可以。」

「你在這環境中長大，還能考上大學，可眞不容易。」

「我讀書的成績都不錯，可是偷竊的習慣始終改不過來。我很煩惱，所以才打電話請教教授。我不知我該怎麼辦？」

他的聲音是那麼誠懇，聽得我不僅感動，簡直難過極了。出生在一個貧窮的家庭，偏偏又遇到這麼一位母親，孩子何辜？當孩子懂得偷竊是不正當的行爲時，他已積習深重，改過爲難。我盡量把聲音放得柔和，說：

「我雖然不知道你是誰，但是你能這樣打電話給我，我覺得你是一位肯上進的青年。」

「我自己也覺得自己還不錯，我能常常留在家裡，不往街上亂跑。」

「所以，你要珍惜你的前途，務必要改掉這個不良習慣。小時候因貧窮而偷竊，還有可同情之處，做了大學生再做這種事，就使人難以原諒了。」

「是的。可是問題是我改不過來。」

「我就想告訴你，你明知應改而改不過來，主要還是心理上的問題，需要心理學家來開導。我是學文學的，對心理學只懂得一點點皮毛，對你的問題，老實說是心有餘而力不足。我建議你打電話給張老師聯絡。張老師是專門幫青少年解決問題的，你知道嗎？」

「我知道。」

「電話簿裡一定有張老師的電話號碼。」

「我想一定會有。」

「那麼打電話吧！坦誠的和張老師談談，一定對你有益處。你是一位肯上進的青年，千萬別讓這個習慣毀了你的前途。我很抱歉不能直接解決你的問題，我只能預祝你能成功。」

「謝謝教授。」

他掛斷了電話，可是那溫柔誠懇的聲音依然在我的心中迴響。我又恢復了半坐半躺的姿勢，心裡百感交集，久久不能平息。

我想起了墨子所謂的「竊疾」。墨子對楚王說：「此處有一個人，捨棄他的好車子不用，看到鄰人的壞車子，就想偷來用；捨棄家裡的粱肉不吃，看到鄰人的糠糟，就想偷來吃。您想這是什麼樣的人？」楚王答道：「這人一定患有竊疾。」我原來以爲「竊疾」只是墨子書中的假設譬喻，一個人什麼病都會生，哪有生「偷竊病」的？但是如今，從這位青年的一通電話裡，我才明白了世上眞有「偷竊病」。

但是這位青年是不幸的，他何嘗願意有這個偷竊的習慣？他力爭上游，考上了大學，但是小時候養成的壞習慣卻一直纏繞著他，成爲他的絆腳石。不知道他怎麼會想起我來，給我打電話。他也許以爲我可以解開他心頭的這個結，偏偏我缺少心理學方面的專業知識，除了鼓勵他拿出勇氣改過向善之外，只能建議他向張老師求助，我心裡感到眞抱歉。

我本來想在電話裡問他是哪一所大學的同學，但是我沒有問；我又想請他留下電話號碼，以便以後聯絡，但是我也沒有說出口。不爲別的，只爲我不願使他爲難。電話一開始我問他姓名，他就要求不說，其實他隨便說一個張三李四給我聽，我也不知道是眞是假，因此，可見他對我是誠實的。對這麼一位誠實的年輕人，我縱然不能助他一臂之力，至少也不能使他爲難。所以，我沒有多問他幾句。就這樣，他電話一掛，我就失去了他的線索。我很希望儘快的知道他終於擺脫了他的絆腳石，邁向成功的道路，可是我如何能知道？

我如今能做的，只是記下這一通電話，外加我對這位青年的同情、鼓勵和祝福。

假如沒有電視

這年頭，幾乎人人看電視，也幾乎人人罵電視。老實說，我自己也罵過電視。當我看到王大娘裹腳布式的連續劇，看到低級趣味的短劇，看到惡形惡相怪聲怪氣的歌唱，看到喧賓奪主令人厭煩的廣告，輕則皺皺眉頭，重則罵上幾句。不過，我罵電視，都在心裡罵，誰都不知道我是怎麼一個罵法。君子絕交，尚且不出惡言；我自度無法與電視絕交，怎能口出惡言？電視雖然未能盡如人意，究竟也還有幾個節目可看。何況，每天下午六點一到，孩子就按時打開電視機觀賞《科學小飛俠》；小飛俠剛走，一轉台又來了《北海小英雄》。爲了與孩子同樂，使他們在作文課中遇到「我的父親」之類題目時有話可說，我也就拿著酒盃或者捧著飯碗陪他們一同觀賞，並參與他們的討論和歡笑。你看，我怎能與電視絕交？

由於電視節目未能盡如人意，於是你罵你認爲的爛節目，我罵我認爲的爛節目，終於到了幾乎人人罵電視的地步。報紙上不止一次報導過，有人因看了爛節目生氣，乾脆把電視機砸個稀爛。我看了這種消息，感到好生心痛，一架電視機，少則數千元，多則數萬元，就這麼一怒之下，數千元甚至數萬元隨風而去，實在太可惜。這幾位仁兄，眞不懂得「投鼠忌器」這句成語。更何況，電視機何辜？要砸，該去砸製作爛節目單位的招牌才是；如果連提供爛節目廣告的商家招牌也一併砸了，也還有點道理。如今因電視節目惹人生氣，一怒就把電視機砸個稀爛，這對電視機來說，眞是「城門失火，池魚遭殃」；對自己辛辛苦苦賺到的鈔票來說，更是何苦來哉！

事實上，罵電視的人，都是看電視的人；如果有人根本不看電視，想罵都不知有什麼可罵的。就是那些一怒砸爛電視機的仁兄，相信過了一段日子，也會拿年終獎金再買一架電視機來。因爲電視已成了現代生活的一個環結，人們很難把它排拒於生活之外。

假如沒有電視，我們的見聞將被局限於文字的記載。就以本世紀人類壯舉的太空人登陸月球事件來說，電視轉播使我們看到了此一壯舉的實況。此一實況，任憑新聞記者連篇累牘的文字報導，也不及我們從螢光幕上親眼一睹來得印象深刻。一般的電視新聞遠不及報紙報導委曲詳盡，但我們除了看報之外仍有興趣收看電視新聞，就因爲電視新聞配有實地拍攝的影片，給我們目睹耳聞的感覺。目前歌唱節目流行出外景，因之寶島景物、世界風光，經常出現在螢光幕上。你閣下不必出家門一步，就可飽覽寶島景物；不必出國門一步，就能看到世界風光。看遊記和風景照片，有看電視實況錄影那樣逼眞嗎？假如沒有電視，我們的見聞局限於紙上談兵的文字描述，我們能滿足嗎？

假如沒有電視，人們休閒時間往哪裡去？看電影？聽歌？台灣各大城市的電影院和歌廳都極有限，和人口數字簡直不成比例。平時絕大多數市民被電視吸住在自家客廳裡，各電影院和歌廳門前還是人潮洶湧，牛群穿梭。一旦沒了電視，家家戶戶客廳裡的男女老少傾巢而出，向電影院和歌廳匯集，不把電影院和歌廳擠垮才怪！逛百貨公司？百貨公司裡平時逛客和顧客已是摩肩接踵，一旦「各位電視機前的觀眾朋友」湧到，那還能移動半步？去游泳吧？你別以爲台灣是個海島，游泳不成問題。其實台灣海水浴場不多，游泳池更欠普遍，每到夏天，能游泳的地方都有人滿之患。像台北市東門游泳池，眞已到了要浸溼身子都得力氣大野蠻一點才行的程度，哪裡還有「各位電視機前的觀眾朋友」插足餘地？還是去郊遊吧，大自然總該容得下「各位電視機前的觀眾朋友」吧？也不！大自然雖大，但是被都市人選作郊遊處所的地方仍極有限。無論是到哪裡，總還是車擠車，人擠人。今年元旦假期，舍下一家四口掙脫了電視機的吸力，駕車往石門水庫去玩。結果距離水庫還有一大段路，車子就排長龍。起初這條龍還停停走走，接著隔好幾分鐘才能蠕動幾下，到後來乾脆停著不動，成了條死龍。誰都不知道前面出了什麼事，也沒有看到交通警察的影子。耐心不好的遊客覷個空隙掉轉車頭就往回走，每走掉一輛車，這條龍就蠕動一下。後來，我們終於也成了耐心不好的遊客，就這樣連石門水庫的影子都不曾看到，原路打道回府，好歹算是郊遊過了。所以想想，如果「各位電視機前的觀眾朋友」都四出郊遊，成嗎？

無論看電影、聽歌、逛百貨公司、游泳、郊遊，及其他需要走出家門的休閒活動，都得利用交通工具。請問，鐵路、公路兩局和各地公車單位可有能力疏運傾巢而出的「各位電視機前的觀眾朋友」？都市及近郊各交通要道能容得下那麼多人車通行？那些交通要道，每天一到所謂尖峰時間，本已擁擠不堪，單靠交通燈號不成，賴交通警員配合指揮，才能勉強維持通行。如果再有大量人車投入，交通警員就是再多也指揮不了。以台北市來說，兩百萬人只要有一半出動，那幾條交通要道還容不下一百萬人連人帶車停駐，更遑論通行了。幸虧每逢休閒時間，電視就將多數市民釘牢在客廳裡，乖乖地做「各位電視機前的觀眾朋友」。如果沒有電視，人們做不成「各位電視機前的觀眾朋友」，一窩蜂往外跑，看交通運輸單位和警察單位怎麼應付！

假如沒有電視，我們社會哪來這麼多「名製作人」、「名導播」、「名節目主持人」、「名歌星」、「名演員」、「名胡鬧」？想想如果沒有這批「名流」，沒有這批最會製造新聞而新聞也最喜歡渲染他們的人物，我們的社會將會多寂寞？報紙的影視版和影視雜誌成了有「影」無「視」，內容就少了一大半，精采盡失。各家電視周刊更是非關門大吉不可。至於一般人，包括「各位電視機前的阿公阿婆」到「各位電視機前的小朋友」，也少了許多談話資料。啊，太寂寞了，這日子怎麼過？

在上面提到的許多「名流」之中，以「名歌星」的風頭最健。自從有電視以來，國語流行歌曲的發展幾呈一日千里之勢；尤其是最近十年，所謂「名歌星」者，屈指難數。國內表演場所容納不下這滿天繁星，於是星兒紛紛向海外發展，「萬」里作「秀」只爲財。由於國內歌唱水準的確高人一等，不數年間，東南亞一帶立即成了台灣「歌星」的市場。這種歌藝輸出，雖不像工業產品外銷那樣有益國計民生，至少也使我們同胞沾到一絲光彩，與有榮焉。記得在一、二十年前，只要是香港來的，不論歌唱得怎樣，國內同胞一概大捧特捧，把他們看成會念經的遠來和尚。沒想到過不幾年，台灣「歌星」賺的港幣遠比香港「歌星」賺的台幣還要多。這眞是十年河東，十年河西，風水輪流轉。假如沒有電視，國語流行歌曲這一行會有如此蓬勃的發展嗎？

假如沒有電視，台北仍有可能被稱爲「狂人城」。記得嗎？二十年前香港的所謂「名影星」初返國，曾經引起國人何等熱烈的歡迎？香車過處，萬人空巷，望著車上的儷影如醉如痴。我那時還是單身漢，別人去捧香港「名影星」，我就在單身宿舍睡大覺。眞是眾人皆「狂」，唯我獨「睡」。假使是現在，就是世界巨星來到台北，台北也不會成爲「狂人城」了。這原因當然很多，但電視的出現絕對是重要因素之一。那時候沒有電視，人們除了上街圍觀，無由一睹廬山眞面目，才會造成那種狂熱場面。等到有了電視，要看什麼新聞人物都可坐在客廳沙發上看，何必往街上擠？只要有電視，誰也不能使台北再成爲「狂人城」了。

假如沒有電視，這一代的孩子怎能懂得那麼多。你如果有空，試著和幼稚園的小弟弟小妹妹隨便聊聊，一定會感到驚奇，怎麼這些「排排坐吃果果」的小不點兒雜學如此淵博？小弟弟們，簡直個個都是武林高手，不但江湖術語琅琅上口，擺幾個招式，也滿像一回事。小妹妹們，隨口一哼就是電視上流行的歌曲。她們不但談起電視上的「名節目主持人」、「名歌星」來如數家「燈」，還能夠模仿她們的姿勢和腔調哩！單憑幼稚園的教育，他們哪能有此雜學？明明都是從電視上學的！他們還沒有出世就已躲在娘胎裡看電視了；出世之後，又捧著奶瓶躺在搖籃裡看電視。似這般與電視朝夕相共，電視上有的，哪有學不會的道理？假如沒有電視，小不點兒哪會那麼早就進入成人的世界？那還算什麼時代兒女？

夠了，一言以蔽之，假如沒有電視，我們的生活將會整個改觀，正像電視的發明使我們的生活整個改觀一樣。我們已從沒有電視的生活跨入有電視的生活，事實上不可能再重返沒有電視的生活。不論你怎麼罵電視，還是要看電視；即使一怒把電視機砸得粉碎，也還要拿年終獎金再買一架電視機。換了別的東西，一到幾乎人人罵它的地步，絕對難逃淘汰的命運；唯獨電視這玩意兒，罵的人越多，它反而更有聲有色。朋友，你對電視機感到不滿嗎？我勸你忍一忍算了。想想假如我們沒有電視會如何如何，你不忍也得忍。我們究竟不是生在「既耕亦已種，時還讀我書」的時代，那時代距離我們太遠了。

天生我材必有用

用作題目的這句詩，是詩仙李太白在他的樂府〈將進酒〉中的名句。詩仙一生蹭蹬，可是他卻依然朗吟「天生我材必有用」。由此詩句，可見太白對自己多麼地充滿著信心，他絕不因現實環境的種種挫折而喪志洩氣。他的用世之志雖然沒有實現，卻成爲中國文學史上最傑出的詩人。這證明了他這句「天生我材必有用」並非虛語，他的「材」在詩歌創作方面得到了充分的發揮。

成功的道路是遙遠的，一個人對自己有信心，正是邁向成功之途的第一步。假如缺乏自信，何來成功？從前孟老夫子勸滕文公施行仁政，做一個堯舜之君。滕文公心存猶豫，孟老夫子就引了兩位前賢的名言來替滕文公打氣。他先引成覸對齊景公的話說：「彼丈夫也，我丈夫也：吾何畏彼哉！」接著又引顏淵的話說：「舜何人也？予何人也？有爲者亦若是！」成覸和顏淵所說的兩段話，不但充分表露了他們的自信，而且讓我們感覺到他們旺盛的鬥志。唯其如此，他們才能面對成功的賢君或顯貴而毫不覺得自己渺小無能；相反的，他們覺得自己「可以」

和對方一樣成功，而且「應該」和對方一樣成功。孟老夫子把成覸和顏淵的名言說給滕文公聽，目的就在建立滕文公的自信。不是只有堯舜才能行仁政，只要滕文公有信心，一樣可以行仁政。孟老夫子是非常了解心理建設的重要的。

一個人由於有自信，終於幹出一番事業的例子，歷史上記載著不少。例如秦始皇遊會稽渡浙江的時候，軍容儀仗，盛極一時。那時候，楚霸王項籍（字羽）還不曾發跡，他和他叔叔項梁也雜在聚觀的人群中。當項籍遙見秦始皇，就告訴項梁說：「彼可取而代也！」項梁聽了，嚇得趕快用手掩住項籍的口，說：「休得胡說！被別人聽到，我們就要滅族了！」但是項梁從此對項籍刮目相看，覺得這位姪兒不是泛泛之輩。漢高祖劉邦早年也在咸陽遙觀過秦始皇。他也說過：「大丈夫當如是也。」項籍這句「彼可取而代也」，心直口快，自信十足。劉邦這句「大丈夫當如是也」，就說得比較含蓄；但隱藏在話語背後的那份自信，可能並不亞於項籍。結果兩人在反抗暴秦的各路人馬中穎脫而出，各自幹了一番事業。再如宋代的歐陽修，早年在廢書簏中得到了韓愈的遺稿，喜歡得不得了，從此苦心研習，到了廢寢忘食的地步。他決意要追上韓愈。就憑著這一份信心努力以赴，他終於以文章名冠天下。他在北宋文壇的重要地位，較韓愈在中唐文壇的地位有過之而無不及。

其實，一個人是否眞的做到他心目中的對方那種地步，並不重要；重要的是這一份見賢思齊使他力爭上游的信心。各人的才質不同，環境不同，機運不同，因之成功的方向和程度都有差別。只要他們一生都在向成功的目標前進，無論他們到達的地點是否相同，他們都稱得上是成功的人。而自信心，正是邁向成功目標跨出的第一步。

人有自信，才能從容發現「天生我材」，究竟「材」在哪裡。如果沒有自信去作多方面的嘗試，很可能當他學了一行毫無成績，就以爲自己是廢料一塊，成功都是他人的事，從此自怨自艾，進而自暴自棄。於是潛藏在他身上的其他方面的「材」，也就隨草木同朽。

就便再拿上文提到的項籍來作例子。項籍年少時學書，沒有學好，就不學了。他改學劍術，又沒有學成。他的叔父見他如此差勁，十分生氣。項籍說：「學書，只能夠記記別人的姓名而已，實在不值得學。學劍，只能和對手一個一個廝殺，也不值得學。要學，就學指揮軍隊和敵方千軍萬馬作戰的本領。」項梁發現這位姪少爺很有大志，很可能將來爲姓項的軍人世家光大門楣，於是就教他兵法。項籍開始學兵法，高興得不得了。但當他學了個大概，就不再學下去。項籍沒有把兵法學到底，是他個性上的另一種呈現，也可以說是他個性上的一種缺陷。他最後終於敗在兵寡將少的劉邦之手，和這種個性上的缺陷大有關係。不過這是題外話，此處從略。此處要說明的是，項羽學書不成，學劍又不成，他一點也不對自己喪失信心。在信心的支持下，他開始接觸了與萬人爲敵的兵法，他高興地發現自己的「材」原來就在這方面。後來他統兵擊秦，破釜沉舟，使戰士個個以一當十，終於大破優勢的秦軍，解了鉅鹿之圍，從此名震諸侯。他的「材」，在這時就充分的發揮出來了。

我們都知道項籍最後在垓下之戰敗於韓信之手。而韓信這個人，早年也極不得意，窮到經常在朋友家裡揩油吃飯，後來還被朋友的妻子設計把他趕出來。他因爲沒有善行，得不到地方推薦朝廷選擇出任官吏之職；他也不會經營買賣，維持生活。他的「材」在哪裡呢？最後事實證明他的「材」也在用兵作戰上。

再如春秋後期的范蠡，他不但輔助越王勾踐滅亡吳國，復興越國，後來從官場退休，從事經商，還發了大財。此公不但在政治外交上有「材」，同時還有經營買賣的「材」。

但不論材大材小、材廣材狹，「天生我材必有用」這句話是錯不了的。只是一個人要發現自己的「材」也不是一件容易的事，這往往需要多方面的嘗試。一旦發現了「材」之所在，無異肯定了個人的人生價值。以後的事，就是求其「用」了。材大者求其大用，材小者求其小用。材大用小，未免可惜；材小用大，則又出力不討好；「材」「用」相稱，才是勝任愉快的理想境地。

和李太白的「天生我材必有用」這句名句相呼應的，竟然是兩句民間俗語：「三百六十行，行行出狀元。」前者是主觀的肯定，後者是環境的接納。社會上究竟有多少行業，恐怕誰也無法細說。但是有一點可以確定，就是現代社會的行業遠比古代社會爲多。因爲現代社會分工越來越細，行業也就隨之越來越多。生爲現代人，更不必爲試了幾種行業都覺得不合適，因而懷疑起自己的「材」來。只要有信心多方嘗試，總有發現自己的「材」之所在的一天。

目前讀大學選科系，就是選擇行業的前奏。學則規定大二可以轉院系，大三也還可以轉系，爲的就是使學生讀一個眞正符合志趣的科系，使學生的「天生我材」與就讀的院系密切配合。萬一四年大學畢業，學生還沒發現「天生我材」在何處，到了就業時候也還有機會從事與大學所學無關的行業。像中國文學系甚至中國文學研究所的畢業生，據我所知，任職於工商界的眞還不少，有些竟然還當上單位主管，幹得有聲有色哩！

我有一位高足賴芳伶女士，她原來以第一志願考入台大法律系，大概志在當一位女法官。結果一年讀下來，發現所學與興趣不合，趕緊轉入中文系。在中文系，她過得很快樂，因爲她發現自己正是研究中國文學的材料。大學畢業後又考上中文研究所，研究所畢業後才學以致用。如今雖已綠葉成蔭子「二」枝，不常發表著作，但偶有發表，總看得我佩服不已。

我又有一位親戚望子成龍，硬要他的獨子考甲組，將來做個工程師。偏偏他這位少爺畏數學如虎，畏理化如蛇，考了兩年，年年名落孫山。父子之間簡直勢同水火，見了面也不講話。最後還是我費了不少脣舌，才說服我這位親戚讓他的獨子考丁組，結果一考就考上了台大商學系。

後一個例子，顯示了個人在探求「天生我材」之所在時，受到了家長願望的干擾。這種干擾會使探求「天生我材」之所在的過程，變得複雜而困難。我在這裡奉勸望子成龍、望女成鳳的家長們，如果你們不能幫助子女發現我們的「材」之所在，至少請不要干擾他們，還是讓他們自己去探求吧。

但願每一個人都能牢記李太白這句「天生我材必有用」，並且以堅定的信心找出「天生我材」之所在，繼之發揮其「用」。必須如此，生命才能綻開芬芳的花朵，獲得豐碩的果實。否則，有「材」在身，自己卻懵然不知，只覺得自己事事不如人，簡直是塊廢料，那眞是莫大的悲哀，莫大的笑話。不但虛此一生，而且辜負了「天生我材」的美意。

——原刊六十六年十月十九日「中華副刊」

三個責任

人生在世，有三個與生命俱來的責任，那就是對自己的責任，對家庭的責任，對社會的責任。首先要使自己能夠立足於社會，其次要使家中每一分子在精神與物質上都過到適度的生活，最後要貢獻自己的力量造福社會。使自己能夠立足於社會，是人生責任的開始；貢獻自己的力量造福社會，則是人生責任的完成。生命的價值，是由於人生責任的完成而肯定的。如果有人活了一輩子，一個責任也不曾盡到，那眞是枉爲人也。

使自己立足於社會，並不僅指找到一份職業，解決了生活問題；而是指找到一份適合自己的職業，使自己在工作崗位上有優異的表現。現代社會雖然人浮於事，但是一個受過九年義務教育身心正常的國民，大可不必擔心失業挨餓。如果目的僅在找個餬口的工作，那是很容易解決的。不過這樣的話，他對所做的工作既缺乏興趣和熱誠，而這份工作也並非非他不可，所以不能算他在社會上已立定腳跟。必須找到一份適合自己興趣和才能的職業，自己才能在工作崗位上有傑出表現。這時，他面對的只是升遷和發展，不必憂慮地位的動搖。一個人到如此地步，才算在社會立定腳跟了。在競爭劇烈的社會上立定腳跟，並不是一件輕而易舉的事。這需要鍥而不舍的努力。爲了盡到做人最基本的責任，這種努力是必須付出的。

人，在正常的情形之下，都會有一個家。當我們年輕的時候，要奉養父母；自己做了父母之後，又要養育子女。這就是無可推諉的第二個責任。假如一個人僅能維持一己的溫飽，不能立足於社會，這第二個責任勢必無法盡到。

人一旦做了父母，不但經濟上的負擔增加，精神上的負荷尤其沉重。照護子女，教育子女，使子女成爲有用之材，是一段漫長的辛苦歲月，做父母的不知道要付出多少心血。和這無數心血比起來，經濟上的負擔就算不了什麼了。漢代高士王霸和同郡令狐子伯是好朋友。後來子伯官拜楚相，子伯的兒子也出任郡裡主管人事的長官。一天，子伯派他的兒子送信給王霸。子伯的兒子身穿官服，乘坐馬車，還帶了不少隨從，一副做官的氣派。那時王霸的兒子正在耕田，聽說家裡到了貴賓，丟下耒耜就趕回來。當他看到客人竟是子伯的兒子，如今如此富貴，不覺自慚形穢，不敢抬頭看人家。王霸看在眼裡，臉上也有愧色。客人走後，王霸就往床上一躺，用破棉被蒙住臉，久久不肯起來。王霸的妻子覺得奇怪，一再盤問。王霸才說：「剛才令狐子伯的兒子來，衣著華麗，舉止有禮。而我兒儀容不飾，又不知禮則。見了子伯的兒子，他慚愧得不敢抬頭。父子恩深，我覺得十分愧對我兒。」……這故事記載在《後漢書．列女傳》。王霸是有名的高士，光武帝屢次請他出來做官，他都不接受。可是爲了自己的兒子服飾不如人，教養不如人，竟慚愧得無地自容。活在現今競爭劇烈的社會，做父母的如果不能給子女適度的生活、良好的教育，將會如何的爲自己有虧職責感到慚愧？很多父母自己節衣縮食，也要供給子女受高等教育，這不是想不通，這是恪盡父母職責的表現。

韓文公筆下的泥水匠王承福曾經說：「功勞大的人，他奉養自己也多些。妻子和兒女，都要靠我來養活。我的能力薄，功勞小，還是不要有妻子兒女的好。我又是勞力的人，如果成了家，而力量不夠，那又要勞心了。一個人同時要勞力勞心，就是聖賢也辦不到的。」這眞是大發謬論，爲了怕負擔，怕盡做父親的責任，寧願不要成家，抱獨身到底。難怪韓文公批評他：「我以爲他爲自己著想的地方太多，爲別人想的地方太少。也許他是信楊朱學說的吧！楊朱的道理，是不肯拔自己一根毛去利天下的。這個人以爲有家庭算是勞心，不肯花點腦筋來養妻子兒女，他還肯爲別人花腦筋嗎？」像王承福這種只圖自己能餬口了事的人，連養家活口的第二個責任都要逃避，更休提造福社會的第三個責任了。這種人本來不値得韓文公替他寫傳，而韓文公竟然寫了這篇〈圬者王承福傳〉，那是因爲別有用意。此事與本文無關，按下不提。這位泥水匠大概父母已亡，否則的話，他爲了奉養老爹老娘，也就不能這般獨善其身了。因爲妻子可以不娶，兒女可以不生，俯畜的責任可以逃避，可是仰事的責任卻是不容人逃避的。

所以人在正常的狀況下，必然有個家；人對家的責任，天經地義，不容逃避。仰事俯畜，並非把老老少少幾個口腹餵飽了就算責任已盡。曾子說過：「孝有三：大孝尊親，其次弗辱，其下能養。」使父母不愁吃不愁穿，只做到了「其下能養」，比起「弗辱」和「尊親」還有不少距離。曾子又說：「居處不莊，非孝也；事君不忠，非孝也；蒞官不敬，非孝也；朋友不信，非孝也；戰陳（陣）無勇，非孝也。」反過來說，一個人必須做到居處端莊、愛國盡職、交友有信，才算弗辱其親，才算尊親，這才曲盡了孝道。同樣的，使子女錦衣玉食，從小就送他們進學費昂貴的私立學校就讀，也並不表示做父母的已盡了對子女的責任。單有物質上的給予，缺少父母之愛的滋潤，孩子的人格形成會有所偏失。只有在父母悉心照護下成長的孩子，他的身心發展才會健全。由此可見，一個人對家庭的責任，遠比對個人的責任來得沉重。不過既然身爲一個家庭的核心分子，再沉重的擔子也必須義無反顧地挑起來。

一個人到了貢獻自己的力量爲社會造福的時候，就進入人生最有意義的境地了。這時候，你已不僅僅是某某的兒女、某某的父母，而成了一位爲廣大群眾所需要的重要人物。你的一舉一動，關係到多數人的福祉。人必須到達這個境地，個人生命才開始有了歷史價值。有些人他明明具有造福社會的能力，但卻囿於狹隘的家族觀念，只知道使家益肥而族益昌，不知道將能力貢獻給社會，這是非常令人惋惜的。一個人必須要把造福社會當作人生最後一個也是最重要的一個責任，才有可能使他短暫的生命超越時空產生不朽的意義。

所謂造福社會，並不指狹義的修橋鋪路、捐款救災之類。一位賢明有爲的官吏、公正卓越的律師、仁心仁術的醫師、捨己爲人的宗教家、富國裕民的企業家、有傑出成就的學者、作家、運動家等等，都能替社會大眾創造精神上或物質上的福祉。簡單地說，當國人以你爲榮的時候，就表示你已爲社會創造福祉，你已盡了人生最後一個也是最重要的責任。

以上所說的人生三個責任，事實上彼此有密不可分的關係。假如一個人沒有能力盡第一個責任，往往也就不可能盡後兩個責任；假如一個人已經盡了前兩個責任，也就已具備了盡最後一個責任的可能性。在時間上，這三個責任也不是截然劃分爲三個階段，而是可以同時去盡。如果每一位已走出校門踏入社會的朋友，時時考核自己對以上三個責任所做的努力，如果每一位還在學校求學的朋友，就明白自己將要面臨的三個責任而加強準備，人生的豐收將可預期。

——原刊六十六年十一月一日「中華副刊」

反聽・內視・自勝

戰國時候，商鞅得到了秦孝公的重用，厲行變法，使秦國富強之後，不免躊躇滿志，作威作福。而秦國賢者趙良旁觀者清，看出了商鞅處境之危，不但秦國的宗室貴戚恨商鞅切骨，老百姓也受他的嚴刑峻法逼害，敢怒而不敢言。因此趙良求見商鞅，勸他趕快急流勇退，辭官歸隱，還可保全一條老命。否則的話，將會落得死無葬身之地。趙良的勸詞中，有這麼幾句名言：

反聽之謂聰，內視之謂明，自勝之謂彊。

結果，商鞅權勢迷了心竅，不能反聽，不能內視，不能自勝。他不聽趙良苦口婆心的忠告，依然爲秦國的表面富強沾沾自喜。不久，商鞅的支持者秦孝公去世，宗室貴戚立即向新君秦惠王檢舉商鞅的罪名。於是秦惠王派兵攻殺商鞅，並且把他的屍體車裂示眾。趙良眞是有先見之明。

一般的解釋，聽覺好是耳聰，視覺好是目明。但趙良卻賦予「聰」「明」兩字更深一層的意義，把這兩字當作自我省察的功夫。透過「反聽」才能在聽到人家已說出口的話之外，還體會到人家不曾說出口的話；透過「內視」，才能在看到事物的表面之外，還透視到事物的內裡。像商鞅，他的耳朵聽慣了屬下歌功頌德的話，使他眞以爲自己是德高望崇的大功臣，卻體會不到由他的嚴刑峻法引起的普遍不滿；他的眼睛只看到由他策畫興建平地起高樓的咸陽城，卻看不到爲這許多巍峨建築付出的人民血汗。商鞅的聽覺雖好，卻不能反聽；視覺雖好，卻不能內視。因此在趙良眼裡，商鞅是個既不聰又不明的人。身居高位而不聰不明至此，難怪趙良說他「亡可翹足而待」。

一個人有了反聽的功夫，就不會被人家的美言美語或者阿諛奉承捧得身子要從地面飄起來；有了內視的功夫，就不會惑於五光十色的周遭事物，因而迷失了自己的方向。反聽和內視都是自省的功夫，先對自己做一番省察，透過這番省察去衡量人家的話語和所處的環境，就把握住了事實眞相。然後何去何從，就不難做正確的選擇了。

趙良那幾句名言，最重要的還是末一句「自勝之謂彊」。前兩句「反聽之謂聰，內視之謂明」，事實上是「自勝之謂彊」的前奏。一個人先要能反聽、能內視，才能有自勝的希望。所謂自勝，就是戰勝自己。因爲在每一個人的心裡，總是潛伏著一些不良分子，例如墮性、私心、貪心，它們伺機蠢動，成爲人們走向成功之途的障礙。如果我們相信孟子性善之說，那麼這些不良分子是我們懂事之後羼入的；如果我們相信荀子性惡之說，那麼這些不良分子是與生俱來的。無論這些不良分子的產生是後天的抑或先天的，它們總是與我們同在。我們必須時時注意它們，克服它們。能夠克服它們，就是戰勝了自己；戰勝了自己，就是趙良所謂的強者。戰勝外來的對手容易，戰勝自己卻不容易。俗語說：「明槍易躲，暗箭難防。」外來的對手是明槍，而潛伏在我們心裡的不良分子卻是暗箭，暗箭的確防不勝防。更何況，我們對自己總是特別寬容。別人有了缺失，我們就瞪大了眼睛看個巨細靡遺；自己有了缺失，我們的眼睛就成了中午時分的貓眼，瞇起來了。因此，曾有多少歷史人物創下了偌大的事業，最後終於由於不能做一個自勝的強者，落得身敗名裂。像商鞅，只是其中之一而已。

你可曾注意過潛伏在你身上的墮性？如果不曾注意過，可見你對自己缺少一份自我省察的功夫。墮性，輕微的表現例如好逸惡勞，不負責任；嚴重的就會落到作姦犯科、自甘墮落的地步。當墮性開始發作，還在輕微階段時，如果不及時檢束，力圖振作，就有一直墮落下去不能自拔的危險。

在求學時代，墮性最具體的表現就是有些學生任意曠課和考試作弊。這種現象，以大學生較爲嚴重。中小學生由於學校管理既嚴，自己又面對升學的競爭，不敢稍有懈怠，因之墮性沒有機會發作。一旦進了大學，升學競爭的壓力沒有了，學校的管理又鬆，上課很少點名，於是墮性就在部分不知自愛的大學生的身上發作。偶然曠一次課無關緊要，如曠課成了習慣，課業必然荒廢。爲了應付考試，臨時抱佛腳無濟於事，就只有求助於作弊。由曠課而考試作弊，墮性節節勝利，這樣墮落下去，眞是堪憂堪慮。當一個人踏入社會，接觸面更廣，墮性和複雜的社會環境相呼應，發作的機會更多，而後果更嚴重。像賭博冶遊等惡習，都有莫大的誘惑力；一旦意志克服不了墮性，染上了這種惡習，人便喪失了志氣，自毀前程。即使沒有染上這種惡習，只是好逸惡勞，凡事推拖敷衍，得過且過，這種輕微的墮性表現，也足以使別人對你失望，你從此與成功絕緣。一個人奮發上進、守正不阿，需要堅強的意志與道德觀念來支持。這種意志與道德觀念的養成，有賴於長時期所受的教育。但是一個人要墮落，卻是輕而易舉的事。所以我們必須時時刻刻防範墮性的蠢動發作，特別是在我們處在逆境的時候，因爲那時候我們的意志比較薄弱。

私心也是潛伏在我們心裡的不良分子，如果我們不加以克服，我們不但享不到成功的果實，反而成爲社會的罪人。一個人凡事替自己打算，只要所循的途徑是正當的，這並沒有什麼不對，通常我們不把這種情況當作自私的表現。但是爲了一己的利益而損人誤事，那就是自私了。不久以前警方偵破的僞造煞車油以及僞造洋酒兩宗案件，就是損人誤事以利己的例子。有人爲了獲得暴利，僞造華格納牌煞車油，結果使用這些煞車油的車輛一一出了車禍，造成許多生命財產的損失。又有人僞造各種廠牌的名貴洋酒，害得飲用的人輕則失明，重則有生命危險。這種人只管自己賺錢，不管他人死活，簡直就是社會的公敵，非把他繩之以法不可。一個人對家人自私，就會失去親情；對朋友自私，就會失去友誼；對部屬自私，就會失去部屬的擁戴。私心擴展到極點，最後就成了眾叛親離的獨夫。

春秋時代，祁奚（黃羊）是晉國的大夫。當他請求告老還鄉的時候，晉侯要他推薦一位繼任他的職位的人選。祁奚就推薦了解狐。晉侯聽了詫異地問道：「解狐不是你的仇人麼？」祁奚答道：「君王問我誰可以繼任我的職位，我覺得解狐是最理想的人選，因此推薦他。至於他是我的仇人，那是私事，不該混爲一談。」晉侯聽了很佩服，就接受了他的建議。解狐死了，祁奚就推薦自己的兒子祁午繼任大夫，因爲他認爲除了解狐之外，祁午是最理想的人選。一個人做到祁奚的地步，眞是把私心完全克服了。當他考慮一位適合出任大夫的人選時，只注意誰最稱職，誰最能爲國家人民謀福祉，完全不管誰同自己的關係是親是疏，是敵是友。這樣的君子，眞是國之瑰寶。孔子就曾稱賞祁奚說：「善哉，祁黃羊之論也。外舉不避讎，內舉不避子。祁黃羊可謂公矣。」這故事記載在《左傳・襄公三年》和《呂氏春秋・去私篇》。一直到如今，讀過這兩部書的人還有不少。不過如果讀書歸讀書，在實際生活上卻不知見賢思齊，學習祁奚的無私作風，那書就算白讀了。

台灣目前各種企業正在發展階段，可是很多私人企業還停留在家族型態。族裡只要出了一位企業家，於是近親遠戚都紛紛在關係企業中位居要津，完全不管這些人有才無才，是否適任。這種企業的結構不夠健全，可想而知。所以有這種現象，無非是私心在作祟。一位成功的企業家，必定能摒除私心，不論親疏，起用才俊。這樣，他的企業才更能發展。

再談到貪心。潛伏在我們身上的貪心，種類不一。有的貪財，有的貪色，有的貪位。有人只有其中之一，也有人兼有三者，集貪心之大成。由於貪得不厭，往往會超越了自己的本分，侵犯到他人的權益，因之貪心最容易引起人際衝突，導致悲劇。所以當你察覺貪心蠢蠢欲動的時候，必須立即採取行動，加以克服。

貪財的，錢多多益善。循正當的途徑攢錢，花的時間長，而所獲無多，於是貪財的勢必另走捷徑，投機者有之，詐騙者有之，受賄者有之。一旦嘗到甜頭，便欲罷不能。前文所舉僞造煞車油和洋酒圖利的人，就是私心、貪心併發的結果。上月二十七日《聯合報》載：「一個醫師第一次從藥商手上接到給他的回扣時，說話會發抖；第二次，他已能處之泰然；第三次，敢主動開口要；第四次，藥商不給就不行。這是一位已經辭職的藥商外務員說的話。」連懸壺濟世的醫師一旦動了貪財之心，也如此的愈陷愈深，不可自拔，這種貪財之心眞是太可怕了。投機者一旦馬失前蹄，傾家蕩產；詐騙受賄者一旦東窗事發，身繫囹圄。好好的一生就這樣斷送，值得嗎？一個人以身徇財，實在愚不可及。

貪色的，得隴望蜀，喜新嫌舊，這種登徒子最爲社會所不齒。男女之愛，在文明社會都有一定的規範。如果逾越了規範，冶遊姦通，荒淫縱慾，不但毀壞了健康，而且斷送了前程，有時候還可能因桃色糾紛賠上一條小命，眞是太不値得。

貪位的，把權位看得比什麼都重要。沒有得到的時候不擇手段地去爭，得到之後就死也不肯放手。晉朝的美男子潘岳和大財主石崇，爲了希望得到權位，想盡方法巴結當時的政壇紅人賈謐。每次賈謐乘車從府裡出來，兩人就等在門口望塵而拜。連潘岳的母親都看不過去，勸潘岳說：「你該知足一點，幹麼這般官迷心竅。」可是潘岳就是改不過來。後來潘岳和石崇終於捲入八王之亂的權力鬥爭中，送了兩條命。再如晉宋之間的大詩人謝靈運，憑著自己高貴的門第，自以爲才能宜參權要，但卻一直做不到掌握朝廷實權的要職，滿懷憤憤。朝廷派他做永嘉太守，他沒有好好做；派他做秘書監，主修《晉書》，他也沒有興趣幹。他一直爲自己不能身歷權要不滿朝廷，做了許多使朝廷不能忍受的事，最後終於以謀反的罪名在廣州被殺。以上三人如果能克服對權位的貪心，但求爲國效勞，不計官位高低，相信他們不至於送命。就是商鞅，如果接受趙良的忠告，急流勇退，辭爵歸田，也還可以安享晚年。不過，要人不貪戀既得的權位也許比要人不貪求權位更難，所以商鞅捨不得，越國的大夫文種也捨不得。當越王勾踐滅吳稱霸之後，范蠡就遠走齊國，從齊國寫信給文種說：「飛鳥已盡，良弓就被收藏起來；狡兔已死，獵狗就被烹來吃。越王這個人，長得長頸鳥喙。這種人可以共患難，不能共安樂。你何不學我一樣離開越國哩？」文種讀了信，就稱病不上朝，結果被越王賜劍自殺。文種不丟下權位就走，多少有點捨不得，心存觀望。沒想到就爲這一絲貪戀之意，把命也送了。

我們時時做反聽、內視的自我省察，對潛伏在身內的墮性、私心、貪心經常置於監視之下，就不慮它們暗中發作而自己一無所知。然後以堅強不拔的意志克服墮性，以公正超越的胸襟克服私心，以知足常樂的人生態度克服貪心。這時候，就到達了趙良所謂的「自勝」境界，也就是人生成功的境界。

——原刊六十六年十二月七日「中華副刊」

少年心事當拏雲

我覺得，人的志向與年齡是成反比的。年齡越輕，志向越大。這就是李賀在他的樂府〈致酒行〉中所謂的「少年心事當拏雲」。少年時候，人人覺得自己不同凡響，長大後在芸芸眾生中穎脫而出，轟轟烈烈幹一番事業，易如反掌。等到經歷了世途艱難，發現當初的大志與現實距離太遠，不得不全盤修正。到老來，能夠實現少年時代拏雲心事的幾分之一，也就很不錯了；甚至事與願違，早年大志完全化作春夢一場，也是常有的事。但無論早年的大志實現了多少，或者根本不曾實現，至少老時候回想起當年來，還能眉飛色舞一番。很多上了年紀的人喜歡回想當年，正因爲他早年擁有的豪情壯志能帶給他驕傲和喜悅。如果一個人在少年時代就沒有拏雲的壯志，那麼，到老來會有什麼「當年」值得他回想？勉強回想，得到的也絕不是驕傲和喜悅，而是慚愧和悔恨。

一個人回想當年時不能使自己眉飛色舞，這個人是可憐的。按理說，世上不該有這種可憐的人。因爲充滿幻想的少年歲月最容易爲自己構築美麗的藍圖，有了這份藍圖，何患年老時沒有值得自豪的事物可資回想。但是，放眼當今社會，沒有大志的少年時時可見。這些人注定將來不會有值得回想的當年，注定是個可憐的人。

從我所住公寓窗口望下去，我不止一次望見牆角樹下隱蔽處，有幾個長髮少年蹲在那裡吸食強力膠。那一副鬼鬼祟祟的樣子，我這個旁觀者看了，心裡說不出是憎惡，還是憐憫。我也曾在植物園樹林裡，瞧見幾個蓬頭垢臉的少年在彼此輪流注射，大概就是注射所謂「速賜康」吧！強力膠、速賜康等迷幻藥，都是戕害身心的藥物，報紙曾一再報導。警方、醫方人士也曾多次呼籲少年，千萬不要接觸這些藥物。但是，部分少年卻嗜這些藥物如命，置各方善意的警告和忠言如耳邊風。像這類毫不珍惜自身健康日復一日以藥物自戕的少年，會顧念自身的前途？會有拏雲的壯志？在學校開學期間，多數學生都在學校接受教育，每上一節課，在知識上都有獲益。但是偏偏有三三兩兩的少年放棄接受教育的權利，在街頭遊蕩。他們以打彈子、玩吃角子老虎，或泡在冰果店閒聊胡蓋來消磨光陰。大好少年時光，就這般漫無目的地一天天混掉！你說這種瞎混的人會有什麼凌雲壯志？

有些少年，爲了吃喝玩樂需錢，而錢沒有正當的來源，於是連偷竊、勒索、搶劫的違法勾當都做出來了。隨便翻開最近的報紙，你看，八月十一日的一條消息：美濃警察分駐所對面的長城皮鞋店，前天晚上十二時許，有三名國中學生潛入，竊取皮鞋及球鞋。當即被店主發現，扭住送警究辦。這是偷竊。再看，八月十日的一條消息：北市郊區一個十六歲的少年，向一個鄰近的國中生勒索五百元，否則就要他好看。這個國中生被嚇得不敢出門。後來家長問明了內情，報警究辦。這是勒索。再看八月十一日的一條消息：北市杭州南路一段的一條巷子，有三名十一歲至十四歲的少年，結夥搶劫一位五十餘歲婦人的皮包。警察前往追捕時，其中一名最小的少年，竟然亮出隨身攜帶的短刀，準備拒捕，但終於被警察制伏成擒。報紙把此事稱爲「迷你搶案」。眞是無巧不成書，八月九日在高雄也發生了「迷你搶案」。一位讀國小的李姓少年，平時嗜好釣魚，但不敢向家長討錢購買釣具。九日上午他途經大同一路，突然下手搶劫一位髮姐的皮包，當場被路人捕獲，移送刑警隊偵辦。以上這些少年，小小年紀就做出偷竊、勒索、搶劫的違法勾當。這無異宣布放棄將來出人頭地的機會，也無異否定了自己這一生的價值。像這種人，會有什麼拏雲壯志？

一個人連少年時代都不曾有過拏雲壯志，就這樣胡裡胡塗毀了一生，這眞是人世間最悲哀的事。固然少年的墮落有社會、學校、家庭各方面的因素。但是，假如自己能立定志向，力爭上游，依然有極大的成功希望。無論如何，生而爲人，應該「少年心事當拏雲」！

你喜歡吃喝玩樂？這是一般人常有的念頭，算不了拏雲壯志。拏雲壯志，應該是創造一番事業。當你一旦體驗到事業成功的滿足感，吃喝玩樂就會變得毫無意義。那麼你的拏雲壯志是什麼呢？

你希望將來成爲政壇要人？好，這個志向眞大，硬是要得！一位政壇要人，盛名滿於天下，德政惠及萬民。他生氣時一跺腳，能使整個地球爲之震動。從前專制時代，做官得講究閥閱；如今是民主政體，不問出身，人人可以從政，只要你對政治有興趣。你可以通過考試出任官職，也可以經由選舉進入議壇，這都是從政。不過你得注意，從政需要「有關眾人之事」的各種專門學問。別看卡特總統是花生農夫，林洋港主席是農家子弟，人家可都受過高等教育。所以你要從政，先得接受高等教育。要接受高等教育，中學時代就得紮好根基。少年，及時加油吧！

你希望將來成爲工商鉅子？好，這也是大志向。在古代，人們相當輕視工商界；但如今是工商業社會，工商業成了國家的經濟命脈。從事工商業成爲鉅子，不但自身家財以億計，一生受用不盡，而且替國家帶來大量外匯和稅收，政壇要人也得對你禮遇三分。你賺錢是應該的，萬一經營不善，周轉失靈，有關當局還得煞費苦心來扶你一把，免得你一倒，影響景氣。如果你這位鉅子想得通，拔九牛之一毛來捐作什麼文化基金，不但可以免稅，而且還博得輿論一致讚揚。善哉！善哉！幹這一行，能進大學商學院薰陶薰陶固然好，不進大學憑苦幹實幹白手起家的也有得是。反正等你積了億萬家財，拔九牛之一毛來捐給外國財務鬧恐慌的大學，還怕它不恭恭敬敬送你一個名譽博士榮銜？不過，你得注意：商學院各系都是聯考熱門科系，要考上難上又難，你非早點三更燈火五更雞不可。如果想白手起家，更得胼手胝足，克勤克儉。反正你一旦許下做工商鉅子的宏願，少年時代不能優哉游哉過了，是不是？

你希望將來成爲科學家？好，有志氣，我們就需要你這種少年。我聽說國內所謂科學家事實上有兩種：一種是只會爭取研究補助費卻從來不知道如何研究科學的科學家，還有一種才是眞正從事科學研究的科學家。我想你一定是後者。如果你能發明外國科學家都發明不出來的理論或實物，不但你本人將因此揚名世界，國家也以你爲榮。可是我要告訴你，學科學，必須進理工學院去接受嚴格的訓練，絕對不能閉門造車，埋頭自修。你看那位志大學疏的水電匠，不懂機械原理，不懂航空力學，閉門造「機」造了好幾年，把一丁點積蓄都花光了，這架土「機」就是飛不上天。要進理工學院，你當然得趕快加油啦！

你希望將來成爲哲學家？好，有志氣！學哲學不是賺錢的行業，你看哲學系在文學院各系中就沒有外文系、圖書館系熱門，連比中文系、歷史系都不如，只能與考古人類學系並稱難兄難弟。但哲學實在很重要，它是人類在黑暗中行進的指示明燈。你別以爲日月照耀大地，入晚燈火通明，其實人類是在一片漆黑中踽踽摸索，誰也看不見人類的前途吉凶。科學上的突破已一再改變了人類的觀念和生活型態，但科學的發展從整個來看是盲目的，誰都無法預言科學要把人類帶到哪裡去，把人類帶上毀滅之途也未嘗不可能。現在人類最需要的就是偉大的思想家，只有他能指給人類一條正確的途徑。你有志於此，好極了。說不定你將來就是人類的導師。但是學哲學，需要接受學院的訓練。哲學系雖然冷門，可也不容易考。你既有志於此，及早努力吧！

你希望將來成爲名醫？好，有眼光，古時候是「書中自有黃金屋，書中自有顏如玉」，如今時代不同了，成了「醫中自有黃金屋，醫中自有顏如玉」。只要考上醫科，嬌妻華屋，就等著你去享受。如果考上敝校的醫科，你還有機會挑選嬌妻中的嬌妻、華屋中的華屋哩！當然，你不是爲了這些才學醫，你是爲了懸壺濟世。說也奇怪，醫學越發達，人類疾病的名堂越多。因此，人類對醫師的需要越是迫切。一個人假如有一位要好的醫師朋友，一定是上一輩子苦修得來的。醫師既然如此爲世人倚重，你學成之後，務必發揮仁心仁術，對貧富病患一視同仁。當然，我不說你也知道，醫科比任何科系都難考，也比任何科系都難讀。考醫科的，都是來者不善，善者不來。你想擠入這道窄門，非趁早猛啃書本不可。就從今夜起，不再看電視。行嗎？

你希望將來成爲名作家？好極了！文學作品不但能反映時代，爲歷史留下證據；而且能諷喻闕失，爲社會提出諍言。這麼有意義的工作，實在值得你盡畢生心力爲之。在你立下這個宏願之前，我想你一定考慮過，在台灣，能純粹靠寫作生活的職業作家沒有幾個。文章在台灣，遠不及在日本值錢。日本稅務署在五月初公告，去年日本各行業高所得名次爲：一、作家。二、歌星。三、演員。四、職業運動員。五、賽馬騎士。六、漫畫家、作曲家。七、政界人士。至於個人高所得名次爲：第一名、自民黨參議員上原正吉，年所得二十一億兩千三百萬日元。第二名至第四名爲作家森村誠一、橫溝正史、松本清張。森村誠一年所得六億兩千餘萬日元，橫溝正史年所得四億日元，松本清張年所得三億餘日元。我國旅日棒球明星王貞治名列第六，年所得兩億五千餘萬日元。日本首相福田赳夫，年所得五千五百六十萬日元，排名在一百名之後。看了上述統計數字，能不令台灣的作家羨煞？你明知台灣的文章不值錢，就是名作家的收入也無法望日本三、四流作家的項背，而你還有志投入寫作行列，眞令人肅然起敬。要成爲作家，倒不一定要去擠大學的窄門，多讀、多寫、多留心周遭的事物，一樣可以在寫作上有成就。當然，你如果貪吃懶做、游手好閒，文名和稿費都和你無緣。

你希望將來成爲名藝人？很好，我祝你成功。歌唱也好，主持節目也好，演電影也好，只要成了名，利也就隨之而來。不過我希望你唱歌莫唱歪歌，主持節目莫對同台演出的夥伴說「你的褲子背後破了一個洞」這種低級趣味的話，演電影莫演脫戲。我相信你不會的，因爲你是有大志的人。我希望你在娛樂聽眾之餘，不忘時時寓教於樂，對社會做更大的貢獻。如果你能像鮑勃霍伯一樣經常犧牲與家人團聚的假期，僕僕風塵爲勞軍演出，那簡直是功在國家了。要從事演藝工作，進大學培養一份高雅的氣質固然好，不進大學自己苦心揣摩練習，也能有所成就。總之，你只要肯努力就行。

你看，不論少年時代的拏雲壯志是什麼，你都得努力是不是？天下哪有不努力而自來的成功？你有了拏雲壯志，多少得爲這份壯志做點什麼，這就大大減少了墮落的傾向。雖然「有志竟成」只是一句鼓勵的話，並非必然的眞理，但即使「有志不成」，至少你有過志，也努力過，自問可以無愧。到老來回想當年，爲少年時的豪情壯志眉飛色舞一番，也是人生一樂呀！

少年郎，你的拏雲壯志是什麼？

罵人的學問

你看了題目，一定會驚訝，怎麼罵人也有學問？是的，罵人也有學問，而且學問還大著。首先我們不能不承認，人人會罵人，人人都罵過人。因爲人稟七情，喜怒哀樂愛惡欲。怒和惡的發洩途徑之一就是罵人，這是最自然不過的反應，人人無師自通。你不必爲罵過人而感到慚愧，因爲世界上沒有從來不罵人的人。除非是還來不及學會罵人的話就「嬰」年早逝的小可憐；其實小可憐也不見得不曾罵過人。當他的腹部唱「空城計」或者下部上演「水淹金山」，頭幾聲哭聲徐疾有致，那是在通知大人準備餵奶水或換尿布；哭到後來聲色俱厲，那樣子分明就在罵大人伺候欠周了，只是我們聽不懂而已。也許你以爲啞巴不會說話，哪能罵人。但是聾啞學校的老師一定知道啞巴是怎樣罵人的。

如果有人說：「罵人是缺乏修養的表現。」乍聽之下，我們很可能會同意。但一經仔細推敲，就會覺得這說法大有問題。在抗戰時期，我們舉國上下都罵發動侵略戰爭的日本鬼子；講演的時候罵，作文的時候罵，唱歌的時候罵，甚至平時和親友閒談時也罵。有誰說罵日本鬼子的人沒有修養？可見罵人不一定缺乏修養，有修養的人也會罵人。有的人因罵人而成名，有的人因罵人而遭譏。此中關鍵，要看罵的對象是否該罵，罵的方式是否適當，罵的語句是否得體。如果三者俱是，那是君子之罵。這一罵石破天驚，風雲變色，準保這位罵人的君子名垂史冊。千秋萬世之後的人恭讀這位君子的罵詞，依然覺得這是風骨凜然的正義呼聲。如果三者俱否，那就不是君子之罵了，罵人者眞正成了缺乏修養之徒，爲世人所不齒。沒有文字記錄下來算是幸運的；一旦白紙黑字，昭告後人，勢必落得遺「羞」萬年。

先談罵的對象是否該罵。大至危害世界和平、人類幸福的野心家，小至一個團體中損人利己的小人，都是該罵的。他們爲非作歹的方式以及爲世人造成的災害雖不盡相同，但其爲人類敗類則一。勇於對人類敗類加以口誅筆伐的人，不但不必擔心被人看成缺乏修養之徒，反而會比沉默大眾更贏得世人尊敬。

說孔夫子的修養十分到家，總該沒有人反對吧？可是他老人家一樣要罵人。《論語．先進篇》記載：「季氏富於周公，而求也爲之聚斂而附益之。子曰：非吾徒也！小子鳴鼓而攻之可也。」孔子的話雖是對眾門生說的，但他罵冉求的語氣非常明顯。《孟子．梁惠王篇》還引孔子的話說：「始作俑者，其無後乎！」儒家是最重視孝道的，有所謂「不孝有三，無後爲大」。孔子罵始作俑者會斷子絕孫，這語氣就十分嚴厲了。以罵冉求的事來說，季氏不過是魯國的卿，他的財富比周公後裔的魯侯還要多，這裡面本來就已經有點問題。而冉求到季氏手下做官，為了一心想要巴結季氏，竟然幫季氏搜刮錢財，使得季氏富上加富，而百姓更形窮困。孔子教冉求從政之道，使冉求成為孔門政事﹑科中的高材生，沒想到這小子一旦學以致用，卻成了一個不折不扣的害民精！辛辛苦苦教出這種學生來，做老師的能不痛心疾首？對這種學生還不採取斷然措施，師道的尊嚴何存？所以當孔子一聲「非吾徒也」，聲明與冉求斷絕師生關係，接著又吩咐眾門徒「鳴鼓而攻之」，我們心裡的感覺是痛快極了。再以作俑來說，起初是做個木偶與死人作伴，但後來到了秦穆公死時，終於演變成以活人殉葬。孔子對這種殘忍的做法深惡痛絕，因此追溯前因，罵始作俑者「其無後乎」。始作俑者雖然並非有意造成拿活人殉葬的慘劇，但卻無意之中引發了這種慘劇，自然也有他的該罵之道。

如果罵人的動機完全是個人的恩恩怨怨，一點也沒有為社會為大眾設想的地方，那就不該罵了。像《史記．淮陰侯列傳》所記的韓信罵南昌亭長，《宋書》及《南史》謝靈運傳所載的謝靈運罵孟顗，《世說新語》所載的謝奕罵王述等，都是不該罵而罵，罵人者充分暴露了他的缺乏修養，引人反感。

韓信早年還不曾發跡的時候，曾在他的朋友南昌亭長家裡揩油吃飯了幾個月之久。亭長太太心痛被韓信這個大肚漢長期白吃，就設計把韓信氣走。後來韓信當上了楚王，有恩的報恩，有怨的報怨。他把南昌亭長叫來罵道：「你是個小人，從前做好事沒有做到底！」意思是怪南昌亭長養韓信沒有養一輩子。眞是去他的！南昌亭長又不是你韓大官人的兒子，幹麼要養你一輩子！爲了人家沒有供養自己一輩子，就罵人家是小人，可笑孰甚焉！至於謝靈運，他的詩雖然著名，爲人之狂妄卻使人不敢領教。他看不起信佛教信得很虔誠的會稽太守孟顗，曾對孟顗說：「能不能修成正果，要看人有沒有慧業。我看你生天會在我之前，成佛卻在我之後。」這明明就在詛咒孟顗會早死。後來謝靈運和一些遺族子弟在千秋亭飲酒，並且在那裡赤裸著身子怪叫。孟顗據報就派使者通知謝靈運，請他收斂一點。結果靈運大怒，罵道：「我們叫我們的，關孟顗這個痴人什麼事？」後來謝靈運想收買會稽東郭的回踵湖作爲私人產業，宋文帝已經同意了，但太守孟顗卻考慮到附近的老百姓都靠湖中水產度日，一旦變成謝家田產，教百姓如何生活，因此堅持不給。後來謝靈運又要求買另一個湖，孟顗也不肯。於是謝靈運就說：「孟顗哪裡是爲百姓設想，只是怕湖水放掉會使許多水族喪失，影響他成佛罷了！」這不是罵孟顗是自私的小人嗎？誰看了這段故事，也會認爲謝靈運罵孟顗是無理取鬧。至於謝奕，是個性情麤強的人，他和王述合不來，有一天就跑到王家把王述痛罵了一頓。王述知道此人不可理喻，就面壁不動，等謝奕罵完走了才轉過身來。《世說新語》把這故事放在忿狷門，顯然不以謝奕這種做法爲然。總之，純粹爲私人的恩怨好惡罵人的，不足爲訓。

談到罵人的方式，最普通的是背後罵，最痛快的是當面罵，最耐久的是書面罵。背後罵，多數目的只是吐一口不平之氣，根本不在乎對方是否知道。例如等公車久候不至，你就罵公車聯營單位；計程車嫌你是短程乘客趕你下車揚長而去，你就望著車屁股罵計程車司機。諸如此類，一罵氣消，依然過你的日子。像這種背後罵人，乃人之常情，不罵算你修養好，罵也無關宏旨。但是如果背後罵人的目的在蓄意破壞他人的名譽，那就成了被人不齒的行為，不管被罵的人是對是錯。罵人者自己先已錯了。

和在背後罵人蓄意破壞人家名譽的人比起來，痛痛快快當面罵人者似乎還稍勝一籌。因為此人縱或修養不夠到家，但至少比鬼鬼祟祟笑裡藏刀的傢伙要光明磊落。何況有些人當面罵人乃是情勢所偪，完全與修養不相干。在唐代安史之亂中，顏杲卿統兵反抗叛軍，為叛軍所虜。叛軍把杲卿押到安祿山面前。祿山說：「我曾提拔你做個太守，待你不薄，你為何背叛我？」杲卿瞋目大罵：「你不過是在營州牧羊的胡人，僥倖得到了皇上的恩寵。皇上哪裡對你不好，你要造反？我世世代代都是唐朝的忠臣義士，恨不得殺了你去見皇上，你想我會跟你造反？」祿山聽了大怒，命人把杲卿縛在天津橋的橋柱上，再從他身上一塊塊割下肉來吃。杲卿還是罵不絕口。賊兵鈎斷了杲卿的舌頭，問道：「你還能罵嗎？」杲卿還是含糊地罵，罵到死而後已。在安史之亂中，還有一位罵賊而死的張巡。張巡死守睢陽城很久，最後終於被叛將尹子琦的軍隊攻陷。張巡被俘後，尹子琦問他：「聽說你指揮作戰的時候，大聲呼喊，以致目眥破裂，血流滿面，牙齒也都咬碎了。你怎麼會這樣呢？」張巡罵道：「我恨不得吞下你們這些叛賊，只恨力量不夠而已。」尹子琦用力抉開張巡的嘴，看到嘴裡果然只剩下三、四個牙齒。張巡又罵道：「我為國家而死，死得光榮；你跟安祿山造反，跟狗彘一般。看你能神氣多久！」

就這樣罵賊而死。像顏杲卿和張巡那樣面對著叛賊罵個痛快，這罵聲眞稱得上驚天地而泣鬼神，每一字每一句都成了正義的化身。《唐書》把他們收入〈忠義傳〉，良有以也。只會躲在背後蓄意破壞別人名譽的罵人者見了顏杲卿和張巡這種罵法，該會羞得無地自容吧！

書面罵，上焉者可以成爲歷史文獻或文學名著，下焉者則不過寫寫匿名信而已。匿名信的命運無非製造垃圾，不值一提，我要談的是那些成爲歷史文獻或文學名著的罵人文字。堪稱爲這類文字的神品的，該要數南宋胡銓的那篇〈戊午上高宗封事〉。當秦檜等力主宋高宗向金人屈尊議和時，胡銓就祕密上了這篇封事。他罵宰相秦檜遂非狠愎，是國家的罪人，罵副相孫近是唯秦檜之命是聽的伴食中書，又罵直接和金人議和的使臣王倫是市井無賴。他勸高宗把這三人殺掉。這三個傢伙的確都該罵，而胡銓一一罵來，毫不含糊。讀這篇封事，包管你眉飛色舞，心驚肉跳，口裡直呼：「快哉！快哉！」如果你不相信，問問今年讀高三的同學便知，因爲這篇封事就收在高中國文第六冊中。罵人文字能編入教科書，可以想見胡銓不是爲一己的原因罵，不是爲一家的原因罵，而是爲國家民族的存亡冒著生命的危險在罵。歷史上多幾個胡銓那樣敢罵會罵的忠直之臣，對賣國賊和貪官汙吏應該會有警惕阻嚇的作用。除了胡銓的封事之外，陳琳爲袁紹作檄討曹操、駱賓王爲徐敬業作檄討武后，也稱得上罵人的大手筆。曹操、武后、秦檜諸人屍骨已寒，而罵他們的文字至今膾炙人口，這眞足以使他們萬劫不復了。我前文說書面罵人最耐久，不是嗎？

最後要談到罵人的詞句是否得體了。我國人罵人，自古以來就有兩種習慣，一種是把人罵作畜獸，另一是罵人家的先人。《後漢書．劉寬傳》有這麼一段記載：有一天，劉寬家裡來了客人，劉寬就派僕人去買酒。結果等了很久，僕人才醉醺醺地回來，原來酒都被他一人享受了。客人忍無可忍，就罵僕人「畜生」。《晉書．王隨傳》也有這麼一段故事：王墮的性格非常剛強，他把董榮看作仇人，從來不和董榮說話。他曾宣稱：「董榮是什麼雞狗，憑他也配和我講話！」爲了一點小事罵人家是畜生，爲了個人的好惡罵人家是雞狗，不是太過分了嗎？這種罵詞，無論如何是稱不上得體的。相反的，前面所引的張巡罵罪大惡極的安史叛賊爲狗彘，我們並不覺得有什麼委屈叛賊的地方。可見罵人是畜獸也不是絕對不可以，但只能用在十惡不赦的人的身上。我們如今還有罵人爲豬爲狗的，卻已經沒有罵人爲雞的。相反的，如今流行罵人作烏龜、王八；烏龜在古代是長壽的象徵，你說他是烏龜，他說不定還要謝謝你哩！

罵人罵到人家的父母祖先，這是最不應該的；對我們這個重視孝道的民族，這罵法眞是莫大的諷刺。《左傳．襄公十七年》，衛國孫蒯由於打獵越過邊界，到了曹國重丘地方。孫蒯讓馬匹在重丘飲過水後，就把水瓶打破了。重丘人就關起門來罵孫蒯：「你父親趕走了君王，死後一定變成惡鬼。你不擔憂你父將爲惡鬼，還在這裡打獵！」重丘人本來要罵孫蒯，卻同時把孫蒯的父親罵成惡鬼了。《抱朴子．疾謬篇》說：「嘲戲之談，或上及祖考，或下逮婦女。」篇名疾謬，可見他不以上及祖考下逮婦女的罵法爲然。可是人們今日罵起人來，依然有動輒上及祖考下逮婦女的現象，這眞是令人遺憾的事。

遇到該罵的人就罵，堂堂正正的罵，義正辭嚴的罵，這樣可以伸展正義，阻嚇歪風。如果當邪惡勢力猖獗危害到國家社會的安全，甚至要置我們於死命時，我們仍然逆來順受，還自以爲修養到家，這種修養，算是什麼修養？當然，不該罵而罵，鬼鬼祟祟的罵，用不得體的詞句罵，那是絕對應該避免的。那樣除了暴露自己淺薄浮躁缺乏修養之外，不會有別的收穫。同樣是罵人，有的能成爲正義的象徵，有的不免遭人唾棄，這中間能說沒有學問麼？

命名的藝術

人，必須有一個名字，有了名字，才能表示你就是你，不是其他任何個人。名字的生命遠比我們的肉體久。人一死，火葬的化爲灰燼，土葬的變成肥料，只有他的名字負載著他一生的資料繼續活著。進入歷史的人物，他的名字將與歷史同壽；就是最平凡的人，他的名字也將在他的親友的記憶中活上漫長的一段歲月。所以，命名這件事，應該稱得上「超終身大事」。國人對於此事，一向很重視。在舊社會，做父母的都恭請德高望重的耆老宿儒爲孩子命名，現在流行小家庭制度，而且女性的知識水準提高，所以孩子的命名也多半由父母商量著取了。

雖然名字取得好，並不見得就能代表此子未來的成就，例如名叫「大忠」、「大勇」，將來不見得就能有大忠大勇的表現，可能其人只是小忠小勇，甚至不忠不勇；但是人都願意有個好名字，這是事實。所以父母爲子女命名命得好，子女也許不覺得，萬一命名命得不好，他們會埋怨一輩子。就像我自己，就極不喜歡我這個名字，不過是既有之則用之，將就著罷了。據說當年是曾祖父替我命名的，不管曾祖父有多大學問，我一直覺得他老人家在替我命名的那片刻是沒有學問的。

職是之故，輪倒我爲自己的孩子命名時，就特別的恭敬從事，煞費苦心。那幾天坐公共汽車也想這件事，不止一次錯過了下車的站頭。幸好學中國文學的搞股票炒地皮不行，顯得有點過時，但在咬文嚼字上，究竟還有兩手。當時我先擬定了命名的五條原則，名之爲「五好律」，然後如法炮製，兩個孩子的名字取得還眞不賴。後來響應家庭計畫，「兩個孩子恰恰好」，也就不再弄璋弄瓦，連帶的，「五好律」也就歸檔了事。算算「五好律」發明之後，實際上只應用過四次，替自己的孩子命名兩次，替家兄的孩子命名兩次。

前些日子看報，發現本年度全國少棒冠軍榮工隊有兩位叫做「林明德」的小國手。有些報紙稱一位爲「大林明德」，另一位爲「小林明德」；有些報紙則以「林明德（大）」「林明德（小）」來表示區別。用文字來表示區別，這兩種方式都還可以；但到了領隊點名或球隊出賽時個別介紹，就只能用前一種方式了，因爲後一種方式念起來實在不像話。至於前一種方式，像話是像話，但聽起來實在令人噴飯。你如不信，且含一口飯試試！當然還有個辦法，把他們簡稱爲「大林」和「小林」。「小林」倒也罷了，就是那個「大林」，聽起來像是Darling，有點肉麻兮兮。將來如果榮工隊取得遠東區冠軍遠征美國，美人都叫他Darling，這可如何是好？而且簡稱爲「大林」和「小林」，實在也對不起這兩位小國手的父母（假定他們是由父母命名的），人家千考慮萬考慮，選了「大學之道，在明明德」的「明德」兩字做孩子的名字，你們偏偏不用！

你們這樣「大林」「小林」的亂叫，誰知道是以出世先後分大小？還是以個兒高矮分大小？古時候「大徐（鉉）」「小徐（鍇）」，是兄弟關係；「大謝（靈運）」「小謝（朓）」，是叔侄關係；「大晏（殊）」「小晏（幾道）」，是父子關係。誰知道這「大林」「小林」是什麼關係？不論有「大」有「小」，或者沒「大」沒「小」，這兩個「林明德」，終究是把人搞糊塗了。

其實「林明德」豈止兩位，隨手翻開六十四年版台北區電話號碼簿，姓林的部分就赫然有十位「林明德」在那裡排著隊！再加上台北區沒有裝電話的各位「林明德」，還有其他地區的各位「林明德」，這許多「林明德」如果結伴旅行，一輛公路局新行駛的冷汽車中興號絕對裝不下。「林明德」本是個人專有的姓名，至此就變成了許多人共用的姓名。任何一位「林明德」的父母只能說：「我的兒子叫林明德。」而不能說：「名叫林明德的，就是我的兒子。」任何一位「林明德」的夫人也只能說：「我的丈夫叫林明德。」而不能說：「名叫林明德的，就是我的丈夫。」同樣的，任何一位「林明德」的子女只能說：「我的爸爸叫林明德。」而不能說：「名叫林明德的，就是我的爸爸。」社會上已經有那麼多位「林明德」，說不定還有林姓的父母準備讓他們的孩子參加「林明德」行列，猗與盛哉！

有感於此，我覺得當年為孩子命名時擬定的「五好律」，實在過早歸檔，應該再把它調出來，公諸社會，供準備給孩子命名的父母做參考。至於把本文題為「命名的藝術」，乍看似乎唐突藝術，不過時下「藝術」一詞，其應用頗廣，生活有藝術，開會有藝術，抽菸、喫茶，甚至交女朋友無不有其藝術。那麼，讓「命名」這件「超終身大事」分藝術之一杯羹，大概還不至於唐突的地步吧。

何謂「五好律」？一曰「好辨別」，二曰「好兆頭」，三曰「好聽」，四曰「好看」，五曰「好寫」。綱目既舉，細節如下：

先說「好辨別」：「好辨別」就是名字要取得與眾不同，這是命名的最基本原則。如果姓名和別人雷同，不但失去了命名的意義，而且對社會和個人都無好處。報紙報導過一家證券商把同姓名的兩位女性客戶的帳目一再記錯，便成了一團爛帳；也報導過一位旅客無端的從旅社中被警方帶去問話，後來才弄清楚原來這位旅客的尊姓大名正好與一位通緝犯相同。這都是眼前的例子。同姓名的人越多，給社會的困擾越大，你受累的機會也越多。如果你和一位顯貴同姓名，你分不到一絲這位顯貴的光彩；如果你和一位通緝犯同姓名，很可能有麻煩落在你的頭上。再如你的朋友在報上看到和你同姓名的人的結婚啓事，或車禍消息，或被電影明星打了，或因「馬殺雞」被拘禁，一個個的電話紛至沓來，也夠使你啼笑不得。總之，與人同姓同名，有百害而無一利。做父母的除非下定決心要使自己的孩子在將來歷史學者編撰的「歷代同姓名表」裡插上一腳，否則，就萬萬不該替他取一個容易與人雷同的名字。

內政部制定的「姓名條例」第六條：「有左列情事之一者，得申請改名：一、同時在一機關服務或同在一學校肄業，姓名完全相同者。二、同時在一縣市內居住六個月以上，姓名完全相同者。三、銓敘時發現姓名相同，經銓敘機關通知者。四、與通緝有案之人犯姓名完全相同者。」此條用意在給因同姓名引起困擾的國民一個補救。用意良善，可是作用不彰。榮工隊的兩位小國手應該符合此條第一款或第二款的規定，可是他們寧願被稱爲「大林明德」或「小林明德」，也不曾去申請改名字。其他住在台北市裝有電話的十位「林明德」，應該符合第二款的規定，可是他們寧可在電話簿上排隊，也不想去申請改名字。再翻開這本電話簿，上面有六十三位「林正雄」，二十九位「林文雄」，二十八位「林武雄」，二十二位「林俊雄」；又有二十六位「林美珠」，二十五位「林寶珠」。這許多同姓名的先生女士，可有誰去申請改名字了？上述四群男士，不論是「正」「文」「武」「俊」，固皆一世之「雄」也。誰要是申請改名，自動讓「雄」，長他人志氣，滅自己威風，莫此爲甚！至於兩群女士，「美珠」「寶珠」，固皆掌上明珠，誰又願申請改名，棄「珠」不爲，去做路旁的野草閒花？至於第四款規定與通緝犯姓名相同時可以申請改名，也不怎麼切合實際。試想我們誰有時間去注意自己的尊姓大名是否與通緝犯雷同；也許將來我退休了有這份閒時間，可是我又如何知道台灣地區的各式各樣通緝犯都是什麼尊姓大名？

請你在替孩子命名的時候，千萬記得我這「五好律」中最基本的一條「好辨別」，取一個與眾不同的名字。這樣，就可把「姓名條例中」第六條當作備而不用的具文看了。

再說「好兆頭」：這是做父母的一般心態，誰不願意替孩子取一個大吉大利大富大貴的名字？男孩子之所以個個皆掌上之「珠」，女孩子之所以個個皆一世之「雄」，就是這種心理的反應。但是人人希望「好兆頭」，對有「好兆頭」的名字趨之若鶩，這樣自然會產生雷同的現象，而與前一條「好辨別」抵觸。爲了避免和他人雷同，最好的辦法是名字取得怪。例如某人姓石，他的孩子生下來整七磅重，乾脆就叫「石七磅」，相信世界上不會有第二個「石七磅」。又如某人姓丁，他的孩子生下來，一看頭部尖尖的，就賜名「尖頭」。相信世界上也不會有第二個「丁尖頭」。這種即景式的命名，前所未有，自然不怕與人雷同。可是這種名字完全不含祝福與期許，與「好兆頭」的原則不符，當然要不得。如何在「好辨別」與「好兆頭」兩條原則之間兩全其美，而不顧此失彼，那就要看命名者的學問了。

再說「好聽」：「好聽」可以分作兩部分來考慮，一是聲調和諧，二是注意音近的字。一個姓名必須要既有平聲字，又有仄聲字，才算聲調和諧。聲調和諧最具體的感覺，就是叫者順口，聽者悅耳。假如有人叫「盧奇符」，你念起來是否覺得怪吃力的，因爲這三個字都是陽平音。如果是「路奇符」（去平平），或「盧奇富」（平平去），或「盧季符」（平去平），顯然要比「盧奇符」順口悅耳的多。但如果是「路季富」，一連三個去聲，說不定會念得你一口氣接不上來。同樣的，如果改成「魯戟輔」，一連三個上聲，念起來也一樣彆扭。在「三平」、「三上」、「三去」三種聲調不和諧的姓名中，以「三去」最難聽，「三上」次之，「三平」還馬馬虎虎，不過終究還是避免的好。至於第二部分注意音近的字，目的在防止人家把你的姓名當作笑柄。

例如「刁斯貴」這名字不錯吧，人家一念說不定就成了「吊死鬼」；「畢堯廉」這名字也很堂皇，人家一念說不定就成了「不要臉」。將來整天被人喊「吊死鬼」、「不要臉」，怎麼受得了？別人喊你還可佯裝不聞，一旦軍訓教官點名，你敢不立正挺胸高聲應一聲：「有！」女朋友當然不會連名帶姓的稱呼你，簡單點就叫你「斯貴」吧，旁人聽了怕不大吃一驚，還沒有結婚就叫起「死鬼」來，眞是時代變了。當然女朋友一見面就叫你「堯廉」，人家也不免猜測你這人一定「不要臉」，所以女朋友才耳提面命，教你「要臉」。由此看來，你替孩子命名的時候能不先以小人之心檢查與你心目中的名字聲音近似的字嗎？否則，鑄成大錯，你的孩子將因此終身爲名字痛苦。像上面所舉兩例，在「姓名條例」中是找不到申請改名字的依據的。

再說「好看」：誰都知道我國文字是充滿藝術美的，因此命名的時候應妥加利用。且不說《文心雕龍》中〈麗字篇〉那些大道理，就以常識來談吧。請問：「酈劍影」這個名字夠氣派了吧，做一個武俠小說的男主角絕對罩得住，可是在我的「五好律」中，它是不合格的。因爲它不好看。這三個字左邊的筆畫都太多，右邊的都太少，形成一面倒的樣子。用《列子．湯問篇》的話來形容，眞是「天傾西北，地不滿東南」。如果把這三字看作一條船，這種一邊倒的樣子，船長早已該下令棄船了。那麼「陳儷嬌」這個名字總夠嬌滴滴吧？不錯，但仍然不符合我的「好看」原則。「陳儷嬌」看起來與「酈劍影」正相反，成了「天傾東南，地不滿西北」。「酈劍影」號是向左翻船，「陳儷嬌」號是向右翻船。清代有位學者叫「龍啓瑞」，這三字的兩旁疏密相稱，四平八穩，絕沒有翻覆之虞，這就符合我所謂的「好看」原則。

我在前文說過對自己的名字不喜歡，原因就在它不符合「好看」原則。你瞧，「葉」字「慶」字都是豎起來的長方形，到了第三個「炳」，忽然躺下了，變成橫放的長方形，眞是煞風景之極！如果當年替我命名的曾祖父收回躺下的「炳」，另外賜我一個豎起的長方形字，讓三個豎起的長方形字魚貫挺立，顯得多麼「雄姿英發」！「葉」是祖宗的姓，「慶」是祖先深謀遠慮老早就給我這一輩預定的「排行」，這兩字我天經地義的該接受，沒有一絲一毫商量的餘地。我的名字，可以說在我出娘胎之前就已「兩出局」。曾祖父替我命名，事實上只選第三個字，沒想到他老人家偏偏選了這個扁扁的「炳」字把我擺平了！難怪我如今年過半百，還得掛出這「晚鳴軒」的招牌賣雜文！

上文說「龍啓瑞」的名字「好看」，又說用三個豎起來的長方形字「好看」，只是兩個例子，另外「好看」的組合方式多得很，無法一一列舉。當你命名的時候，應該先觀察姓的字形，然後依照姓的字型決定名的字型，最後才選字，這樣做就已把握住了要點。至於細節，當然要看命名者的靈活運用。

命名做到「好辨別」，就不愁和別人雷同。做到「好兆頭」、「好聽」、「好看」，自然產生一種雅馴的風格，不會流於粗俗。最後要顧到的，就是「好寫」。

「好寫」包括三種意義，第一是寫起來方便。因爲現在的孩子多數進幼稚園，從小班起就要自己寫名字，如果替他取一個每字都有二十畫上下的名字，那不是同孩子過不去？所以名字的筆畫不宜過多，要看姓字的筆畫斟酌辦理。第二是簽起名來順溜。活在現代，誰都免不了要簽名。公務上的需要且不說，就是去吃喜酒，也得簽名如儀；宴罷歸來駕車違規，警伯笑嘻嘻的開出一張告發單，也還得「請」你在單上簽名認帳。總之，簽名之用大矣。簽名時千萬要考慮簽名起來順不順溜，簽名的樣子有沒有雄渾感，或者高古感，或者勁健感，或者疏野感，或者飄逸感，……總之，在二十四品中有一品，這簽名式就不賴了。第三是要便於排字。如你的大名中有罕見的僻字，印刷廠往往會從兩個相關的鉛字各切一半拼成你的名字，一旦印出來，使人覺得彷佛是一具變了形的屍體，不忍卒睹。爲了防患未然，命名時千萬別賣弄學問，用常見的字就可以了。

我的命名「五好律」就介紹到此爲止。如果大家替下一代命名時多加參考，相信將來的社會因同姓名而引起的困擾會大大減少，個人也免掉了同姓名之累，利人利己，何樂不爲？如果你覺得名字不過是人的標記，好像牧場牛群中各條牛的編號，無關宏旨；現在是大家忙著賺錢的時代，連大學講堂上傳道授業解惑的教授都在諄諄指點天下英才如何做股票生意、如何做保險生意，幹麼要在名字上浪費寶貴的時光。那麼，悉聽尊便，你儘管去「阿貓」、「阿狗」的替令郎令嬡命名，好在令郎令嬡絕不會因此變成小貓小狗。我只是野人獻曝而已。

——原刊六十五年八月二十四日「聯合副刊」

再談「命名」

拙著〈命名的藝術〉在〈聯合副刊〉刊出後，一周內收到了八封讀者的來信，有〈聯合副刊〉主編轉寄來的，也有直接寄到我所服務的學校的。信中所談的都是有關命名的事。這些信件很使我高興了一陣，因為它們反映了做父母的對子女的命名仍然十分關心這一事實。當子女一出世，就賜給他（她）一個注滿了父母全部愛心和無限的期許的好名字，無論對賜者或受者來說，這意義都是非常的重大。這些信件也使我忙亂了幾天，因為自己既然厚著臉皮公然宣稱對命名頗有心得，而且以「五好律」的發明人自居，那麼讀者來信詢問有關命名的問題，我總得給人家一個滿意的答覆。否則，不但對不起來信的讀者，就是自己將來稿費到手，恐怕也難心安理得。所以這幾天來，雖然還是五時起床，牽著夫人的手（如果不牽，她永遠落在三丈之遙）到台大的「黎明老人活動中心」（暫名）做一小時活動，但是回家沐浴早餐之後，就放下例行的功課，專心在晚鳴軒給讀者寫回信。我把這些信在書桌上一字排開，挑容易答覆的先回信，而把最棘手的留到最後專案處理。漸漸地，書桌上信箋排成的隊伍由長而短。今日，最棘手的一封來信也已答覆——雖然答覆得自己心裡都感到歉然——但腦子裡還充滿著各種各樣的名字，揮之不去。經驗告訴我，在這種情況下，最好的辦法就是爭取主動，面對現實，乾脆寫一篇「再談命名」，讓腦子裡有關命名的思緒從筆尖一瀉而空，然後再做例行的功課。

在八封來信中，有五封是開列了已出世或將要出世的寶寶的名字來聽聽我的意見的。其中有一封信由夫婦兩位共同具名，信中自稱「我們」，使我大爲感動，想必這對伉儷爲將要誕生的寶寶的名字已花了不少心血（換個角度說，是已共享了不少初次爲人父母的喜悅）。這一類來信最容易答覆，我只要按照我的「五好律」逐一分析，最後再加一個結論，這封回信也就很像一回事了。有一封來信是開列了長子長女的名字要我替他的將在十月下旬出世的第三個孩子命名——要一個男孩名字和一個女孩名字備用。幸虧這位讀者開列了長子長女的名字，我還有一點命名的依據，不消片刻就擬了一男一女兩個名字，寄給他去做參考了。再有一封讀者的來信，我拆開來一看就愣住了。信中除了開頭的稱呼和末尾的具名，一共就是下面三十二個大字：

我很佩服你對命名的看法，麻煩您替我那快要出世的孩子起一個名字。謝謝！

這眞給了我一個難題。這位讀者的籍貫、行業、家庭背景、府上坐落，以及他對孩子——男孩或女孩——的期望等等資料，我完全沒有。我唯一知道的是只是孩子姓什麼，再有就是他（或她）將在最近出世。但單憑這兩項，是無法爲孩子取一個在孩子本人與父母或家族之間保持某種聯繫或親切感的名字的。所以我主張孩子的命名應該由父母躬親其事。對做父母的來說，這是一種責任，一種權利，一種樂趣。萬一要委託別人，至少也要提供充分的資料才是。對這位讀者，我與其獻醜，不如藏拙。我已去信說明我不能替他的孩子命名的原因，希望他能諒解。

最使我感到棘手，回也不是，不回也不是，到最後才勉強回覆了的一封來信，是用毛筆寫就的，據字跡推測，這位讀者可能已年近古稀，我該尊稱他爲「前輩」才是。這位讀者認爲我的「五好律」都是表面文章，命名最重要的一項因素我卻漏掉了。他所謂最重要的因素，就是名字要和五行配合。如果這孩子生下來命中缺火，名字就用火字旁的字，必要時可以給他一個「焱」字；如果命中缺水，名字就用水字旁的字，必要時給他一個「淼」字。缺其他三行也一樣。他這番道理我不是不知道，我自己就是命中缺火，曾祖父才給我一個扁扁的「炳」字。南方丙丁火，這「炳」字的火和「炎」字一樣，都是雙料的。但是，在這二十世紀八〇年代，海盜一號已在火星從事破天荒的探測工作，海盜二號也快要到達火星，至於月球，美國太空人在幾度替人類跨一大步之後，已沒有興趣去光顧。所以，我們也應該向算命排八字參五行的時代告別了，我的「五好律」中沒有這一條，其故在此。我看不出今後命名還有用「焱」、「淼」等字的必要，看到人名中有「焱」字，我就想到火燒摩天樓；看到人名中有「淼」，我又想到上面是石門水庫放水，下面是蘆洲、五股等地區海水倒灌，合成一片汪洋。我盡量用謙卑的語調給那位前輩讀者寫了回信，婉謝他要在「五好律」之外再補充一條「注意五行」的建議。信已付郵，我的內心仍留一絲歉意。

對讀者開來他們自己替孩子取的名字，我以「五好律」一一分析，然後知無不言，言無不盡。例如一位郝姓的讀者在信中說，如果生女孩，就命名爲「秋雲」。我就回信請他再考慮，因爲：一、「秋雲」這個名字固然能把握住孩子出世的季節，也很富有詩意。晏幾道有詞說：「春夢秋雲，聚散眞容易。」〈蝶戀花〉但是在古典詩詞中，「秋雲」往往是薄命與無常的象徵，這與「好兆頭」的原則不符。二、「雲」的字型與「郝」、「秋」不一致，因此不符「好看」的原則。三、「郝秋雲」恐怕會被人念成「黑蚯蚓」，因此不符「好聽」的原則。因此我建議這位讀者重加考慮。又如一位方姓的讀者告訴我她的孩子單名一個中字，取如日中天的意義，問我這名字可好。據我看，「方中」有「好兆頭」，也「好看」、「好寫」，但在「好辨別」、「好聽」方面，則稍欠理想。隨手翻翻台北區六十四年度電話簿，台北市就有一位「方中」先生。如果「方中」之下再加一字，就較易做到「易辨別」了。在「好聽」方面，「方中」恐怕會被人念成「放衝」。略諳麻將之道的人都知道「放衝」的意義。除非政府眞有辦法連衛生麻將也一概禁絕，或者名叫「方中」的人終身不近牌桌，否則難免遭牌友把自己的姓名當作笑柄。

也許有人認爲我把人家好好的名字念得那麼難聽，實在大煞風景。可是你不知道，時下有些鬼靈精似的大孩子心眼可眞多哩！一位在國中教國文的朋友告訴我，他班上有一位漂亮女生叫「周家瑜」，但男生班的同學看到她就叫「酒家女」，害得這位女同學簡直怕進學校。周家瑜的家長一再向校方交涉，可是校方也拿不出有效的辦法。學校範圍這麼大，男生這麼多，操場上、陽台上，或樹叢裡、廁所裡，隨時都會冒出一聲「酒家女」來，訓育人員又到哪裡捕風捉影去？所以，與其將來被人越叫越不雅，使孩子不勝其煩惱，倒不如在命名時自己以各腔各調把擬議中的名字多念幾遍，徹底檢查爲妙。

古人的名字，單名所占的比例相當大，而現在則一般人都採用雙名了。依「好辨別」和「好兆頭」兩條原則來衡量，單名是不如雙名的。雙名雖只比單名多一個字，但關係可大著哩，不但與別人雷同的可能性因此大大減低，也更容易表達祝福和期許之意。而且你的名字是雙名，人家寫信也好稱呼你。我最怕寫信給單名的人。例如有人姓「陳」名「明」（台北區現有十六位「陳明」裝有電話），如果他是我的熟朋友，我還可以稱呼他爲「明兄」，萬一素不相識，只爲社交上的原因給他通信，稱「明兄」未免太親密，稱「明先生」則不像個話，稱「陳明先生」，這是信封上的寫法，哪像信裡面的稱呼？躊躇再三，能不寫這封信就不寫算了；如果非寫不可，最後只好乾脆稱他「陳先生」。古人喜用單名，是因爲他還有「字」、「號」、「別號」、「晚年又號」等等作爲輔助使用，如今既已不流行「字」、「號」等等，起名字就最好起個雙名。

姓的字是固定的，選擇「好看」、「好聽」、「好寫」的名字，一切唯姓的字馬首是瞻。如果是本家較少的姓，像「刁」、「卜」、「干」、「亢」以至「黨」、「鐵」、「權」、「欒」等等，名字起得普通一點也不愁與他人雷同；如果是五百年前同是一家的人特別多的幾個大姓，像「王」、「李」、「林」、「張」、「陳」、「黃」等等，名字非常容易與人雷同，於是命名就得特別注意，出奇制勝。

最後一點，我想不說，又忍不住不說的，是奉勸諸位爲孩子命名的父母，儘管現在社會上已漸漸流行「美國式戀愛」，但務請仍替你的下一代命一個「中國式名字」。固然，「彼德」、「約翰」、「露西」、「瑪麗」他（她）們的國家現在富強得令人眼紅，但是，你把孩子名字取得和他（她）們一樣，對你和孩子本人又能增加什麼光彩？只是令人感覺到你給孩子的第一次教育就是教孩子忘本而已。我所擬定的命名「五好律」，百分之百爲「中國式命名」而設，爲中華兒女而設，對「外國式命名」是毫無參考價值的。

——原刊六十五年九月十五日「聯合副刊」

〔專載〕

永遠的粉筆

楊小雲

一

葉慶炳教授也是我的老師，雖然我不曾進過台大，無幸成為台大學生。

結識葉教授，後做了他的學生，算來也是一段文字姻緣。在民國六十五年間，一連讀了葉教授寫的《唐詩散論》、《談小說鬼》、《談小說妖》三本書，受益感觸良多，唯對書中某些部分，有所疑惑，於是修書一封，寄到台大中文系，盼葉教授能給予「解惑」。信寄出之後，又覺自己好生唐突，心想葉教授看了之後，一定大不以為然，如此後生晚輩，竟這般自以為是，八成將信擲於垃圾桶內，不予理會；殊料四日後，竟接到葉教授親筆回信，信中文理清新，語態溫和，字跡娟秀，娓娓道來，令人如沐春風；不僅前存疑惑大解，更開啓了我一探中國文學深奧之門的意願。在多次書信往返之間，葉教授總耐心地教導我，不厭其煩地談文學說理；然所學究竟有限，實不足以饜足。於是，在下一封信中，我突發奇想，提出希望前往聽課的請求，盼得進一步吸收學習，並再圓求學夢，當時真的只是一份夢想，因此當葉教授表示「可以」並約我一談時，那份驚喜、感激，實在令人雀躍不已。

於是，我這高齡女子，便懷著一顆忐忑的心，走進台大校園，走進文學院，走進教室，坐在後排，開始上葉教授的「中國文學史」。

說起這段「旁聽歲月」，真是我生命中彌足珍貴的一小部分，雖只有短短的一年時間，卻是我一生中最認真求學的時段，而葉教授所著的《中國文學史》，更成為長置桌前，時時閱讀的經典名著。在聽課期間，也曾多次向老師請教有關寫作方面的問題，老師總告以多看、多讀，不必急於為文，更不可抱「出頭、成名」之心，否則文字間，易喪失「摯」「樸」之氣，底子先打好，日後才有發展空間。這些話，我一直牢記在心，並奉為圭臬。

六十八年十月，我出版了《水手之妻》，立即奉上請老師指正，老師的評語是：「故事張力夠，但文字方面的駕馭仍待加強。」

二

葉教授除了是位溫文儒者、鞠躬盡瘁的良師外，更是出色的散文家。

老師的散文一如其人，溫柔敦厚中，不失其幽默，文字清麗雅致，筆尖自帶感情，不喜用奇僻艱澀字句，在清淡中，卻蘊含著深厚的摯情，讀來回味無窮，令人久久難忘。

在老師諸多散文中，印象最深的是一篇〈我是一枝粉筆〉。將一個熱愛教書的老師的內心情愫，描寫得入木三分，在溫柔中泛著淡淡的傷感，尤其在讀到「粉筆灰一絲一絲地飄落，飄落在黑板的底槽，飄落在地面。這時我彷彿覺得我的生命也在一絲一絲地飄落，飄落在黑板的底槽，飄落在地面。」時，心中總昇起縷縷唏噓。將自己比做一枝粉筆，這中間，除了對執教工作的全力投入外，還包含了一個讀書人終身無悔的奉獻與執著，以及一分淡泊明志的人生態度，正如老師所說：「我知道，當粉筆灰飄盡的時候，粉筆本身將一無所有。這蒼白的生命，本來不需要為自己保留一點粉屑。」

三

老師的一生，全部奉獻給他的學生以及他最鍾愛的中國文學，在老師身上，我們看到了典型中國讀書人的風範與氣度，也感受到文人的清風傲骨；老師治學方正不苟的態度，熱誠待人的胸懷，都長駐人心，令人敬仰不已。

如今，老師走完他的一生，雖然有如一枝筆灰飄盡的粉筆。但是，這一枝粉筆卻是永永遠遠地存在於每位學生心底，它不曾消失，不會飄盡，儘管它不曾為自己保留一點粉屑，卻在所有學生心中，凝聚成一枝屹立不倒的、永不折斷、不會散落的粉筆——一枝堅如金石的粉筆。

——原載八十二年九月二十五日《中華日報》副刊

·本文作者楊小雲女士，知名小說家，著有小說《水手之妻》、《她的成長》等二十餘冊，散文《擁有自信就是美》、《欣賞自己肯定別人》等十餘冊，以及兒童文學《小勇的故事》、《豆豆的世界》等六冊。

〔附錄〕

葉慶炳教授年表及創作目錄

葉慶炳教授，民國十六年生，浙江餘姚人，是台大中文系第一屆畢業生，畢業後由助教、講師、副教授至教授，從未離開台大。除了學術上的專業教養之外，並從事文藝創作，也鼓勵學生從事文藝創作。他早期學生如陳若曦、歐陽子、白先勇，後來的陳幸蕙等，都是文壇知名人士。

民國六十九年他在台大中文系主任任內，與當時的中華副刊主編蔡文甫共同合辦推出「台大中文周」，提倡學院文藝走向社會。同時在系內舉辦徵文。在他積極鼓勵之下，當年的學生，如簡媜、曾陽晴、蔡珠兒、沈冬、林銘啓、李惠綿、林黛嫚、吳淡如、傅承得等，也都是深受讀友喜愛的作家。使台大中文系在傳承古典文學研究之外，也重視新文藝的發展。這是他在學術研究外的另一種成就。

葉教授研究古典小說、古典詩詞，所著《中國文學史》更是許多中文系的教本。學術論著之外，他的「晚鳴軒散文」系列，更是風行四方。

民國八十二年，因肺癌病逝，享壽六十七歲。

- 民國十六年（1歲）　一月十四日生於浙江餘姚，上有二位哥哥。童年在外婆家度過，一直到初中畢業。
- 民國二十六年（11歲）　高小五年級，擔任級長，長期替老師抄黑板，立志當老師。受到教他國語的年輕老師影響很大。
- 民國三十四年（19歲）　進江蘇學院就讀中文系。
- 民國三十六年（21歲）　有一胞兄在台灣，基於對美麗島台灣的好奇，於六月二十一日清晨離家往寧波，經上海搭輪船在六月二十七日晚間八時抵基隆。
　轉學考入國立台灣大學中國文學系二年級。（在大陸已讀完大二）
- 民國三十九年（24歲）　台大中文系畢業，留校擔任助教。
- 民國四十三年（28歲）　以「諸宮調訂律」由助教升等講師，正式在台大中文系任教。
- 民國五十二年（37歲）　在台北主婦之家與東海大學中文系畢業的賴月華小姐結婚。
- 民國五十三年（38歲）　七月二十四日女兒思嘉出生。思嘉畢業於藝專，主修鋼琴，留學德國，慕尼黑國立音樂學院畢業，獲演奏家文憑，現任教於台南藝術學院。

民國五十五年（40歲）講義《中國文學史》自印出版。

民國五十七年（42歲）九月十二日兒子思義出生。思義現任職於美國電腦公司。

民國六十一年（46歲）應顏元叔之邀在台大外文系教「中國文學史」。

民國六十三年（48歲）投入《中外文學》編務，負責中國古典文學方面的論文。十月，《漢魏六朝小說選》由弘道文化公司出版。

民國六十五年（50歲）四月，開始持續寫散文，發表於《中國時報》、《聯合報》、《中華日報》副刊。十月，晚鳴軒散文集《長髮爲誰留》；十二月，《談小說鬼》以上二書日皆由皇冠出版。主編《中外文學》「中國古典文學論叢」，爲《中國時報》人間副刊主編「中國古典愛情小說論叢」。

民國六十六年（51歲）七月，散文集之二《秋草夕陽》由皇冠出版。八月，《唐詩散論》；十二月，《談小說妖》以上二書皆由洪範出版。同時本年出版《關漢卿》一書（河洛出版社）。

民國六十七年（52歲）三月，散文集之三《誰來看我》；七月，散文集之四《一通電話》，十月，散文集之五《假如沒有電視》，以上三書皆九歌出版社出版。

民國六十八年（53歲）七月，《晚鳴軒愛讀詩》由九歌出版。八月，接任台大中文系主任、中文研究所所長，散文寫作量大減。九月，爲成文出版社編《明代、清代文學批評資料彙編》出版。

民國七十二年（57歲）十月，散文集之六《暝色入高樓》由正中書局出版。

民國七十四年（59歲）三月，《晚鳴軒愛讀詞》由九歌出版。五月，《古典小說評論》由幼獅文化公司出版。七月，兩任系所主管期滿，專任教授。

民國七十六年（61歲）八月，《葉慶炳自選集》由黎明文化公司出版，爲「中國新文學叢刊」一四六。《中國文學史》增訂本上下冊由台灣學生書局出版。

民國七十八年（63歲）三月，散文集之七《筆架連峰人生路》由黎明文化公司出版。

民國七十九年（64歲）從台大中文系退休，仍兼課。

民國八十年（65歲）應聘輔仁大學中文研究所專任教授。

民國八十二年（67歲）九月十四日清晨四時四十五分因肺癌病逝於台大醫院。

民國九十一年十月《晚鳴軒詩詞芬芳》（選集）由九歌出版。

民國九十六年八月《我是一枝粉筆》（選集）由九歌出版。

本表參照《文訊雜誌》革新第57期內容重訂

中華現代文學大系（貳）

——台灣 1989～2003

延續第壹輯編輯宗旨，選錄近十五年（1989～2003）來，在台灣公開發表且具有代表性的現作文學作品，共分詩、散文、小説、戲劇、評論等五卷，十二鉅册，由余光中、白靈、張曉風、馬森、胡耀恆、李瑞騰等 16 位名家，精選 200 多位作家的作品，具體展現台灣長達三十四年的時空交錯下，各類型作者的創作才華和作品風貌。

總編輯： 余光中

編輯委員

詩　卷： 白　靈、向　陽、唐　捐

散文卷： 張曉風、陳義芝、廖玉蕙

小說卷： 馬　森、施　淑、陳雨航

戲劇卷： 胡耀恆、紀蔚然、鴻　鴻

評論卷： 李瑞騰、李奭學、范銘如

精裝本12冊定價6200元・平裝本12冊定價5000元

典藏散文NA⑧

我是一枝粉筆

著　　者：葉慶炳
策　　劃：編審小組
發 行 人：蔡文甫
發 行 所：九歌出版社有限公司
臺北市八德路3段12巷57弄40號
電話／02-25776564・傳真／02-25789205
郵政劃撥／0112295-1
九歌文學網：www.chiuko.com.tw
登 記 證：行政院新聞局局版臺業字第1738號
印 刷 所：崇寶彩藝印刷有限公司
法律顧問：龍躍天律師・蕭雄淋律師・董安丹律師
初　　版：2007（民國96）年8月10日

定　價：280元

ISBN:978-957-444-409-0　　Printed in Taiwan

國家圖書館出版品預行編目資料

我是一枝粉筆／葉慶炳著.　-- 初版. --
--臺北市：九歌，〔民96〕
面；　公分.　--（典藏散文；NA08）
ISBN　978-957-444-409-0　　（平裝）

855　　　　96008055